徳間文庫

織江緋之介見参三

孤影の太刀

上田秀人

徳間書店

目次

主な登場人物

織江緋之介《おりえひのすけ》　小野派一刀流と柳生新陰流を遣う若侍。小野忠常の息子で、本名は小野友悟《ゆうご》。刺客の急襲によって婚約者を喪った。

西田屋甚右衛門《にしだやじんえもん》　吉原惣名主。名見世・西田屋の主。吉原創設者である庄司《しょうじ》甚右衛門の跡を継ぐ。

藤島太夫《ふじしまだゆう》　万字屋《まんじや》の遊女。吉原に数少ない太夫のひとり。

明雀《あけすずめ》　三浦屋《みうらや》の遊女。元吉原で名を馳せた二代目高尾太夫《たかおだゆう》のひとり娘。

徳川光圀《とくがわみつくに》　徳川御三家・水戸家の三男。緋之介と交誼を結ぶ。

真弓《まゆみ》　光圀の異母妹。馬術を愛好する。

小野次郎右衛門忠常《おのじろうえもんただつね》　剣豪・小野忠明《ただあき》の子。書院番と将軍家剣術指南役を兼ねる。

小野典膳忠也《おのてんぜんちゅうや》　忠明の子。小野派一刀流の継承者として令名を馳せる。

松平伊豆守信綱《まつだいらいずのかみのぶつな》　老中。三代将軍家光《いえみつ》に仕えた。四代家綱《いえつな》の傅育に就く。

阿部豊後守忠秋《あべぶんごのかみただあき》　老中。松平信綱とともに家光に仕え、現在は家綱を補佐する。

神尾備前守元勝《かみおびぜんのかみもとかつ》　南町奉行。

高坂藤左《こうさかとうざ》　南町奉行所の筆頭与力。神尾元勝の腹心として任務をこなす。

武藤太右衛門《むとうたえもん》　南町奉行所の年番方与力。奉行所の事務を取り仕切る。

第一章　江都の風

一

雲一つない蒼空《あおぞら》に、黒点が一つ浮いた。

「ほおおおれい、やあああれい」

草むらに背を低くしてひそんでいた大勢の勢子《せこ》が、いっせいに立ちあがって大声をあげた。

干潟《ひがた》で羽を休めていた鴨《かも》たちが、あわてふためいて飛びあがった。

「行けっ、空音《くおん》」

少し離れたところでようすを見ていた徳川《とくがわ》右近衛権中将《うこのえのごんちゅうじょう》光圀《みつくに》が、左手の拳《こぶし》にとまらせていた鷹《たか》を突きあげるようにして放った。

鷹は矢のように飛び、鴨の一団に追いつくとそのなかの一羽を足に捕まえて、主《あるじ》のもとへと戻ってきた。

鷹は主の目の前に獲物《えもの》を落とすと、差しだされた拳に降りた。

脇《わき》に控えていた近習《きんじゅ》が鴨を拾いあげて、光圀に見せた。

「大きいの。手柄じゃ、空音」

光圀は満足そうにうなずくと腰につけた革袋から兎《うさぎ》の肉を取りだし、空音に与えた。

北の国から渡り鳥たちが南下してくる秋の終わり、光圀は鷹狩りに興じていた。

鷹狩りは、徳川幕府初代神君徳川家康《しんくんとくがわいえやす》が好んだ遊興に近い狩猟である。勢子と呼ばれる足軽たちが狩りだした鳥や小動物を鷹にとらえさせるもので、大勢の人を使うことから、軍《いくさ》の演習になると推奨されていた。

「お見事でござる」

光圀の隣で、床几《しょうぎ》に腰掛けていた幕府お鷹匠組頭《たかじょうくみがしら》長田金平《ながたきんぺい》が誉《ほ》めた。

「おそれいる」

光圀が軽く頭をさげた。

お鷹匠頭は、慶長十二年（一六〇七）、幕府を開いたばかりの徳川家康が設置したもので、将軍家の鷹狩りに使用する鷹や犬などの動物、狩り場などの管理をする。

代々鷹匠支配を世襲する千五百石戸田《とだ》家、千七百石間宮《まみや》家の他に、千石高の鷹匠頭が三人任じられた。

若年寄《わかどしより》支配で、下役に鷹匠組頭、鷹匠、同心《どうしん》、野廻《のまわ》り役、鳥見《とりみ》役、犬牽《いぬひき》、餌差《えさし》があった。

将軍家鷹匠頭が、光圀の鷹狩りに同行しているのには、理由があった。定府《じょうふ》の大名として江戸から離れることが許されていない水戸《みと》家の世継ぎが、鷹狩りをおこなうとなれば、近隣で催すしかない。

寛永五年（一六二八）に江戸近郊五里四方（約四〇〇平方キロメートル）が、将軍家お鷹場として制定され、御三家にも分け与えられた。とはいえ、将軍家お鷹場のなかに含まれるため、長田金平はいわば光圀のお目付《めつけ》役として、狩り場を荒らさないように見張りに来ているのであった。

「殿」

供してきた者たちが放った鷹の成果が、目の前に並べられた。

光圀は、一羽一羽をていねいに見た。

「ほう。皆もやるな。されど、一番の手柄は上で鴨をおさえていた白豪《はくごう》である。作兵衛《さひょうえ》、これをとらす」

光圀は、腰に差していた短刀を初老の家臣に手わたした。作兵衛と呼ばれた家臣は、水戸家の鷹匠であった。

「ありがたき光栄に存じあげまする」

作兵衛が短刀を額《ひたい》より高くおしいただいた。

馬皮のたっつけ袴《ばかま》に手甲脚絆《きゃはん》をつけて、織江緋之介《おりえひのすけ》はその様子を少し離れたところから見ていた。

緋之介は、光圀に誘われて、生まれて初めて鷹狩りに参加していた。

「お鷹をお預かりいたしまする」

小腰をかがめて作兵衛が、空音を光圀から受けとった。

「よし、下屋敷へ戻るぞ。宴《うたげ》を開く」

光圀の号令で、一行は狩り場である戸田《とだ》川をこえた千住《せんじゅ》村入会《いりあい》地から、本所小梅《ほんじょこうめ》の水戸家下屋敷へと向かった。

徳川御三家の一つ水戸徳川家の世継ぎ光圀が、日頃から住まいしている駒込の中屋敷ではなく、離れている下屋敷をめざすには理由があった。

中屋敷で『大日本史』の編纂《へんさん》がおこなわれているからである。

武家支配によってゆがめられつつある天皇の座を護《まも》りぬくため、ただしき日の本の歴史を百代に残す。武士、それも幕府につながる血筋の光圀がやるには、大きな矛盾を内包した大事業であった。

ために駒込の中屋敷には、多くの書籍、学者が集められていた。神とひとしき天皇家のことを記す聖なる場所に獣肉の匂《にお》いを近づけることは冒瀆《ぼうとく》と、光圀は鷹狩りのたびに下屋敷へと居を移していた。

日が落ちる前に、一行は下屋敷に着いた。

鷹場から先触れを出してある。下屋敷の大広間が宴のために用意されていた。

「鴨は、山椒《さんしょう》をふってつけ焼きに、兎は吸い物にいたせ」

光圀が細かい指示を出した。

宴席は獲物の料理ができあがるのを待たずに始まった。幕府御鷹匠頭を迎えて、いつもより贅沢《ぜいたく》なものが用意されていた。

慣習として、十一月はおしどりと鹿、甲羅のあるものを喰《く》うことは禁じられている。膳《ぜん》のうえに並んだものは、それらを避けた豆腐の吸い物、鯛《たい》の活盛《いけもり》、酒麩《さかぶ》、筍羹《しゅんかん》などである。酒は大ぶりの片口《かたくち》に濁り酒が用意されていた。

武士の家では、客の応対に女を出すことはない。かわりに家中の若侍が数名酒の入った瓶《かめ》をもって、控えていた。

「本日は、まことにご足労でござった」

神君家康の孫とはいえ、直参《じきさん》旗本にはそれなりの礼をつくさねばならなかった。光圀は、ていねいに礼を述べた。

「いや、なかなかに、ご当家のお鷹狩りはおみごとでござった。話に聞きまする往古の鎌倉将軍源《みなもと》家が催されたものを彷彿《ほうふつ》させてくれましたわ」

長田金平も世辞を返した。

「では、一献まいりましょうぞ」

光圀の言葉で、宴席は始まった。

織江緋之介は、座敷の末席で盃《さかずき》を傾けていた。いかに光圀の友人といえども身分は将軍家目通りのかなわない御家人であった。水戸家の親戚筋でもない御家人が宴席に連なることは奇異であったが、そこは光圀の心きいたる家臣ばかりである。緋之介になにかと語りかけて、気まずい思いをさせなかった。

「織江どのは、若殿とどちらで知りあわれた」

作兵衛が、訊《き》いてきた。

「明暦《めいれき》の大火の日に、日本橋でお目にかかりまして」

緋之介は、ごまかした。

事実は、馬喰町《ばくろちょう》の馬場《ばば》で馬をせめていた光圀から声をかけてきたのが縁の始まりである。しかし、水戸家二十八万石の世継ぎが、馬上の身分でさえない御家人と会話をかわすのは不自然に過ぎた。そこで、光圀と緋之介は、誰が誰と出会っても不思議ではない災害の場を出会いとすることにしていた。

「さようでござったか。あのときは、若殿がお一人でお城のようすを見てくると駆けだされてしまい、我ら家臣一同冷や汗をかいたものでござった」

作兵衛が思いだしたのか、額を拭《ぬぐ》った。

「とても水戸さまのお世継ぎとは思えませなんだ」

緋之介も、同意した。

光圀は当初、母親の生家である谷《たに》の名字と幼名の千之助《せんのすけ》を名のり、しばらくは緋之介にも正体を隠していた。

だが、緋之介が吉原《よしわら》に隠された秀吉《ひでよし》の秘宝を護る戦いに身を投じたとき、光圀は身分をあかし、騒動の後始末にのりだした。

さらに、多くの人を失って隠棲《いんせい》に近い生活を送っていた緋之介に、もう一度生き甲斐《がい》を与えてくれた。

今、緋之介は光圀の求めに応じて動く手の者となっていた。

半刻《はんとき》（約一時間）でお鷹匠組頭長田金平が席を立った。

「いかい馳走《ちそう》になりもうした。そろそろ拙者《せっしゃ》は失礼いたしまする」

「本日は、かたじけのうございました」

光圀は坐《すわ》ったまま頭をさげる。幕府役人を接待したとき、招待主は見送りに立たないのが慣例であった。

座敷を出て、玄関へと向かう長田金平の後を用人が追った。幕府に悪い報告をあげないように、玄関先で幾ばくかの礼金を渡すのだ。

「さて、お客人も帰られた。ここからは、当家の者だけじゃ。騒ぐぞ」

光圀が、声をあげた。

遠慮すべき幕府の役人がいなくなるのを待っていたかのように、場がにぎやかになった。緋之介のもとにも多くの家臣が、話をしに来た。

『大日本史』の編纂という大事業を始めたことで、学者や書店主の出入りに慣れた水戸藩士たちは、藩外の者への隔意が少ない。緋之介もすぐに受けいれられた。

「お見事な拵《こしら》えでござるが、拝見してよろしいか」

中年の藩士が緋之介の太刀《たち》に目をつけた。武骨なことを尊ぶ気風の水戸藩では、華美に富んだものより、質素ながら実戦に即したものが好まれていた。

「ご遠慮なく」

緋之介は、作法にしたがってこじりを持って、柄《つか》を相手に向けた。

「拝見」

受けとった中年の侍が、かるく緋之介の太刀を押しいただく。

侍の表道具、武士の魂とまで呼ばれる太刀である。なかなか他人の差料《さしりょう》を見る機会はないからか、たちまち周囲を藩士たちが取り囲んだ。

「黒漆でござるな。この手触りは、かなり重ねておられるようだ。柄は鮫皮《さめかわ》に真田紐《さなだひも》、鍔《つば》は南蛮鉄に穴をうがっただけ。飾りをいっさい排しておられる。これぞ武士の差料」

我が意をえたりと、中年の侍が大きくうなずいた。

「ごめん」

小さな音がして鯉口《こいぐち》が切られ、太刀が抜かれた。

「これは、尺の割に太い峰。重みが手元に来るようすといい、もしや、すりあげられたか」

中年の侍はよく観た。

「はい。もとは胴太貫《どうたぬき》でございましたが、ひびが入りましたゆえ」

緋之介は、すなおに応えた。

「胴太貫。ううむ。それがひびるとは、お見事な手の内でござる」

中年の侍が感心した。

胴太貫は、鎧武者《よろいむしゃ》を甲冑《かっちゅう》ごと殴り倒すために作られた肉厚の太刀である。普通の太刀にくらべて、倍近い厚みを持つ。それにひびを入れておきながら、緋之介の腕に骨折などの痕《あと》がないとなれば、かなり堅いものを撃って、手のしまりをゆるめず、斬《き》ったか、断ち割ったとなる。それは緋之介の腕が尋常でないことの証明であった。

「いえ」

称賛になれていない緋之介が、照れた。

「おい、緋の字」

藩士に囲まれている緋之介を光圀が呼んだ。

「失礼いたす」

緋之介は、集まっていた藩士たちに礼をすると、上座へと膝《ひざ》を進めた。

「えらく評判じゃねえか」

光圀が笑っていた。

産まれたとき、父水戸徳川家初代頼房《よりふさ》から捨てよと命じられた光圀は、水戸家の屋敷ではなく、浅草に住居を構えていた家臣の家で育てられた。若様あつかいされず、市井《しせい》で毎日をすごしてきた光圀は、かなりくずれたところがあり、言葉遣いも伝法であった。

「女だけじゃなく、男にももてるたあ、うらやましいかぎりだ」

「ご勘弁を」

光圀のからかいに、緋之介は手を振った。

「まあいいやね。で、どうだった、初めての鷹狩りは」

光圀が、盃を緋之介に差しだした。

「なかなかにおもしろきものと感じましてございまする」

緋之介は、盃を受けとって飲み干した。

「だろ。鉄砲を使った狩りとはまた違った趣《おもむき》があって、おいらは気に入っている」

光圀が、鴨の山椒焼きを口にした。仏教の影響で獣肉をあまり口にしない武士でも、鳥は好む者が多かった。

「鉄砲で撃つと、どうしても金気の匂いがつくが、鷹狩りで捕った獲物はうまい。さすがに猪《いのしし》や鹿は、鷹では獲れねえが」

「はあ」

緋之介は中途半端な相槌《あいづち》を打った。まれに鴨や雉《きじ》を食べるぐらいで、戦いを思いださせる血なまぐさい肉を緋之介は好まなかった。

「それよりもどうだ、最近の吉原は」

光圀が問うた。

吉原の妓楼《ぎろう》三浦屋《みうらや》には、光圀馴染《なじ》みの遊女明雀《あけすずめ》がいる。

しかし、病気引きこもりをした頼房に代わって水戸家を差配しなければならなくなった光圀は、数カ月の間通っていなかった。

「少し暇になっているようでございまする」

緋之介は、応えた。

江戸唯一の御免色里《ごめんいろざと》、新吉原は浅草日本堤《にほんづつみ》にあった。

もとは江戸城《えどじょう》大手門《おおてもん》から東へ七丁（約七七〇メートル）ほど行ったところに二丁四方（約四八〇〇〇平方メートル）の土地を与えられていたが、明暦の大火で全焼したのを機に、敷地を拡げて移転した。

緋之介は、縁あって吉原の遊女屋西田家甚右衛門《にしだやじんえもん》に寄宿していた。

「そうかい。無理もねえな。場所が悪すぎるうえに、侍から金がなくなったからな」

光圀が、肩をすくめた。

武士というのは、戦がないと無為徒食であった。当然、手柄をたてることがなくなり、家禄《かろく》は増えない。

逆に泰平の世になれば、庶民は活発になる。家を建て、子を産み、店を興す。生産が豊かになると暮らしは贅沢になり、衣食住が派手になっていく。

贅沢は物価を押しあげる。庶民たちは日当の増額や商品の値上げで対応していくことができるが、先祖から受け継いだ家禄のきまっている武士たちは座視するしかなく、収入の目減りを余儀なくされた。

金の切れ目が縁の切れ目ではないが、吉原から武士たちの姿は消え、かわって商人たちが吉原のおもな客となった。さらに新吉原は江戸市中から遠いことが災いして、客離れは確実に進行していた。

「湯女風呂《ゆなぶろ》や隠し遊女が増えたことも大きいかと思いまする」

緋之介が私見を述べた。

「町奉行所の嫌がらせだな」

光圀がうなずいた。

西田家の先祖庄司甚右衛門《しょうじじんえもん》が、直接家康から設置を認められた吉原には、多くの特権が付与されていた。

そのうちの一つに、私設の遊廓《ゆうかく》を訴える権利があった。

吉原から訴えを受けた町奉行所は、当該の湯女風呂や岡場所に手を入れ、楼主を投獄し、湯女や隠し遊女たちを吉原に下げ渡す。町奉行所の管内だけで、品川や千住などの宿場町には手出しできなかったが、おかげで吉原はその権益を守ってきた。

それが最近おこなわれなくなってきていた。

原因は、幕府筆頭老中松平伊豆守信綱《まつだいらいずのかみのぶつな》にあった。

家康が吉原に隠した豊臣《とよとみ》秀吉の秘宝を狙《ねら》った松平伊豆守は、吉原のすさまじいまでの抵抗にあった。結局、秘宝は、誰の手にも落ちることなく、明暦の大火の業火で失われたが、反抗した吉原への恨みは深く、松平伊豆守はいまだに復讐《ふくしゅう》の機会をうかがっていた。

執政が吉原を嫌っている。それだけで役人たちの対応は変わった。その代表が町奉行所であった。

町奉行所に属している与力、同心には、毎月かなりの金額が吉原から渡されていた。ために、吉原から願いを出せば、ただちに隠し遊女の手入れが始まった。

かつて吉原を席巻し、江戸中の女に勝山髷《かつやままげ》をはやらせた万字《まんじ》屋の名太夫《たゆう》勝山も、湯女風呂の手入れで吉原に下げ渡された一人であったことからもわかる。

しかし、日本橋茅場町《かやばちょう》の元吉原から、日本堤の新吉原に移転後は、まったくといっていいほど願いは放置されていた。町奉行所が、松平伊豆守の意向をおもんぱかっているのだ。

光圀が、盃をあおった。

「あいかわらず、肝の小さいやつだな」

光圀が吐きすてた。三代将軍家光《いえみつ》の男色の相手として、父と養父に売られた松平伊豆守は、ただ家光だけへの忠誠に生きてきた。家光亡き後は息子四代将軍家綱《いえつな》にその面影を映し、変わることなく仕えていた。

幕府の意向に従わない者に、松平伊豆守は冷たく容赦なかった。

光圀は、陰湿な松平伊豆守を嫌っていた。

「で、おめえさんは、どうなんだ。いい女の一人でもできたかい」

光圀が雰囲気を変えたいとばかりに、訊《き》いてきた。

「いえ」

緋之介は短く否定した。

女人の城、吉原に起居しながら、緋之介の周りに女の影はなかった。

「もったいねえことだ。宝の山に入りながら、手をむなしゅうして帰るというやつだな。いい加減に忘れてやらねえと、かえって浮かばれねえぜ」

光圀が、少し厳しい声で言った。

「はい」

緋之介は、ただうなずくしかなかった。

その日、緋之介は光圀の誘いに応じて下屋敷に泊まった。

翌朝、夜明けとともに目覚めた緋之介は、与えられた客間を出た中庭で、いつものように太刀を振るった。

六歳で父小野《おの》派一刀流師範小野次郎右衛門《じろうえもん》忠常《ただつね》に入門して以来、欠かしたことのない習慣であった。

緋之介の素振りは、いつも真剣を使う。木刀や袋竹刀《ふくろしない》では、真剣の重さと伸びが身につかないからだ。

「…………」

緋之介は、黙々と真剣を使った。青眼《せいがん》の構えから斬りおろし、下段から斜め袈裟懸《けさが》けにあげ、逆袈裟に返す。

真剣が風を切り、音をたてて空気を裂いた。真剣の重さに引きずられそうになる上半身を、しっかりと据えた下半身で抑える。

緋之介の動作には無駄がなかった。霜がたつほどの寒い朝だったが、半刻（約一時間）ほどで緋之介の全身に汗が浮いてきた。

右袈裟から斬った太刀を緋之介がふたたび青眼に戻した。ゆっくりと息を吐き、静かに吸うをくり返した。

緋之介は眼前、二間《けん》（約三・六メートル）先に敵がいるかのようにぐっと睨《にら》みつけ、緩慢に見える動きで太刀を大上段にもちあげた。

小野派一刀流極意《ごくい》一《いち》の太刀《たち》の構えにとった。

一の太刀は、防御を捨てた必死の技である。胴をがら空《あ》きにするが、太刀を高々と上げることで敵を威圧し、射すくめて一刀両断する。腕のたつ剣士がおこなえば必勝の剣となるが、それだけの技量を伴わない者が用いれば自死の太刀になる。

緋之介は、殺気を両眼にこめて、天に向けて太刀を立てた。気を集中していく。

「ぬん」

気迫の声を吐いて、緋之介は左足を一歩踏みだし、電光の疾《はや》さで太刀を落とした。

夢想した眼前の敵が霧散した。

「ひくっ」

緋之介の背後で息をのむ声が聞こえた。緋之介は、急いで振り向いた。

五間（約九メートル）ほど離れた灯籠脇《とうろうわき》に、一人の若侍が坐りこんでいた。

「これは、ご無礼を」

緋之介は、詫《わ》びた。

剣を持てば忘我の境地に入るのが、剣士であった。緋之介も集中しているときは、周囲が見えなくなる。もっとも殺気があれば感じとるが、今はなかった。

「大丈夫でござろうか」

近づく緋之介を、若侍は腰を抜かしたまま睨みつけていた。

「無礼者めが」

まだ前髪を残した若侍の口から、緋之介を咎《とが》める声が出た。

そこへ眠そうな顔の光圀が、縁側づたいにやってきた。

「なにをやっている」

光圀が、へたりこんでいる若侍を見た。

「緋之介の気合いにあてられたか。無理もない。そこらの道場剣術じゃ聞けぬからな」

光圀は、目を緋之介に向けた。

「すまない。身内でな。勘弁してやってくれ」

光圀が謝った。

「もったいないことを」

「兄上、なにをなさる」

緋之介と若侍が、そろえたように驚愕《きょうがく》の声をあげた。

そこいらの大名など足下にもおよばない御三家の世継ぎが、軽々と頭をさげるなどありえていい話ではなかった。

「緋之介とおいらはな、知友よ。主君と家臣の間柄ではない。こちらに非があれば、詫びるになんのさわりがある。なによりも天皇家の前では、大名でも庶民でも同じ臣民でしかない。世情の身分などなんの意味ももたぬ。生まれを誇るようなさもしいまねをいたすな」

光圀が、若侍を叱《しか》った。

「…………」

若侍がうつむいた。

「光圀さま、もう、それ以上は」

緋之介が止めた。

「他家のお庭であることを失念したわたくしが、悪いのでございまする」

緋之介は、ふたたび深く謝罪した。

「そう言ってくれるかい。すまないな」

光圀は、緋之介に礼を述べると、若侍に優しい眼差《まなざ》しで語りかけた。

「朝餉《あさげ》をともにいたそう。書院でいいな。緋の字、汗を拭《ふ》いてから来るといい。井戸の場所は知っているな」

「はい」

緋之介はうなずいた。

「では、待っている」

光圀が若侍をうながして去っていった。

身を切るような冷たい水で汗を流し、着替えた緋之介は、光圀が使っている書院に顔を出した。

七分つきの玄米に漬け物と蜆《しじみ》のみそ汁だけの質素なものだったが、すでに膳は用意されていた。

「おう、坐れ。まずは、喰おう。冷めてはつくってくれた者にもうしわけない」

光圀の言葉に、三人は黙々と飯を噛《か》んだ。

侍は米を異様なほど食した。扶持米《ふちまい》と呼ばれることからわかるように、現物支給された一日五合の玄米をほとんど消費する。

光圀と緋之介は、飯茶碗に三杯、若侍でも二杯食べた。

「さて、腹も膨れたことだ。怒りも互いに薄れただろう」

光圀が、若侍を意地悪い顔で見た。

「………」

若侍が横を向いた。

緋之介はその仕草がやけに子供っぽいと感じた。

「織江緋之介、小野派一刀流の遣い手だ。江戸でこいつにかなう剣術遣いは、そうはいないだろう」

光圀が緋之介を紹介した。

「で、これは、妹の真弓《まゆみ》だ。腹は違うが、見てのとおり、おいらに似て破天荒な奴よ。女だてらに男姿をしているのは、馬術をやっているからだ。まあ、見知っておいてやってくれ」

光圀が、真弓のことを説明した。

「姫君でいらっしゃいましたか」

緋之介が、目を見張った。

「悪いのか」

真弓が、喰ってかかった。

「気づいていなかったのか」

光圀が、あきれた顔をした。

「童のようなお方だとは思いましたが、まさか、女性《にょしょう》とは、まったく……」

緋之介は、申し訳なさそうに言った。

「はああ」

光圀が盛大なため息をついた。

「緋の字よ。おぬしが住んでいるところは、江戸でもっとも女の多いところだぞ。世の男どもがどれだけ代わってもらいたいと願っておるかわからぬほどのところにいながら、いったい何をしていたのだ」

「と申されましても」

緋之介は答えに窮した。

「毎日棒ばっかり振っていても、それでは男として欠けたままではないか。武術も男女の仲も陰陽が合致して初めて成るのだ。柳生《やぎゅう》十兵衛《じゅうべえ》どのも、父御《てて ご》小野忠常どのも、なにを教えてきたのやら」

光圀の嘆息は濃くなるいっぽうであった。

「これは、西田屋甚右衛門に任せただけでは、いかぬな。明雀にも命じておかねばならぬ」

光圀が強く言った。

「あの、兄上さま。お話の意図がわかりませぬが」

一人放っておかれた真弓が、訊いてきた。

「そなたには、まだ早い。飯を食い終わったなら、部屋に帰れ」

光圀が、命じた。

「……はい」

真弓は不満そうな顔を隠そうともせずに、去っていった。

「では、わたくしもそろそろ」

緋之介も腰をあげた。話がこれ以上かたちになる前に逃げだすことにした。

「近いうちに吉原にまいるからな。そのときは逃がさぬ」

政《まつりごと》に興味をみせない父頼房に代わって、水戸家を差配している光圀は多忙であった。すでに書院の外に家臣が書付を持って待っていた。

「では」

緋之介は、早々に水戸家下屋敷を出た。

二

本所深川とひとまとめにされるが、幕府開闢《かいびゃく》とときをおなじくして開拓された深川と違って、本所は明暦の火事の復興にともなう土地不足を解消するために開発された。

万治元年《まんじがんねん》（一六五八）、両国橋が架けられて始まった本所の造成は、竪川《たてかわ》堀、横川《よこかわ》堀の掘削で排水を可能にしてから一気に進んだ。

それでも湿気は抜けきらなかったが、幕府は焦るように各大名たちの下屋敷などを深川へ移した。

水戸家は真っ先に御三家並んで与えられていた木挽町《こびきちょう》の下屋敷を、本所小梅町へ移転するように命じられた。

追いたてるようにしての埋め立てや普請《ふしん》だけに、まだできあがっていないところが本所には多い。仕事は山のようにあった。諸国から食いはぐれた農家の次男、三男や浪人者が流れこみ、日当は鰻登《うなぎのぼ》りになった。

金ができるとその日暮らしの人足たちが、求めるものは酒と女である。格式を金科玉条のごとく守り、一夜では肌さえあわさぬ吉原よりも、数百文の銭で肉欲を発散させてくれる隠し遊女や湯女風呂に人気が集まるのは当然であった。

本所にも何軒かの湯女風呂ができていた。

江戸は水の悪い土地である。もとが江戸湾を埋め立てただけに、湧《わ》きでる水は塩気を含んでいた。飲み水さえ不足する江戸で、大坂や京のような湯屋《ゆうや》と呼ばれるお湯を張った浴槽を設けた風呂は難しい。風呂といえば蒸し風呂が江戸のかたちであり、湯女たちは本来、客たちの背中の垢《あか》をそぎ落とすことが仕事だった。

しかし、もうもうと湯気のあがる浴室で、湯文字一つもろはだ脱ぎの湯女が、やさしく背中をこすってくれるとなれば、女日照りの男たちに辛抱ができるはずもない。風呂終《じま》いのあと、気に入った女を連れて湯屋の二階、屛風《びょうぶ》で区切っただけの大広間でひとときの快楽にうつつを抜かすことになる。

昼すぎの見世《みせ》開けを待てずに、行列ができるほど、湯屋は人気を博していた。

「どうだい、いまなら二代目勝山が、見世明けでおぼこだ。銀二十匁《もんめ》で、この世の天女を抱けるんだ。早い者勝ちだよ」

湯屋の前で客引きが、声を張りあげていた。

評判のいい湯女は、取りあいになる。それを見こして風呂屋の主は、人気の湯女の値段をつりあげていた。

銀二十匁は、およそ千三百文に相当する。力仕事をする人足の手間賃が、一日二百文ていどなことから考えれば、かなりの金額であった。

さすがに千三百文となると手が出ないのか、誰も声に応じようとはしなかった。

「お侍さま、いかがで。そこいらの女とは別物ですぜ。これだけの上物は吉原にだっていやしやせんよ」

こぎれいな身形《みなり》の緋之介を鴨と見たのか、客引きの男が近づいてきた。

「湯屋の代金に垢落とし、二階座敷の使用料も全部こみで二十匁、けっして高くはござんせんよ」

客引きの男は、しつように緋之介に誘いかけた。

「要《い》らぬ」

緋之介はそっけなく断った。

「ここだけの話でやすがね、じつは二代目勝山は、お旗本の娘だったたんでさ。それも千石をこえるお姫さまだったたんですぜ。そんな女を抱ける機会はそうそう……」

最後をにごして、客引きの男が下卑た笑いを浮かべた。

風呂屋に目をやった緋之介は、二階の窓から気怠《けだる》そうに見ろしている湯女を認めた。生きようとする意思のない眼《まなこ》が、虚無をたたえていた。

「あの女か」

緋之介は、顎《あご》を軽くあげてしめした。

「さすがにお目が高い。へい、あれが二代目勝山でございます」

客引きが食いついてきたとばかりに、うなずいた。

「病ではないのか。顔色がよくないように見受けられるが」

緋之介は、客引きの男に問うた。

「お侍さん、因縁をつけるおつもりですかい。勝山は元気ですぜ」

客引きの声がきびしくなる。女を商っている見世で病の一言は禁句であった。

「みょうに生気のない顔をしておると思うが」

「まだ、言うかい、ええっ」

緋之介の言葉に、客引きがくってかかった。

「おい、みんな出てきてくんな。女にけちをつけやがる」

客引きが、首だけで見世を振り返って、仲間を呼んだ。

見世脇の板をあわせただけの粗末な小屋から、男たちが走り出てきた。いつものことなのか、手にはすでに樫《かし》の棒を握っていた。

「佐乃《さの》よ、こいつかい、商売のじゃまっていうのは」

ひときわ体軀《たいく》の立派な男が、尋ねた。

「ああ。勝山が病気だとかぬかしやがった」

「なんだと」

客引きの話を受けて、男たちが殺気だった。

「ちょいと、お侍さま。どういうことか存じやせんが、売りものの女に傷をつけられたんじゃ、こちとらおまんまの食いあげで」

立派な体格の男が緋之介に迫った。

「それはすまなかったな。だが、女で生きているというなら、よけいに気にしてやらねばならぬのではないか。女に倒れられては、それこそ稼ぎになるまい」

緋之介は、おだやかに話した。

「女は売りもの買いものなんで。買ったかぎりは、どうしようが、こちらの勝手。死ぬまで稼がすのが、本所のきまりでさ」

体格のいい男が、目つきを変えた。

「まわりをご覧なせい。お侍さまが、病だとかなんとか言いなさるから、客足がなくなっちまいやした。このつぐないをどうしてくださるおつもりで」

男たちが緋之介を取り囲んだ。

「懐《ふところ》のものと、お腰のものを置いていってもらいやしょうか。着物まで脱げたあ申しやせん……」

体格のいい男が、勝ち誇った笑いを浮かべたままくずれた。

緋之介が柄ごと太刀を突きだし、みぞおちに当て身をくわせたのだ。

「な、なにをしやがった」

すぐ隣に立っていた客引きの佐乃が、あわてた。緋之介の疾さに気がつかなかった。

「買われなければ、生きていけぬ女がいることは、承知している。それで食べている男がいることもな。女の身体《からだ》にすがっておるなら、もう少し気を遣ってやれ」

緋之介は、呆然《ぼうぜん》としている男たちの間を抜けた。

「へっ」

緋之介から、急所の右脇腹に拳を入れられた男が、間抜けな声を漏らして倒れた。

「に、逃がすな。このままじゃ、親方に怒鳴られるぞ」

客引きの佐乃の言葉を合図に、男たちがいっせいにつかみかかってきた。

一山あてようと集まってきた山師ばかりの本所で生きぬいてきた男たちだったが、

度胸だけで術を学んだ緋之介に勝てるはずもなく、緋之介の的確な一打で次々と脱落していった。

「鬼か、あいつは」

客引きの佐乃が、緋之介につかまる前にと、あわてて見世のなかへ逃げこんだ。

緋之介は、もう一度湯屋の二階を見た。

死んだような目をした美しい女の姿は、すでになかった。

新吉原の大門は、元吉原からの慣習で、昼八つ（午後二時ごろ）の鐘を待って開かれる。それまでに帰宅する前夜から泊まりの客は、大門脇にある潜《くぐ》りを使って出入りする。

緋之介が、吉原に戻ってきたのは、昼正午を過ぎて少したってからであった。

「おや、旦那《だんな》。おかえりなさいやし」

潜り番をしている会所《かいしょ》の若い男に迎えられて、緋之介は吉原に入った。

吉原は、豊臣家滅亡と歴史を同じくしていた。

関ヶ原の合戦に出ていく家康を、鈴ヶ森で遊女たちに接待させた庄司甚右衛門が願いによって作られた江戸唯一《ただ》つの御免色里である。

極楽浄土と称されるだけに、吉原の華美さはこの世のものとは思えないほどであった。

見世は貴重な紅殻《ベンガラ》を格子《こうし》にまで塗り、錦の織物を惜しげもなく壁に貼る。見世によっては、板敷きではなく薄縁《うすべり》を部屋中に敷きつめたところもあった。

唐天竺《からてんじく》の宮殿を思わせる見世のなかには、派手な小袖《こそで》を身につけた美しい遊女たちが、男たちを待ち受ける。まさに魂もとばしてしまうほどの別天地であった。

大門を入ってまっすぐに吉原をつらぬく仲之町《なかのちょう》通《とお》りを進んで、最初の角を右に折れた江戸町《えどちょう》にある遊女屋西田屋甚右衛門に緋之介は仮寓していた。

「お帰りなさいませ」

見世の表からではなく、路地に面した裏木戸から入った緋之介を西田屋甚右衛門が待っていた。

西田屋甚右衛門は、庄司甚右衛門の孫にあたる。戦国のころ関東一円を支配していた北条《ほうじょう》氏でひとかどの武将であった庄司甚右衛門は、豊臣秀吉によって主家が滅ぼされると、二度と仕官することなく、駿河《するが》の国吉原の宿に隠棲した。

そこで遊廓を始めた甚右衛門は、やがて江戸に見世を移した。柳町《やなぎちょう》で小さな遊女屋を開いていた甚右衛門に、家康が江戸の遊女の父たるべしと命じ、日本橋茅場町に土地を与えた。

吉原の始まりである。

元和《げんな》三年（一六一七）から、明暦三年まで吉原は栄華を誇った。八つ（午後二時ごろ）から暮れ六つ（午後六時ごろ）までの短い間だけ営業を許された遊廓であったが、客はそれこそ掃いて捨てるほどやってきた。

明暦の大火でそのすべてを焼失した吉原は移転を余儀なくされ、現在の地に移ったが、江戸市中からかなり外れたこともあって、かつての面影はなくなっていた。

その吉原を束ねているのが、吉原惣名主《そうなぬし》の西田屋甚右衛門であった。

「なにかございましたか」

緋之介は、西田屋甚右衛門に問うた。

「さきほど、忘八《ぼうはち》の一人が、織江さまを本所の湯女風呂で見かけたと申しておりましたが」

西田屋甚右衛門は、すでに一件のことを知っていた。

忘八とは、吉原に住まいする男たちの総称である。

仁《じん》、義《ぎ》、礼《れい》、智《ち》、忠《ちゅう》、信《しん》、孝《こう》、悌《てい》の八節を忘れはてた者として、人あつかいを受けることのない男たちであった。

主家を潰《つぶ》された侍、故郷で人を殺した凶状持ち、鳶《とび》から盗人へ落ちた職人、忍《しの》びくずれなど、世間では生きていけない男たちのなれの果てが忘八である。

女の生き血をすすっているとさげすまれても、ここにいるしかない忘八たちは、吉原のために命を惜しまずに働いた。

七度死んでもよみがえる亡八と別称されるほど剽悍《ひょうかん》な男たちを、吉原惣名主の西田屋甚右衛門は完全に把握していた。

江戸で起こることはすべて西田屋甚右衛門の耳に入った。

「知られておりましたか」

緋之介は、苦笑した。

「織江さまは、水戸さまからのたいせつなお預かり人でございまする。廓内《くるわ》のことなら、どうとでもできまするが、大門外までは、なんの手助けができませぬ。なにとぞ、ご自重くださいますように」

西田屋甚右衛門は、緋之介の住居としてあてがわれている庭隅の離れまでついてきた。

「いや、あまりに無道なことを申すゆえ、ついな」

緋之介は、話をした。

「さようでございましたか。ですが、それでも要らぬお手出しでございまする。吉原にせよ、湯女風呂にせよ、女たちは年季奉公証文によってくられておるのでございまする。こればかりは、お奉行さまといえどもどうすることもかないませぬ。何年何月まで遊女奉公をすることを了承した証《あか》しでございまする。それこそ、主は女をどのように働かせようが、咎められることはないので」

西田屋甚右衛門が緋之介を諭すように叱った。

「売り買いされた女のことに、かかわりなき方が口出しできるとならば、なによりもまず、吉原がなりたちませぬ」

「……………」

緋之介は沈黙するしかなかった。

人が人を売り買いし、思うがままにする。許されていいことではないが、そうしないと生きていけない者たちがいることもまた確かなのだ。

商売の失敗で多額の借金をせおった商家、冷害や風害で実りをえられなかった農家、そしてとりつぶされた武士の一家など、娘や妻を遊女奉公に差し出さないと家族全部が飢え死にしてしまう者たちを、緋之介は何度となく見てきた。

「ご心配なさいますな。年季をきめぬ奉公は、御上が禁じられておりまする。湯女風呂や岡場所は存じませんが、吉原では二十八歳になった遊女たちの年季を明けさせておりまする」

西田屋甚右衛門の言葉はそのとおりであった。

吉原は創設以来、かぞえで二十八歳を迎えた女は、その日に奉公から解き放っていた。

「もっとも、行く先があるかどうかは、その遊女の心がけしだいでございまするが」

それも事実であった。

家康が江戸に幕府を開いてから六十年ほどが過ぎていたが、いまだに膨張を続けている天下の城下町では、毎日槌音《つちおと》がひびいていた。

普請をおこなうには大工や左官などの職人、その下働きをする人足と人手が必要である。江戸は男過多になっていた。

女日照りの江戸で、娘はあっという間に妻に変わる。商家などは跡継ぎの嫁とみこんだ娘を、月のものが来る前に娶《めと》ったりもした。

ならば、遊女奉公を終えた女たちも引く手あまたかと思えば、そうではなかった。二十八歳という年齢が、壁となった。

早婚の江戸において、二十八歳は、子供を作るに歳《とし》を取りすぎているのだ。それに、多くの男と交わりながら、子供を産むことが認められない遊女たちは、いつのまにか、妊娠しにくい体質になっていく。これらが、年季明けの遊女たちから、普通の女としての余生を奪っていた。

「馴染みとなってくださったお客さまに誠心誠意お仕えした遊女たちは、なんとかなることが多いのですが、たくさんの馴染みを手玉に取っていたような女は、年季が明けても引きとってくれる者もなく、途方にくれることになるのでございます」

西田屋甚右衛門が、冷たく言った。

「女が花と咲く時期を、金で縛るのでございますが、そうせねばこの生業《なりわい》はやっていけませぬ。人が生きていくうえで、いえ、町がそこにあるかぎり、陰のようにひっそりと寄り添う闇《やみ》」

西田屋甚右衛門が、緋之介の目を見た。

「その闇に緋之介さまは、なにをご覧になるか。いえ、陰に入ることがおできになるのか、そして陰から出られるとき、闇に染まっておられるのか。光圀さまは、それを見守っておられるのではございませぬか」

「…………」

緋之介は、目をそらした。西田屋甚右衛門の口調にふくまれる非難に反論できなかった。

元吉原のころから、緋之介は吉原に住んでいた。当初は、家康から秀吉の秘宝を預かっていたいづやに、新吉原になってからは西田屋に寄寓《きぐう》していた。

いづやのときは、格子女郎《こうしじょろう》で次の太夫といわれた桔梗《ききょう》が、西田屋に移ってからは、やはり格子の風花《かざはな》が身のまわりの世話をしていた。が、ついに緋之介は手を出すことをしなかった。

今も、万字屋の藤島《ふじしま》太夫が、緋之介のことを真夫《まぶ》、つまり想い人だと公言している。吉原を背負って立つ太夫、江戸でも指折りの美女から誘われていながら、緋之介は、男女のことにおよぼうとはしなかった。

陰陽とたとえられるように、男と女は一つになって初めて、世の摂理にしたがい、次代を産むことができる。女を知らぬ緋之介は、人として、男として未成熟であった。

光圀も西田屋甚右衛門も、それを危惧《きぐ》していた。

「年寄りの苦言とご勘弁ください。ああ、それと本所の湯女風呂を取り締まりくださるようにと、お奉行所まで申立をしておきました。二代目勝山が、死ぬ前に動いてくだされぱいいのですが」

西田屋甚右衛門が、辛《つら》そうな顔をした。

「かたじけない」

緋之助は、頭を下げた。

「いえ、ですが、女の業を拾い集めてばかりいては、身が持ちませんよ」

西田屋甚右衛門が忠告を残して、緋之助の居室から出ていった。


吉原の遊女屋は、太夫のいる見世といない見世の二つに分けられた。

太夫の呼び名はもともと平安のころ京の都を支配していた天皇や公家《くげ》たちが、白拍子《しらびょうし》と呼ばれた遊女たちを、寝室に招き入れるために必要なだけの格式を臨時にあたえたことに由来していた。

松の位《くらい》、十万石の大名に匹敵するその名称は、今ではもちろん僭称《せんしょう》でしかないが、太夫に選ばれるにはふさわしいだけのものが求められた。

生まれはまったく勘案されないが、まず衆にすぐれた美貌《びぼう》は当然として、さらに礼儀作法、音曲、詩歌、古典、茶道、華道に精通していることが条件であった。

客が大名でも茶人でも、十分に応対できるだけの才を持つ妓だけが太夫と称することができた。

一夜の逢瀬《おうせ》に、祝儀や宴席での支払いを加えて十両かかる太夫の客は、大名か高禄の旗本、あるいは大商人だけであり、客足の寂れた吉原に、現在五人しか太夫はいなかった。

その内の一人、万字屋の藤島太夫が、揚屋《あげや》へ向かう道中を始めようとしていた。吉原だけのしきたりであるが、太夫と遊ぶには見世でなく、揚屋と呼ばれる貸座敷に呼ぶ決まりであった。その移動が吉原名物太夫道中であった。

江戸町の遊女屋から、京町《きょうまち》の揚屋まで歩く。これを東海道に見立てて、道中と称した。

吉原の大門が開かれた八つ（午後二時ごろ）から、太夫道中は始められる。太夫同士がかち合わないように、調節するのは会所の役目であった。

遊廓の主から太夫が揚屋へ向かうとの報告を受けた会所は、見世と揚屋の格、客の身分、馴染みの度合いなどを勘案して、いつ道中を踏みだすかきめるのである。

大名の姫でも身につけることはないだろう豪勢な小袖を身につけた太夫が、多くの供を引き連れて、ゆっくりと進んでいくさまは、江戸見物に来たおのぼりさんはもとより、吉原に通い慣れている粋人をも虜《とりこ》にするほど見事なものだった。

毎日おこなわれる太夫道中を、緋之介は吉原にいるかぎり見ていた。

藤島太夫の招きに応じて、その居室で茶を点《た》ててもらったとき、緋之介は頼まれたのだ。

「よその客に抱かれるための旅立ちならば、せめて想い人に見送っていただきとうございんす」

太夫道中は遊女の矜持《きょうじ》であった。多くの男たちが漏らす感嘆のため息は、金で買われる身の誇りであった。虚栄でしかないことは十分承知しているが、己が華だと思えるときは、太夫の心のよりどころであった。

「えええええい」

独特の節回しを禿《かむろ》が張りあげた。出発の合図である。十歳に満たない童女の甲高《かんだか》い声が、吉原中に拡がった。

太夫の歩みを八文字《はちもんじ》という。くるぶしまで覆い隠す長い小袖に高下駄で、まっすぐに足を出したのでは、裾《すそ》が絡んで歩くどころではなくなることから、太夫は前に足を出すとき、わざと裾を蹴《け》って回すようにして踏みだすのだ。

踏みだす方向を反対側の足に向けるのを内八文字、逆に身体の外へと振りだすのを外八文字と呼んだ。

かつては、裾が乱れるとして内八文字が主流であった。それを湯女出身の勝山が変えた。勝山太夫は、大きく裾を割る外八文字を踏んで見せた。

紅《あか》い蹴出しの裾から、愛らしいくるぶしはもとより、白いふくらはぎから膝まで開帳した勝山の道中は、たちまち江戸中の人気を博し、他の太夫たちも次々模倣していった。今では、太夫道中と言えば、外八文字と決まっていた。

藤島太夫が、一歩前にでた。冬に似つかわしい白の小袖の裾が割れ、最初に蹴出しの紅が見えた。つづいて、小袖よりわずかに暖かい色のふくらはぎが、客の前に惜しげもなくさらされる。

「おおっ」

ため息を漏らすのは、江戸見物に来た田舎者か、あるいは参勤交代で来たばかりの藩士である。江戸っ子は、黙って見るのを粋《いき》としていた。

「ふん、田舎もんが」

職人ふうの男が、声を出した男を笑った。

「こちとら、ものごころついたときから、太夫の足を拝んでいるんでえ」

「ならば、見に来るな」

言い返したのは、声を出した藩士であった。

「見慣れたものを、最前列で見る。始まるかなり前から並んでいなければ、そこにはおれまい」

藩士が、職人をあざけった。

周りの男たちから失笑が漏れた。

「みどもは、この秋で国元に帰る。おそらく二度と江戸に来ることはかなうまい。ならば、今生《こんじょう》の土産として太夫道中を見てまいらんと、大門が開くとともにここで待っておった。それだけの値打ちはあったと思うぞ。藤島太夫の道中はな」

藩士は、楽しそうであった。

「浅黄裏《あさぎうら》が、なに言いやがる」

職人が、大声で藩士の口を封じようとした。

「無礼を申すと、捨ておかんぞ」

藩士が、さすがににらみつけた。

「喧嘩《けんか》だ」

「りゃんこと半纏《はんてん》が、喧嘩だぞ」

たちまち観衆たちが騒ぎだした。

吉原での喧嘩は御法度《ごはっと》であった。一歩外に出れば、人あつかいされない忘八だが、大門うちでは、自在である。

万字屋の忘八と会所に詰めている三浦屋の忘八が、身構えた。

緋之介が出ようとした瞬間に、藤島太夫の気配が変わった。

道中に入れば、脇目を振らないのが慣例の太夫道中だったが、藤島太夫は、二歩めを出す前に首だけで振り返った。

「…………」

藤島太夫が、藩士に向かってにっこりと微笑《ほほえ》んだ。

観衆たちが、声を失った。髷を高く輪のように結び、横鬢《よこびん》を細く締めた勝山髷を少し傾けた藤島太夫は、息をのむほど美しかった。

「せ、拙者に笑いかけてくれたぞ」

藩士の殺気が霧散した。

職人も目を奪われている。

男の争いを、藤島太夫は、ほほえみ一つで抑えた。

緋之介は、感心していた。立ちのぼった殺気をそれ以上の気で抑えこむことは、ちょっとした剣士ならやってのけるが、霞《かすみ》のように吹き消すことはできなかった。

緋之介は、藤島太夫の背中に春の兆しを見た。

会所前で控えていた万字屋の主、山本芳潤《やまもとほうじゅん》が、肩の力を抜いた。

「はあぁ」

争いごとに太夫が巻きこまれるのが怖いのだ。太夫一人を育てるにはとてつもない手間と暇がかかった。金と手間だけで済むならまだいい。太夫たるべき素質を持っている女を見つけ出すことが大変なのだ。売られてくる娘のなかから選び出すのは、砂中に金を探すより難しい。吉原創設以来の名楼、西田屋に太夫がいないことからもそれはわかる。

「勝山太夫の跡継ぎ、万字屋の稼ぎ頭に怪我《けが》でもされたら、あがったりだよ」

山本芳潤が、忘八に語りかけた。

「ここ最近は、隠し遊女の払い下げもない。もう一度勝山太夫ほどの女を手に入れたいものだ」

山本芳潤が、しみじみと口にした。

勝山太夫は、丹前風呂の湯女だった。町奉行所の隠し遊女狩りで捕まり、吉原にわたされ、万字屋の遊女となった。

払い下げられた遊女は、そのほとんどがもっとも揚げ代の安い端《はした》として、一日に何人もの客を取らされる。よほど見目麗しければ、一つ上の格子にすることもあるが、隠し遊女を一段下に見ている吉原では滅多にあることではなかった。

山本芳潤は、その慣習を破った。勝山を引き取るなり太夫に据えて、お披露目したのだ。

江戸の男たちは快哉《かいさい》を叫んだ。丹前風呂で絶大な人気を誇っていた勝山が、太夫の格で出る。町屋の小町娘が、いきなり大名の姫君になったようなものである。それこそ、江戸中の粋人が馴染みを裏切ってでも、勝山太夫とねんごろの仲になろうとしたほどの人気だった。だが、その勝山太夫はもういない。

山本芳潤は、二匹目の泥鰌《どじょう》を藤島太夫に期待していた。

一歩一歩ごとに止まる太夫道中は、江戸町一丁目から京町までの二丁（約二二〇メートル）ほどの距離を、小半刻（約三十分）以上かけて進む。

藤島太夫の艶姿《あですがた》は、集まった男たちの脳裏に刻まれるが、そのなかから馴染みとなる者はまずでなかった。

太夫と男女の仲になるには金がかかりすぎた。

端はさすがに違うが、格子以上となると、吉原には厳格なしきたりがあった。

馴染みである。馴染みとは、三回以上一人の遊女にかようことで、ようやく臥所《ふしど》をともにすることができた。もちろん、遊女に触れることさえできない一度目と二度目の揚げ代も客は払わなければならない。それだけではすまなかった。揚屋に呼ぶほどの遊女となると、本人以外への祝儀も馬鹿にならなかった。ましてや、太夫と初の逢瀬ともなると、太夫の見世に勤めている者たちはもとより、揚屋の若い衆、女子衆《おなごし》、店主にやりて婆《ばばあ》にまで祝儀をださなければならないのだ。

馴染みとなって、太夫の肌を拝むまでに三十両近い費用がかかった。

「さて、行くか。今日の客は近江屋《おうみや》さんだったな。羽振りのいいお客さんだ。たいせつにしないとね」

山本芳潤が、太夫の後を追った。

三

下屋敷での静養を終えた光圀は、帰邸の準備をしていた。

そこへ、真弓が近づいてきた。

「兄上さま」

「おう、見送りか」

光圀が、軽く手をあげた。

「それもございまするが……」

真弓が口ごもった。

「緋の字のことか」

光圀は察した。

「聞けば、百俵の御家人だと申すではございませぬか。徳川御三家の一つ、水戸徳川家二十八万石の世継ぎで神君家康公の孫にあたられる兄上さまが、友誼《ゆうぎ》を結ばれるにふさわしい人物とは思えませぬ」

真弓が不服を唱えた。

「……………」

光圀は、じっと真弓を見つめて、ため息をついた。

「仕方ないかの。いかに葦毛《あしげ》姫といえども、世間知らずには違いないからな」

葦毛姫とは、初潮を迎えても髪をおろそうとしないばかりか、若衆髷に結《ゆ》いなおして男装しはじめた娘に、父頼房がつけたあだ名である。馬術好きというのもあったが、真弓の髪には生まれつき数筋の白髪が交じっていたことに由来していた。

「兄上さま」

あだ名を気に入っていない真弓が、目を尖《とが》らせた。

「怒るな」

光圀は、頬《ほお》をゆるめた。

「緋の字はな、おいらや真弓が生涯をつうじて味わうことがないほど深い哀《かな》しみを知っている。それでいながら、折れることなく戦い続けている。尊敬に値する男だ」

「ならば、上様にお願いして、せめてお目見《めみ》え格に推薦なされればよろしいでしょうに」

光圀の言葉をうけた真弓が言った。

「そんなことを喜ぶやつではないさ。望めば、将軍家剣術指南役にでもなれるくせに、緋の字は、縛られることをよしとしない。いや、もうすでにがんじがらめに縛られているから、あらたな紐《ひも》を必要としないのかもな」

光圀が、寂しそうに語った。

「生涯、緋の字とつきあっていきたいと思っている。そのためにはおいらが、見捨てられないようにしなきゃいけねえ」

「兄上さまがでございまするか」

真弓が、目をむいた。

光圀は、まだ世継ぎの身ながら、実質水戸家の当主としての仕事をこなしている。さらに交誼を求めてくる大名たちとの関係も良好であり、すでに名君としての評判も高い。その光圀が、貧乏御家人から交友を切られないように努力しなければならないと口にしたのだ、真弓が驚くのも当たり前であった。

「そなたにもわかる日が来るやも知れぬ。兄としては、来て欲しくないが。緋の字のすごさを知るときは、つらいできごとの後だからな」

光圀が、そっと真弓の肩に手を置いた。

「さて、他に話がなければ、そろそろ行くぞ」

すでに玄関前には、供たちがそろっていた。

「あと一つ」

真弓が、光圀をひきとめた。

「覚えておられまするか。明日、千日供養でございまする」

真弓が問うた。

「保科《ほしな》が姫のことか」

光圀の表情が締まった。

「はい」

真弓の表情も硬い。

「忘れようなどない。まだ十八歳の若さだったというに」

光圀の口調も固くなった。

「万治元年（一六五八）七月二十八日、夏の盛りでございました」

真弓が告げた。

「そうだったか。もう、千日になるか。ときのうつろいとは早いものだな」

光圀が、目を閉じた。

「媛《はる》姫さまとわたくしは、寛永十八年（一六四一）生まれで同じ歳でございましたゆえよく覚えておりまする」

真弓が、目を潤ませていた。

「であったな。そなたと媛どのは、よく互いの下屋敷で遊んでいたからな」

光圀も思いだしていた。当時、木挽町にあった水戸家の下屋敷と源助町《げんすけちょう》海手《うみて》の保科家下屋敷は、隣同士といっていいほど近く、両家の交流も盛んであった。

木挽町の下屋敷に遊びに来た媛姫は、いつも活発な真弓の後を大人しい人形のようについてまわっていた。

市井に捨てられたようになっていた光圀のことを、引きあげてくれたのは水戸家付け家老中山備前守《なかやまびぜんのかみ》だが、光圀を家光に紹介し水戸家の世継ぎとしてくれたのは、保科肥後守正之《ひごのかみまさゆき》であった。その関係から、光圀もよく保科家には出入りし、媛姫のことも可愛がっていた。

寛永五年（一六二八）生まれの光圀と媛姫ではひとまわり以上歳の差があった。もう少し近ければ、媛姫は光圀の妻になっていたかも知れなかった。

「おいらはいけねえが、真弓は参するのだろ」

光圀が、真弓に問いかけた。

親戚筋でもない男が、嫁にいった女の法要にでることは、許されなかった。

「はい」

真弓が首肯《しゅこう》した。

「どこであるんだ。骨は、米沢《よねざわ》だろう」

光圀が尋ねた。媛姫は、戦国の名将上杉謙信《うえすぎけんしん》の後裔《こうえい》、米沢三十万石上杉綱勝《つなかつ》に嫁していた。

嫁ぎ先で亡くなった娘は、たとえ江戸で死んでも婚家の墓にはいるのがきまりである。上杉家の墓は米沢城下林泉寺《りんせんじ》にあった。

「源助町の下屋敷で、お身内と親しい方だけでおこなわれまする」

真弓が応えた。

保科家が神道だったせいもあって、媛姫は江戸の寺に分骨されていなかった。

「そうか。気をつけてな」

普段、上屋敷を除く水戸家の屋敷でもっとも敷地の広い目白《めじろ》の中屋敷にいる真弓が、本所に来ているわけに光圀は気づいた。本所小梅から保科家の下屋敷は両国橋をわたれば、それほどの距離ではなかった。

「はい」

うなずく真弓に笑いかけて、光圀は立ちあがった。

水戸家の世継ぎともなると馬か駕籠《かご》で移動するのが普通であるが、今日の光圀は歩《か》行《ち》であった。

光圀の愛馬、火風《かふう》が、蹄《ひづめ》を痛めていたからである。代替えの馬を勧められた光圀だったが、それを断って、どこに行くにも歩いていた。

「真之輔《しんのすけ》」

光圀が、供の一人を呼んだ。家康から水戸家につけられた付け家老中山備前守の嫡男《ちゃくなん》で、光圀の小姓《こしょう》であった。

「これに」

真之輔が半歩後についた。

「三年前、保科の姫が食事直後に亡くなったことを覚えているか」

「保科家中屋敷で、妹姫さまの輿入《こしい》れを祝う夕餉のあとでのことだったかと」

光圀が、側《そば》に置いているだけのことはあった。真之輔はすぐに思いだした。

「その妹姫だが、どうしているか」

光圀が問うた。

「あの後、松平加賀守《かがのかみ》綱紀《つなのり》公のご正室になられたと、うかがいましたが」

松平加賀守とは、百万石金沢藩前田《まえだ》家のことだ。

「お元気なのだな」

「はい」

真之輔が首肯した。

「わかった。さがっていい」

真之輔が、三歩ほど遅れた。

光圀が黙考し始めた。慣れている家臣たちは、声をかけずに進んだ。

本所の下屋敷から、駒込の中屋敷までは、一刻（約二時間）ほどの距離である。

「久しぶりに明雀に会うとするか」

屋敷の門をくぐりながら、光圀がつぶやいた。

松平伊豆守信綱が、吐血した。

駆けよった。

「伊豆守さま」

老中たちの執務室御用部屋の雑用を担う御用部屋坊主が、悲鳴のような声をあげて駆けよった。

「だ、大事ない。騒ぎたてるな」

松平伊豆守が、懐紙で口の周りについた血を拭きながら姿勢を正した。

「殿医《てんい》を呼べ」

老中阿部《あべ》豊後守《ぶんごのかみ》忠秋《ただあき》が、御用部屋坊主に命じた。

松平伊豆守が、手をあげて制した。

そう言いながらも、松平伊豆守は咳《せ》きこんでいた。

「豊後どの、要らぬ」

「よろしいのか」

阿部豊後守が、訊いた。

「大丈夫でござる。お気遣いかたじけない。お役目にお戻りくだされ」

松平伊豆守は、阿部豊後守の好意を切り捨てるように、紋切り型で言った。

「…………」

阿部豊後守が、無言で読みかけていた書付に目を落とした。

松平伊豆守は、阿部豊後守を気にもせず、血のついた懐紙を見た。松平伊豆守は、明暦の火事以降、ときどき体調を崩し、吐血するようになっていた。

藩医の診断では、胃の腑《ふ》にしこりがあり、それが原因であろうとのことだったが、治療法はなく、滋養強壮の漢方薬を処方されるだけだった。

「あまり余裕はないか」

いつもより多い血に、松平伊豆守がつぶやいた。

「神尾《かみお》備前守《びぜんのかみ》をこれへ」

隣でおろおろしている御用部屋坊主に松平伊豆守が、命じた。

「た、ただちに」

御用部屋坊主が尻《しり》を蹴りあげられたかのように、急いで御用部屋を出ていった。

若年寄支配、二十俵二人扶持役金二十七両と軽い身分のお城坊主であったが、そのうちでも御用部屋坊主は、老中、若年寄ら執政の側近くに仕えるため、なかなかの権力があった。

老中の使いをすることが多い御用部屋坊主たちは、異変が起こったことを周囲に知られぬように、普段から殿中廊下の片隅を小走りに駆けた。

走ってくる御用部屋坊主を見かけた大名や諸役人たちが、急いで道を譲った。

「ごめんくださりませ。伊豆守さまの御用でございますれば」

呪文《じゅもん》のように小声で言いながら、御用部屋坊主はお納戸御門を出て、呉服橋御門内にある南町奉行所へ駆けこんだ。

江戸の町屋を管轄する町奉行は、多忙をきわめていた。

朝は日があがる前に奉行所へ出仕し、宿直《とのい》番の与力から先夜にあったことの報告を受け、さらに年番方与力を呼びよせて、今日一日のことを話し合う。朝餉をしたためた後、五つ（午前八時ごろ）前には登城して、寺社奉行、勘定奉行らと必要なことの意見を交換し、幕府の政治にかかわる重大事に参画する。与えられた下部屋で中食をとった後、八つ（午後二時ごろ）に奉行所に戻り、深夜まで執務する。在任中に死亡する者が出て当たり前の激務であった。

すでに神尾備前守は、城から町奉行所へとさがっていた。

「伊豆守さまがお呼びだと」

神尾備前守は御用部屋坊主を置き去って御用部屋へと急いだ。

南町奉行神尾備前守元勝《もとかつ》は、出自のはっきりとしない旗本であった。もとは、松平周防守《すおうのかみ》の家臣であったらしいが定かではない。

徳川家康の愛妾《あいしょう》であった茶阿《ちゃあ》の局《つぼね》が一人息子と友人であった関係から、茶阿の局の養子となり、旗本に列せられた。大坂の陣で活躍し、お使い番、大坂町奉行、作事奉行を経て寛永十七年（一六四〇）から、実に二十一年の長きにわたって町奉行の職にあった。

御用部屋についた神尾備前守は、襖外から声をかけた。

「神尾備前でございまする。松平伊豆守さまがお呼びとのことで参上つかまつりました」

老中、奥右筆《ゆうひつ》、御用部屋坊主以外、御用部屋の襖を開けることは許されていなかった。

神尾備前守は正座したまま待った。

少しして襖が内側から開けられた。

「御用中にすまぬな」

御用部屋坊主に開けさせた襖の奥から松平伊豆守が現れた。

「いえ」

神尾備前守が、頭をさげた。

「はばかる話をしたい」

松平伊豆守が、神尾備前守を御用部屋に接している畳廊下の片隅に誘った。

膝をついた神尾備前守が、立っている松平伊豆守を見あげた。

「ご執政さま。お顔の色がすぐれませぬが」

「少し疲れたのだ。儂《わし》ももう、六十四歳になった。執政の座にあることほぼ三十年。さすがに年老いたわ」

松平伊豆守が、寂しそうに笑った。

「なにを気弱なことをおおせられまするか。ご執政さまなしに天下はたちゆきませぬ。なにとぞ、そのようなお言葉をお出しになされませぬようにとお願い申しあげまする」

神尾備前守が深く平伏した。

「心遣い、感謝するが、そろそろ休みたいのよ。もうご先代さまの後をお慕い申しあげてよかろう」

「ご執政さま」

松平伊豆守の弱気を神尾備前守が、強い口調で叱った。

「このようなことを口にいたしては、不敬にあたりましょう。なれどあえてお叱りを覚悟のうえで申しまする」

膝をついたまま、神尾備前守が背筋を伸ばした。

「まことに言い難きことながら上様は、まだお年若にあらせられます。先代上様とお比べするわけではございませぬが、政にお慣れになっておられませぬ。伊豆守さま、ご執政の方々は、上様を補佐するのがお仕事ではございませぬか。上様が天晴《あっぱ》れ名君となられるまで、伊豆守さまにお休みいただくわけにはまいりませぬ」

神尾備前守が、松平伊豆守を励起した。

「ふぬ。この慮外者《りょがいもの》めが。上様をお年若と侮るか」

怒りながらも松平伊豆守の口調は柔らかかった。

「それに……」

神尾備前守が声をひそめた。

「今の御用部屋で、真にご先代さまのご遺言を護っておられるのは、伊豆守さまだけでございまする。お辞めになられては、上様の……」

「口がすぎる」

松平伊豆守が神尾備前守の口を封じた。

「だが、きさまの覚悟は確かに受けとった。頼もしく思うぞ」

松平伊豆守が、やはり小声で告げた。

「はっ。なんなりとお申しつけください」

神尾備前守が頭《こうべ》をたれた。

「浪人狩りをいたせ」

松平伊豆守が、神尾備前守の頭上に命じた。

「あの者でございまするか」

神尾備前守が、推察した。町奉行として吉原のことも管轄している神尾備前守は、松平伊豆守と緋之介の確執も知っていた。松平伊豆守の一言で、それを察しられないようでは、町奉行の職に在り続けることはできなかった。

「ですが、織江は、微禄とはいえ御家人、町奉行の手は……」

神尾備前守が、おずおずと口にした。

「それはなんとかする」

松平伊豆守が、断言した。

「どのようになさるおつもりでございましょうか」

「そのあとはまかせる」

神尾備前守の問いには応えず、そう言い残して松平伊豆守は、御用部屋の襖のなかへと消えていった。

神尾備前守は平伏したまま見送った。

四

関ヶ原の合戦を勝利して天下を手にした家康が手をつけたのは、豊臣恩顧の大名たちを片づけていくことであった。

家康が天下を取る前からの家来である譜代大名たちと違い、外様大名は十数年ほどとはいえ、家康と同格だった時期を持っていた。

死後神となるつもりだった家康にとって、これは都合の悪いことであった。

家康は、まるで難癖をつけるように大名を改易《かいえき》していった。そして、その方針は二代秀忠《ひでただ》、三代家光と継承されていた。

個々の名前をあげることができないほど、豊臣恩顧の大名たちは、容赦なく取りつぶされていった。

まだそれは子孫の安寧を願ってのことと、理解できないわけではなかった。

家康の冷酷さは、それだけで終わらなかった。不遇であった三河の小名であったころから辛苦をともにした譜代大名、自らの血を分けた子供さえも、不要と判断すれば、家康は躊躇《ちゅうちょ》なく処断した。

家康の四男清洲城主松平忠吉《ただよし》は嗣子なきで取りつぶされ、六男越後《えちご》高田《たかだ》城主松平忠《ただ》輝《てる》にいたっては謀反《むほん》の疑いを受けて流罪になった。

改易になった大名の総禄は数百万石にのぼる。

一万石で百人というのが、大名に仕えている家臣の数である。徳川家によって潰された大名がうみだした浪人は、軽く一万人をこえていた。そのうち再仕官することができた幸運な者は一握り、残りのいくたりかは、帰農するか職人あるいは商人になって生活《たつき》の道を得ることができたが、ほとんどは浪人となった。

浪人たちの多くは、仕事を探して人の集まる江戸にやってきた。が、職人としての腕があるわけでもなく、人足をするには矜持がたかすぎた。

喰うに困った浪人たちが、最後に頼るのは腰のものである。切り取り強盗武士のないと、辻斬《つじぎ》りなどが頻繁に起こるようになった。

江戸の治安の悪化は、徳川家の威信にかかわる。御用部屋はときおり、町奉行所に対して浪人狩りを命じた。

武士と僧侶《そうりょ》、神官は町奉行所では対処できないが、主君をもたない浪人は庶民と同等と見なされた。

町奉行所はたりない人手を大番組《おおばんぐみ》や御先手組《さきてぐみ》同心でおぎなって、大々的な浪人狩りを何度かおこなっていた。

　両刀で武装している浪人を捕まえるのは、なかなか苦労であったが、多勢に無勢、一人の浪人を数名の同心や小者たちで取り囲むことで対処していた。

　こうやってとらえられた浪人たちは町奉行所で調べられたあと、処罰されたり、労働の担い手として金山や埋め立て地に配されたりした。

　いまではするという噂《うわさ》だけで、江戸から浪人の姿が消えるほどになっていた。

　町奉行所に戻った神尾備前守は、腹心の与力を呼んだ。

　与力や同心は、町奉行所に属する者で、町奉行の家臣ではないが、神尾備前守ほど長くその職にあると、公私の区別がなくなるのも当然であった。

「ご老中さまのお呼び出しは、なにごとでございましたか」

　筆頭与力高坂藤左《こうさかとうざ》が、神尾備前守の前に膝をついた。

「浪人狩りをいたせとのお達しだ」

　神尾備前守が告げた。

「浪人狩りでございますか。それはまた異なことを」

　高坂藤左が首をかしげた。

「今の江戸は、浪人の数も少なく、落ちついておりまする。このようなときに無用の混乱を生じさせるのは、得策とは思えませぬ」

代々与力という職を継いでいくだけに、その言葉には重みがあった。

「わかっておるわ。だが、ご命とあればしたがわざるをえまい」

神尾備前守が、荒い声を出した。

「わかりました。では、大番組などへ出務の依頼をなさいましょうか」

町奉行よりも上からの指示を聞かされた与力が納得した。

「そこまでする必要はない」

神尾備前守が、否定した。

「はて、それでは、十分な効果はのぞめませぬ」

与力が首をかしげた。

町奉行所には、二十五騎の与力と百二十名の同心だけしかいないのだ。それも全部を浪人狩りにまわすなどできない相談である。江戸の町の防犯、防火だけではなく、日常の細かいことまで差配するだけに、人手を失えば、数日で江戸の町は無法地帯になりかねなかった。

「狙《ねら》いは一人だけだからな」

神尾備前守が、小さな声で言った。

「一人でございますか。ならば浪人狩りなどせずに、捕まえてしまえばよろしいでしょう」

町奉行所の与力同心は捕り物に従事することから、武道の練達ばかりである。かつて、慶安《けいあん》の由井正雪《ゆいしょうせつ》の乱《らん》で、古今無双といわれた槍《やり》の達人丸橋忠弥《まるばしちゅうや》をとりおさえたことからもわかる。

「罪に落とすことが難しい相手なのだ」

神尾備前守が、嘆息した。

「浪人者でございましょう。ならば、理由はいくらでもつけられましょう」

高坂藤左が、恐ろしいことをさらりと言った。

「それがな。浪人ではなく、御家人なのだ、そやつは」

「なにを仰せられます。ならば、われらの出番などございませぬ」

高坂藤左が、あきれた顔をした。

御家人は徒目付《かちめつけ》の担当であり、たとえ目の前で人を殺しても、町奉行所ではどうすることもできなかった。

「そこは、なんとかしてくださるとのことだ」

神尾備前守が、松平伊豆守の名前を出さずに告げた。

「はあ。とにかくいつでも始められるように用意をせよと」

高坂藤左が、確認した。

「そうだ」

神尾備前守が、うなずいた。

「で、一体誰をとらえまするので」

与力が核心を訊いてきた。

「織江緋之介、吉原の西田屋に住まいしておる者だ」

神尾備前守が、名前を口にした。

「吉原に……聞いたことがございますな。たしか、水戸さまに出入りしている男でございましたか。よろしいので。水戸家とかかわりのある者に手出しをしても」

高坂藤左が懸念を表した。

徳川家康の息子を祖とする三家のなかでも水戸家は微妙な立場であった。

禄高は、尾張《おわり》藩、紀州《きしゅう》藩の半分以下、藩主の官位も尾張と紀州が権大納言《だいなごん》に昇れるのに対し、水戸家は権中納言《ちゅうなごん》までと二つ低い。

もっと酷《ひど》いのは紀州徳川家初代頼宣《よりのぶ》のせりふであった。慶安の由井正雪の乱で黒幕ではないかと疑われた頼宣は、詰問する老中や大目付たちを前にこう言い放ったのだ。

「神君家康公が作られた御三家とは、なんのことかご存じか。将軍家、尾張家、紀州家の三家を同格とし、将軍家に世継ぎなきとき、あるいは大統《たいとう》にふさわしくない者がその地位についたときは、尾張もしくは紀州から人をだすべしと、神君家康公のお言葉があったことを」

晩年、家督を譲って隠居した家康にもっとも可愛がられ、死後その城と領地を与えられた頼宣の言葉に反するだけのものを老中たちは持っていなかった。

「神君家康公によって、将軍家と同格とされた我に謀反の疑いとは、覚悟あってのことでござろうな」

大坂の陣で初陣《ういじん》をすませた武将の気迫に、戦場にさえ出たことのない家光子飼いの執政たちの腰は引け、謀反という重罪を疑われていながら、頼宣はお国入り遠慮という罪ともいえないものですんだ。

そして、頼宣の言い分を否定しなかった幕閣によって、水戸家は将軍家継嗣から一歩遠いことが認定された。

それでも、水戸家が格別であるのは、将軍家の親藩で唯一定府の家柄だからであった。寛永十二年（一六三五）、徳川家光が制定した武家諸法度《ぶけしょはっと》によってすべての大名に義務づけられた参勤交代を、水戸家は免除されていた。

これは、歳も近く、不思議と馬の合った頼房といつでも会えるようにしたいと思った家光のわがままだと言われていた。

さらに家光は、たった一人の友人ともいうべき頼房に大きなことを命じた。

「絶えず江戸にあって、将軍家を補佐すべし」

家光が頼房に対して述べた一言は、水戸家を格別な家柄にし、幕閣でさえ遠慮せざるをえない状態にしていた。

高坂藤左は、その水戸家ゆかりの者に手出しをすることを危惧した。

「捕まえたはよろしいが、すぐに水戸家から横槍が入るようになっては、困りまする。そうなれば、次に織江がなにかしでかしたときに、手出ししにくくなりまするが」

「承知しておるわ。心配せずともよい。御用のおりに抵抗したことにすればよい。丸橋忠弥のこともある」

神尾備前守が、目つきを鋭くした。

「腕のたつ者を用意しておきましょう」

神尾備前守の気迫に押されて、高坂藤左は引き下がった。

南町奉行所は、江戸城呉服橋御門を入ったところにあった。町奉行所と奉行公邸が板戸一枚で仕切られ、町奉行はその任中、私邸に帰ることはほとんどなく公邸で生活した。

高坂藤左は、奉行所に戻ると与力に与えられた控え室に入った。

与力の控え室は二十畳ほどの座敷になっている。ここで与力たちは休憩し、弁当を使い、配下の同心に命を下したりする。

控え室には、与力の雑用をするために一人小者が常駐していた。

「武藤《むとう》どのを呼んできてくれ」

高坂藤左が、小者に頼んだ。

「へい」

小者は、急いで控え室を出ていった。

与力は南北合わせて五十騎で一万石の領地を与えられている。均等に割れば一人あたま二百石になるが、そうではなかった。家柄や与力となった時期、本家か分家かなどで禄高に差がある。二百二十石の与力もいれば百七十石の者もいる。筆頭与力になると、わずかながら加増されて、高坂家は二百十石であった。

「寒いな」

小者が出ていった後、高坂藤左は部屋の中央に置かれた火鉢に炭を遠慮なく入れた。

町奉行所で使う炭は、出入りの商人から買っているが、年間の使用量が決められていた。そのていどでたりようはずもなく、今、高坂藤左がくべた炭は、商人からの差し入れであった。言えばいつでも持ってきてくれる。与力も同心も遠慮なく炭を消費した。

炭だけではない、茶も菓子も同様であった。

庶民と密接にかかわる町奉行所役人たちが、禄高に比べて贅沢な生活をおくれるのは、こういう余得のおかげである。

襖を開けて初老の与力が入ってきた。

「おう、ずいぶんと暖かいな、ここは」

年番方与力武藤太右衛門《たえもん》であった。

「お呼びたてして申し訳ございませぬ。ご多用でございましたか」

高坂藤左が、気を遣った。

年番方は、奉行所の事務いっさいをつかさどる。長く与力の職にあってその役割に精通したものが選ばれるだけに、筆頭与力といえども気を遣わなければならない相手であった。

「いや、今月ももう終わりだからの。あと五日で月番は北町に移る。さいわい、大きなもめ事もなかったし、あとは書きあげたものをまとめるだけよ」

武藤が、火鉢に手をかざした。

「で、なにかの。筆頭どの」

武藤が、問うてきた。

高坂藤左は、神尾備前守から命じられたことを語った。

「そうか」

年老いた商家の番頭《ばんとう》が、大福帳《だいふくちょう》を見ているときのように半眼だった武藤の目が開かれた。

「もう、お奉行も終わりだな。我らを家臣同様、言えばなんでもすると思われだしたようだ」

武藤が、火箸《ひばし》で炭をつついた。

「わたくしもそう感じました」

高坂藤左も同意した。

「我らと違ってお奉行は、町方からいつかは去られるでの。栄転されるか、解職されるか、亡くなられるかの差はあるが」

武藤が、淡々と話した。

町方に属する与力、同心は、旗本、御家人のなかで不浄職とさげすまれていた。石高からいけば、与力にはお目見え格が与えられてしかるべしであるが、実際は許されていなかった。さらに、代々家禄を継ぐことができる譜代席の与力はまだましだが、同心にいたっては一代限りの抱え席なのだ。同じ三十俵二人扶持の御先手同心や御弓同心が、譜代席であるのに町方同心だけが違った。

同じ御家人たちからも疎外された与力、同心たちは、そのなかだけで生きていくしかなく、通婚も組うちですることになる。

与力、同心たちは、南北の区別なく、親戚《しんせき》の集まりとなっていた。

当然仲間意識もあり、相互扶助の精神も強い。

「いかがしましょうか」

高坂藤左が、相談を持ちかけた。年番方は、奉行所内の人事も握っている。無理を押しつけたあとのしっぺ返しが怖かった。

「そうよなあ。御先手組の手を借りられるなら、そっちにさせるということもできたが、うちだけでやるとなれば……そのなんとかとか申す男は、かなり遣うのだろう」

武藤が、尋ねた。

「織江緋之介でございますか」

高坂藤左が、確認した。

「ちょっと待てよ。その名前に聞き覚えがある」

武藤が、いったん控え室を出て、小半刻（約三十分）たらずで戻ってきた。

「あったわ」

武藤の手に数枚の書付が握られていた。

「それは……」

高坂藤左が首をかしげた。

「南の与力、須藤《すどう》を覚えておらぬか」

武藤が言った。

「去年、変死した須藤で」

高坂藤左が、確認した。

「おうよ。あやつがなにやら一人で調べているという噂があったことを耳にしたことはないか」

武藤が、高坂藤左の顔をのぞきこんだ。

一枚岩に見える町方でも、一人一人の思惑《おもわく》はちがった。手柄をたてて、変わらない身分のくびきから放たれたいと思う者も多い。

須藤はその代表格であった。

「詳細は存じませぬ」

高坂藤左は、否定した。

「年番方などをやっておると、こういう話にはさとくなるのでな」

武藤が、書付を差しだした。

高坂藤左の顔色が読み始めるなり悪くなった。

「小野家の末息子……あの将軍家指南役、小野派一刀流《いっとうりゅう》の……」

そこには松平伊豆守の指示を受けて、南町の与力須藤半平太《はんぺいた》が、緋之介について調べたことのほとんどが記されていた。

「手出しできる相手ではございませぬぞ、これでは」

水戸家とのかかわりは知っていた高坂藤左も、ここまでは知らなかった。

将軍家剣術指南役小野は剣聖と名高い伊藤一刀斎《いとういっとうさい》の直弟子忠明《ただあき》を開祖とする。徳川家康に仕え、二百石を与えられたが、その熾烈《しれつ》さに家康をして将軍にふさわしい技ではないと疎外されてきた。

同じく剣で抱えられた柳生家が、大名に列したのに比して、差が大きすぎるのは、ここに原因があった。

それでも将軍家剣術指南役の名前は大きい。四代将軍家綱《いえつな》は病弱を理由に剣の稽古《けいこ》をしないが、家康によって認められた格は生きている。

町奉行所が、手出しできる相手ではなかった。

「お奉行はご存じなのでござろうか」

「知らぬわけなかろう」

武藤があっさりと言った。

「知っていてやらざるをえない状況になったのだろうよ」

さすがに世慣れている武藤は、よくわかっていた。

「小野次郎右衛門の息子友悟《ゆうご》ではなく、織江緋之介と名乗って吉原に寄寓しているのだ。実家に帰れぬわけでもあるんだろうよ。そこを突くしかないだろうな」

「無茶なことを」

高坂藤左が、叫んだ。

「だが、奉行の命令、それも執政さまからのお達しとあらば、なにもせぬわけにはいかぬぞ」

武藤が現実を告げた。

「やっているふりだけして長引かせるというわけには……」

「いかんだろうなあ。お奉行がまちがいなく、急かしてこられるだろうよ」

高坂藤左の提案を武藤が却下した。

「それにな」

武藤が声をひそめた。

「須藤ではないが、抜け駆けをするやつが出てこぬとはかぎらぬしの」

「……ううむ」

高坂藤左がうなった。

「どうしましょうや」

「向こうにまかせてしまえばいい」

武藤が意見を出した。

「向こうとは」

「吉原に浪人狩りのことを漏らしてやればいい。西田屋甚右衛門なら織江を隠すなり、なんなりするだろうよ。いない者を捕まえることはできぬでな」

武藤はこともなげに言った。

「なによりも、織江を浪人にできずば、なりたたぬことだ」

そう言い残して、武藤は仕事に戻っていった。

第二章　剣先の滴

一

武士が鎧兜《よろいかぶと》を身につけなくなって、剣術は一撃必殺に変わった。力任せに太刀《たち》で殴りつけ、昏倒《こんとう》させてから止《とど》めを刺していた戦国の世にくらべ、剣術の技はじつに多種多彩に増えた。

江戸に道場が乱立し、流派は細分化された。もとは一人の剣士から生まれた流も、分裂をくり返し、仇敵《きゅうてき》のように憎みあうこともあった。

将軍家指南役小野派一刀流も二つになっていた。

一つはいうまでもなく緋之介の父小野次郎右衛門忠常が道場であり、もう一つは、初代小野忠明の息子で忠常の弟、小野典膳《てんぜん》忠也《ちゅうや》が興した忠也流一刀流であった。

一刀流の創始者伊藤一刀斎は、その術のすべてを、小野善鬼《ぜんき》、神子上典膳《みこがみ》、古藤田《ことうた》勘解由《かげゆ》三人の弟子に伝えた。このなかの神子上典膳が、後の小野次郎右衛門忠明であった。

戦国の末期、晩年まで伊藤一刀斎側近《そば》くに仕えた神子上典膳と小野善鬼のどちらかに印可《いんか》が与えられることになった。

師伊藤一刀斎からそのことを伝えられて、なにをとちくるったのか、小野善鬼が印可の巻物を奪って逃げだした。その追っ手に選ばれた神子上典膳は、伊藤一刀斎の太刀を借り、小野善鬼をついに追いつめた。

逃げ場を失った小野善鬼は、農家の水瓶《みずがめ》に身を潜めた。神子上典膳は、伊藤一刀斎から教えられた威の位の太刀で、その瓶ごと小野善鬼を一刀両断にした。

その場で伊藤一刀斎から一刀流の印可と瓶割りと名づけられた太刀を贈られた神子上典膳は、子々孫々までこの逸話を残すために名字を小野とあらためた。

小野忠也は、その忠明の子である。天性のものをもち、剣の才能では兄にまさるとまで言われた。

剣の家柄なら、腕の差で跡継ぎが決まる。だが、小野家は剣の家柄である前に、将軍家指南役という旗本であった。

三代将軍を決めるのに家康は、長幼を最重要とした。

大名、旗本はすべからくそれにしたがう義務ができた。小野家も旗本として存続していくためには、そうせざるをえず、家は小野忠常が継いだ。

小野派一刀流の継承に必要な印可、瓶割りの太刀も忠常に与えられた。これは、将軍家指南役としての格を保つに必要だった。

代わりに小野忠明は忠也に、神子上家代々の名のり典膳と別流を立てることを許した。

忠也流小野派一刀流の誕生であった。

小野忠也は、父忠明から一流の印可を受けると、ただちに江戸を発《た》って諸国を遍歴した。剣術修行と銘打った他流試合であった。

小野忠也の修行は、まさに血まみれだった。評判の剣士がいると聞けば、木刀での立ち合いを望み、盗賊や浪人が出るところへわざと単身で向かったりした。

激烈な修行を重ねた小野忠也は、どこが気に入ったのか、五十歳を過ぎてから安芸《あき》国広島に道場を開き、弟子を取るようになっていた。

その小野忠也が、十数年ぶりに江戸にやってきた。

「そうか、友悟が……」

忠常から緋之介の行方《ゆくえ》を知らされた小野忠也は、甥《おい》と一太刀もあわすことなく、九段下の屋敷を出た。

明暦の火事で駿河台《するがだい》下から松島町に移っていた小野次郎右衛門の拝領屋敷は、先日ふたたび火災に遭《あ》い、九段下へと一時的な屋敷替えを命じられていた。

九段下から新吉原までは、俎橋《まないたばし》を渡り、ひたすら東に進み、越前大野《おおの》藩土井《どい》と豊後大分《おおいた》藩松平両家の上屋敷の間を北に曲がる。そのまま一口《ひとくち》橋をこえて、下谷広小路を通って寛永寺《かんえいじ》角で寺町通りを東に折れ、大川沿いを上流に、待乳山《まっちやま》聖天社の角を南にとれば、吉原の大門に続く五十間道に出る。

新吉原は、元吉原よりも大きく土地を下賜《かし》されていた。大門内は吉原の無縁地である。吉原を支配する名主たちは、特権をできるだけ利用しようと、大門を五十間道のなかほどに設けた。

五十間道は、日本堤から入って二十間《けん》(約三六メートル)ほどのところからゆるやかに曲がっている。その更に二十間ほど先に大門を建て、十間(約一八メートル)ほどの道を敷地に取りこんでいた。

ここ五十間道には、遊びに来たことを知られたくない武士や僧侶《そうりょ》に編み笠《がさ》を貸《あ》したり、着替えの場所を提供したりする編み笠茶屋が並んでいた。

大門前には、馬屋と駕籠屋《かごや》があった。大門内に駕籠で乗り入れられるのは、医者だけと決まっていた。遠方から遊びに来た客たちは、ここで馬を預け、駕籠をおり徒歩になる。

大門は、南北二丁（約二二〇メートル）、東西三丁（約三三〇メートル）の四角い敷地から、少しだけ飛びだしたかたちになっていた。

世俗との縁を断った者たちが住まいするところとして、吉原の敷地は山谷堀から続く堀で世間から隔絶されていた。

お歯黒どぶと俗称される堀は、遊女たちが窓から使い終わったお歯黒の汁や、汚物を捨てるために、真っ黒でいつも悪臭を放っていた。

「変わったところに住まいしておるな」

小野忠也が、立ち止まって大門を見あげた。

吉原の大門は、大きい。幅五間（約九メートル）、高さ二間（約三・六メートル）あり、左右観音開きの扉は、紅殻《ベンガラ》で染められていた。

大門の右脇《みぎわき》に幕府の立てた立て札があり、ここに注意事項が記されている。

喧嘩《けんか》口論いたさぬこと、一日一夜以上滞在せぬことなど当たり前のことが、町奉行の名前で墨書されていた。

小野忠也は、立て札に目もくれず、大門をくぐった。

「ちとものを尋ねるが、西田屋という見世《みせ》はどこにござる」

小野忠也は、大門内右脇にある会所《かいしょ》を訪ねた。

「どうぞ」

なかにいた若い男が、会所の外まで出てきた。

紺染めで背中に会所と白抜きしてある法被《はっぴ》を着た若い男は、小野忠也の半歩前に立って先導し始めた。

太夫《たゆう》道中の最中でも左右の見世が客引きをしやすくするためと、明暦の大火で学んだ避難路の確保を兼ねた吉原仲之町通りは、大門の幅そのままで続いていた。

「この灯籠《とうろう》を右へ曲がりやす」

若い衆が指示した。

仲之町通りには辻《つじ》ごとに灯籠が設けられている。夜見世が許されるようになった新吉原に必須のものだが、これも火事を懸念した幕府によって、深夜子《ね》の刻（午前〇時ごろ）には消すように定められていた。

江戸町一丁目を曲がって、一軒目が山口屋、二軒目が西田屋であった。

「こちらで」

若い衆は、小野忠也にそう言うと、西田屋の暖簾《のれん》に顔を突っこんだ。

「西田屋の。お客人をお連れしやした」

若い衆はそこで小野忠也の案内を西田屋の忘八《ほうはち》に任した。

「いらっしゃいやし。初めてのお見えで」

西田屋の忘八が問うた。

「悪いな。客ではないのだ。友悟がこちらにお世話になっていると聞いたのでまいったのだが。おるかの。儂《わし》は小野忠也という」

小野忠也が申し訳なさそうに告げた。

「小野……ああ、織江の旦那《だんな》。なら、奥の離れで。どうぞこちらへ」

忘八は、小野忠也にすすぎを勧めて、足の汚れを落とさせると、見世の奥を通って離れへと向かった。

「織江の旦那。お客さんで」

忘八が襖《ふすま》の外から声をかけた。

「客……誰か」

書見をしていた緋之介は首をかしげた。西田屋に緋之介が寄寓《きぐう》していることを知っている者は、多くない。光圀や明雀なら、忘八の案内なしに入ってくる。

「開けてくれ」

襖が開いて、馴染《なじ》みの忘八が、顔を出した。

「小野忠也さまとおっしゃられるお武家さまでやす」

忘八の口から出た名前に緋之介が驚いた。

「叔父御が」

緋之介は、急いで居ずまいを正した。

「じゃまをする。久しぶりだな、友悟」

鴨居《かもい》に頭を打たないように屈《かが》みながら小野忠也が現れた。

「ご無沙汰《ぶさた》をいたしております」

緋之介は、すぐに上座を譲り、出入り口に近いところに席を移した。

「そのような気遣いなど無用」

そう言いながらも、小野忠也は上座に腰を下ろした。

「喜八《きはち》どの、もうしわけないが……」

緋之介の言葉を喜八は最後まで口にさせなかった。

「酒でやすね、へい。ただちに」

喜八が下がっていった。

小野忠也がめずらしそうに、緋之介の部屋を見まわした。

「なかなかいいところに住んでいるな」

小野忠也の声には、皮肉が含まれていた。

「申しわけありませぬ」

緋之介は、詫《わ》びた。

剣士の修行は草を枕に土を臥所《ふしど》にする。小野家初代小野忠明の遺訓であった。伊藤一刀斎の修行にともした小野忠明は、そのとおりの生活を長く送った。雨露をしのげれば上等、食事は野草や木の実、捕まえた兎《うさぎ》や魚ですまし、それ以外は、すべて剣に費やした。

忠明の薫陶《くんとう》をもっとも強く受けた小野忠也から見れば、薄縁《うすべり》の敷かれた部屋で、夜着にくるまって寝るなど、堕落もはなはだしかった。

そこへ女の声がかかった。

「織江さま、よろしいでありんすかえ」

酒ののった膳《ぜん》を二つ運んできたのは、西田屋の格子女郎霧島《こうしじょろうきりしま》だった。忘八が気を利《き》かせたのだ。

「今度は、おなごか」

小野忠也の目が細められた。

凍るような殺気を、小野忠也が放出した。

夜中の山中で漏らせば、まちがいなく寝ていた獣まで跳び起きるほどの殺気を、霧島はにっこりと笑って受け流した。

「おっ」

小野忠也が、驚いた。

「おいたはいけやせん。ここは、吉原。魂を極楽に飛ばすところでござんす。男はんどうしではなく、男と女で命のやりとりをするところ」

霧島が、軽く小野忠也をにらんだ。

「おそれいった」

小野忠也が、すなおに頭をさげた。

霧島が、酒の満たされた片口《かたくち》を両手で抱えた。

「では、一献」

「いや。酒はちょっと後にさせていただこう。友悟、すこし稽古《けいこ》をしたい。できるところはないか」

小野忠也が訊《き》いた。

「大門外に出ますが、山谷堀の河原でよろしければ」

緋之介が、応えた。

「どこでもかまわぬ。おなご、ちょっと待っておってくれ」

緋之介と小野忠也は連れだって吉原を出た。

吉原に向かう男たちは、そのほとんどが、日本堤を隅田川からやってくる。緋之介と小野忠也は、五十間道を出ると逆へ曲がった。

土手を滑るようにして二人は、河原に降りたった。

山谷堀の河原は、冬近くになって雑草も枯れ、土がむき出しになっていた。

小野忠也が足を止めた。

「ここでよかろう」

「はい」

緋之介は、五間（約九メートル）の間合いを取った。

まだ緋之介が柳生の里へ婿《むこ》養子に出される前、何度か小野忠也と稽古をしたことがあった。戦国の剣そのままを受け継いだ忠也流一刀流は、試合の開始の合図を待たなかった。対峙《たいじ》した瞬間から戦いは始まっていた。

小野忠也の剣は、六尺（約一・八メートル）をこえる長身から出される上段の一撃を主とするが、手の長さを生かした片手薙《な》ぎも威力があった。

緋之介は、履いていた草履《ぞうり》を後ろに蹴《け》るようにして脱いだ。

「…………」

声もなく、小野忠也が奔《はし》った。寸瞬で間合いを詰め、太刀を抜き打ちざまに薙いだ。

「は、早い」

緋之介は、あわてて右へと跳んだ。抜き合わす余裕はなかった。

うなりを発して、刃《やいば》が緋之介の二寸（約六センチメートル）前を過ぎた。

「一寸（約三センチメートル）伸びる」

驚愕《きょうがく》の言葉を残しながら、緋之介はさらに後ろに逃れた。

片手薙ぎは伸びる。まして、背も高く手の長い小野忠也である。通常の剣士より三寸（約九センチメートル）は、食いこんでくる。緋之介はそう読んで間合いを取った。

攻撃を避けるときでも、あまりに間合いを開けすぎてしまうと反撃に手まどってしまう。ぎりぎりを見切ることも技であった。

緋之介は、三寸と読んだ見切りを五寸（約一五センチメートル）とったことで命拾いをしていた。

小野忠也は本気だった。

「よく避けたな。女に腑抜《ふぬ》けにされているなら、今ので死んでいたろうが」

小野忠也が、青眼《せいがん》に太刀をとった。どの流派でも基本とされる青眼の構えは、攻守を兼ねた理想的なものだが、欠点は一撃を繰りだすのに、太刀をあげるかさげるか、あるいは脇に引きつけるかの一挙動が要った。下段や上段、左右の袈裟《けさ》にくらべると出だしがわずかに遅れる。

緋之介は、下段に太刀をおろした。

小野忠也が、ちょっと目を見開いた。

「ほう、浮舟《うきふね》か」

緋之介は、あえて小野派一刀流の技ではなく、柳生十兵衛三厳《みつよし》に教えられた柳生新《しん》陰《かげ》流の秘太刀を使った。

「つけ焼き刃ではなかろうな」

小野忠也が太刀を右脇に引いて駆けよってきた。間合いが二間（約三・六メートル）をきったところで右袈裟懸けに来た。

緋之介は、それを太刀先で弾《はじ》いた。もとは胴太貫だった緋之介の得物《えもの》だが、今では細身の太刀でしかない。まともに受けては、折れとんでしまいかねなかった。筋を読んで、太刀を合わせて、わずかな力でその軌道を変える。

柳生新陰流浮舟の太刀は、護《まも》りの技であった。海に浮かんだ舟のように、何度も襲い来る波のような攻撃に逆らわず、受けては流し、受けては流しをくり返す。じっと耐えて隙《すき》が生まれるのを待つ。もちろん、護りだけをしているわけではなかった。

緋之介は、小野忠也の撃を弾きながら、切っ先で裏小手や小指の背などを狙《ねら》っていた。裏小手には大きな血の筋がある。小指は柄《つか》を握る要《かなめ》である。切っ先一寸があたれば、必殺ではないが、戦いを続けることはできなくなる。

姑息《こそく》と言えば姑息だが、命がけの勝負に卑怯《ひきょう》も未練もなかった。

「まんざらでもなさそうだ」

小野忠也が、緋之介を誉《ほ》めた。

すでに十合ちかく刃をあわしていたが、どちらも傷一つ与えられていなかった。

「……くっ」

小野忠也の下段を、振りおろす太刀で受けた緋之介が、うめいた。

斬《き》りあがる太刀の重さに緋之介の腕は痺《しび》れた。

剣士の最高潮は三十代から四十代だという。小野忠也は、すでに還暦を迎えていたが、その実力は壮年と何ら変わることはなかった。

「思ったよりできるな。だが、我流すぎる」

小野忠也が三間（約五・四メートル）の間合いをとった。

「一刀流でもなく柳生新陰でもない。身体《からだ》のできかけたときに流派を変えたのがよくなかったか」

小野忠也が、ゆっくりと太刀を上段にあげていった。小野派一刀流必殺、一《いち》の太刀《たち》の構えであった。

緋之介は、急激に周囲の空気が冷たく、光を失っていくのを感じていた。あたりが暗くなっていくなかで、小野忠也の両眼だけが煌々《こうこう》と光を放っていた。

別名威の位とも称される一の太刀は、術者の気迫で勝負が決まった。構えから放出される気が、敵を圧すれば勝ち、でなければ、がら空《あ》きになった胴に一撃を喰《く》らって負ける。

偶然という要素が入る余地のない一の太刀ほど、実力がはっきりと出るものはなかった。

気迫には気力で対抗する。緋之介は、眼《まなこ》に力をこめ、太刀をやはり上段に取った。父忠常から教えられた一の太刀であった。

二人は、おなじ構えを取ったまま、動きを止めた。

どのくらいのときが過ぎたのか。明るかった日が落ちていった。緋之介は、身体のなか
薄暮が、忍び寄るのにあわせて二人の剣気が満ちていった。緋之介は、身体のなか
から熱いものが溢《あふ》れていくのを感じていた。

「いやああ」

絶叫に近い気合いを出して緋之介が、奔った。

「それまで」

小野忠也の声が、緋之介の気合いを奪った。

「………」

小野忠也まで一間（約一・八メートル）のところで、緋之介は止まった。

「叔父御」

太刀を振りかぶったまま問いかける緋之介に、小野忠也が笑った。

「おまえに傷でもつけたら、ご当主どのに殺されるわ」

そのせりふに、緋之介は脱力した。

「いままでのもすべて、稽古だったのでございますか」

「当たり前だ。吉原を出るときに申したであろう。稽古のできる場所はないかと」

こともなげに小野忠也が言った。

一撃一撃を死ぬ思いで受け続けてきた緋之介は、あまりの技量差に肩を落とした。

　そんな緋之介のようすを見た小野忠也が、声をかけた。

「友悟、おまえもかなり人を斬ったようだが、儂の半分もないだろう。道場剣術からは出ているようだが、まだまだ剣に振り回されている」

　小野忠也が太刀を鞘《さや》に戻した。

　緋之介もならう。ちらと刃を見る。刃欠けがいくつか目についた。

「さて、酒を飲むぞ」

　先ほどまでの殺気はどこへやら、小野忠也が嬉々《きき》として吉原へ戻ると告げた。

　西田屋の離れに戻った二人を霧島が待っていた。

「女を待たせる男は、嫌われるでありんすよ」

　にっこりと笑いながらも霧島の目はきびしかった。

「それに、織江さま」

　霧島が、緋之介に顔を向けた。

「氷のような、刃のような気を纏《まと》われたまま、大門を潜《くぐ》られるのは無粋でござんすよ」

「……すまぬ」

緋之介は、詫びた。剣気を散らし損ねていたことに気づかなかった。

小野忠也はすでに霧島の酌で酒を飲み始めていた。

「未熟よなあ」

「恥いりまする」

緋之介は、うつむいた。

「主さま」

空《から》になった盃に酒を酌みながら、霧島が小野忠也に声をかけた。

「儂か」

吉原に来たことのない小野忠也は、主さまが、己のことだとわからなかった。

「あい。今宵《こよい》のあちきのお相手は、主さまでありんす。今夜一晩とはいえ、あちきは主さまのかりそめの妻」

霧島が、媚《こ》びるような笑いを浮かべた。

「ほう。おまえは、友悟の女ではないのか」

小野忠也が問うた。

「織江さまの色女は、藤島太夫でござんす。あちきは織江さまに触れることさえ許されませんわいな」

霧島が、軽く緋之介を睨《にら》んだ。

「ほう、そんなものか」

小野忠也が、驚きを見せた。

「あい。それが吉原のしきたりでありんすえ。一度敵娼《あいかた》を決めたら、そのままずっと続けるのでありんす。よその妓に手出しは御法度《ごはっと》。それを破ればお客といえども、吉原の仕置きを受けていただきまする」

霧島が、小野忠也の口に肴《さかな》を運んだ。

「仕置きとは、どのようなものだ」

「吉原の妓には、桶伏《おけふ》せ。お客は身ぐるみはいで、頭を剃《そ》って、大門から蹴り出すんでござんすえ」

小野忠也の問いに霧島が応えた。

「桶伏せとは、聞かぬ仕置きだの」

「吉原だけでありんすから。使い古した醤油樽《しょうゆだる》に小さな窓を開け、つくばらせた妓の上に被《かぶ》すんでありんす。水はいっさい与えず、食事は塩を山ほどふった握り飯だけ。それで七日の間、仲之町通りに晒《さら》されるので」

「それはきついの」

小野忠也が、塩辛そうな顔をした。

「ところで、こいつの色女とかいう藤島太夫とは、美しいか」

「美しいかなどとおっしゃるものじゃございません。天女でありんすわいな」

「それは一度見てみたい」

小野忠也が緋之介を見た。

「儂は、これが最後の江戸入りじゃと思う。ご当主と稽古もしたいし、そなたを少しは鍛えあげておきたい。正月が明けるまで江戸におるつもりゆえ、一度藤島太夫と会わせよ」

「はい」

緋之介はうなずくしかなかった。

「もう、よろしいでございますかえ。そろそろあちきの部屋にお出でしゃんせ」

霧島が小野忠也を誘った。

「よいのか、初会だぞ」

緋之介が、訊いた。

「君がてでさまのお許しはでておりますわいな」

霧島に手を引かれて、小野忠也が出ていった。

小野忠也を見送った緋之介の緊張がようやく解けた。

「ほうう」

緋之介が大きく嘆息した。

小野忠常晩年の子緋之介は、剣鬼と忌避《きひ》された祖父小野忠明をほとんど覚えていない。代わりに忠明の剣の生き写しといわれた叔父小野忠也のことは、よく知っていた。小野の剣を継ぐ叔父の存在は、緋之介にとって重いものであった。

襖の外に人の気配がした。

「よろしいでしょうかな」

西田屋甚右衛門であった。

「どうぞ」

緋之介の招きに、主《あるじ》西田屋甚右衛門が、入ってきた。

「いかい世話になりまする」

緋之介が、小野忠也への歓待に礼を述べた。

「織江さまの、叔父御どのでございますれば、われらが身内も同然。あたりまえのことをいたしましただけで」

西田屋甚右衛門が首を振った。

「ちらとお姿を拝見しただけでございますが、妄執がかなり取り憑《つ》いておるようでございますな」

西田屋甚右衛門は、小野忠也が剣のために人を殺してきたことを見抜いていた。

「……はい」

緋之介は、返事に困った。

「剣術遣い、いえ武術を極めようとなさる方は、皆おなじなのでございましょうか。絶えず上をめざされる。それはよろしいが、そのために潰《つぶ》されていく者が土台となって重なっていくことをお気になさらぬ」

西田屋甚右衛門の言葉は、緋之介に痛かった。

「荒ぶる心は、柔らかいおなごの身体でないと解《ほぐ》されませぬ。要《い》らぬお世話かと存じましたが、この手のことを得意とする霧島を寄こしました」

「かたじけない」

緋之介は、頭をさげた。

「小野忠也さまのお世話は、わたくしどもにお任せになって、万字屋までお出向きになられませぬか」

西田屋甚右衛門が緋之介をうながした。

「いえ、今宵は、少し気が昂《たか》ぶりましたゆえ」

緋之介は、首を振った。

「ならばこその女でございますが……無理強《じ》いはいたしますまい」

西田屋甚右衛門が小さく首を振って、去っていった。

百俵取りの御家人である織江緋之介には、番町に屋敷が与えられていた。だが、緋之介はずっと吉原に滞在しており、屋敷に帰ったことはなかった。

その屋敷に使者が訪れた。

「主、小普請支配《こぶしんしはい》毛利権左衛門《もうりごんざえもん》よりの口上でございまする。五日後の朝五つ半（午前九時ごろ）に当家までお見えくださるように」

使者は用件だけを伝えると、すぐに帰っていった。

光圀の手配で、織江家に仕えているかたちの中間《ちゅうげん》が、急いで報《しら》せに来た。

「ご支配からのお呼び出しが」

緋之介には思い当たる節がなかった。

小普請とは、幕府の御家人、旗本で小禄《しょうろく》軽輩の身分の者が、役付になるまで待機している組のことであった。言いかえれば無役の集まりである。役料や手当はもちろんなく、小普請金という江戸城修復の費用を石高に応じて差し出さねばならない。役人の数よりもはるかに御家人、旗本が多い今では、役立たずの別称とさげすまれていた。

「光圀さまのところへ、まいろう」

緋之介は、中間を連れて光圀を訪ねた。

話を聞いた光圀が、苦い顔をした。

「朝五つ半にと申したのだな」

光圀が再度の確認を中間にした。

「はい」

中間がしっかりと首肯《しゅこう》した。

「そうか。そう来たか、伊豆守め」

光圀が、腕を組んだ。

「いかなることにございましょう」

緋之介は、わけがわからなかった。

「慶事は朝のうちにというやつよ。めでたいな、緋の字。おぬしも役付だ」

光圀が、やられたという顔をした。

「役付でございますか」

緋之介は、まだ理解できていなかった。

「そうだ。おぬしを役付にして、動きに枷《かせ》をはめようというわけだ。武方、文方のどちらになるかはわからぬが、役につけば、登城日は一日拘束されるうえに、非番でも今までのように気ままにはできぬ。ましてや、吉原に住まいするなど論外よ。表沙汰になれば、不届きな所行として切腹ものだ」

「なるほど」

光圀の説明に緋之介はうなずいた。

「お断りすることはできませぬのか」

緋之介が問うた。

「将軍家の家来である御家人、旗本は、病気以外でお役を辞退することは許されぬ。念のために言うが、おそらく松平伊豆守めは、手抜かりなく医師も用意しているであろう。仮病は、重罪ゆえな」

光圀の言うとおり、過去病気を言いたててお役を休んだり退いたりした旗本が、市中を闊歩《かっぽ》しているのを見つけられ、改易《かいえき》となった例はいくつもあった。

「五日後というのも、見事な時期よ。こちらが手を打てるだけのときを与えておる」

光圀が、感嘆した。

「なんらかの手だてが」

緋之介が、勢いこんだ。

「隠居しろ」

光圀が端的に言った。

「なるほど」

緋之介も合点した。隠居してしまえば、役目につかずにすんだ。

「それだけではいかぬ。隠居勘当までいかねばならぬ」

光圀が苦渋に満ちた顔をした。

「勘当でございまするか」

緋之介が驚いた顔をした。勘当とは、絶縁のことである。家という観念を重視する武家にとって、勘当は大きな罪であった。

「おうよ。隠居だけでは、家との縁が切れることはない。おぬしの行動によっては家に傷がつくことになる。それは、首に縄をつけられたに近い」

隠居だけなら、緋之介の士籍は徳川家に残る。それこそ、家を譲った相手を廃してもう一度、当主になることもできたが、勘当となると家とのかかわりはいっさい断たれることになる。

「ううむ」

緋之介もうなった。

「かと申して、家を潰すことはできぬ。こちらから廃家を申し出ることは、主君に見切りをつけたと受けとられかねぬ。それは、不忠の第一。御家人が将軍を捨てるなど、幕府の根底を揺るがすことだ。許されることはけっしてない。逃げても追っ手がかかるは必定。緋之介を御家人のくびきから解き放つには、隠居勘当して、士籍をはずし浪人にするしかない」

光圀をしても他に手だてはなかった。

「知恵伊豆は健在ということだ」

光圀が、立ちあがった。

「明日、一番に右筆《ゆうひつ》まで緋の字の隠居と、跡継ぎによる家督相続の願いをだす。お目《め》見《み》えではないから、簡単にとおるだろう。そのあとすぐに緋の字の勘当届をあげる」

右筆は、幕臣のこまごまとした実務も担当した。やはりかなりの権限を持つが、金さえつかませれば、融通がきく。

「お手数をおかけいたしまする」

緋之介が礼をした。

「いや、油断していたおいらが悪いのさ。幕臣の身分があれば、思いきったことをしてこぬだろうと安穏としていた。すまぬ」

光圀は小さく頭をさげると、手配のために部屋を出ていった。

その言葉どおり織江緋之介の隠居願いはあっさりと認められ、わずか十日後、松平伊豆守の思惑《おもわく》は成功し、緋之介はふたたび浪人になった。織江の家は、水戸の家中から選ばれた者が継いだ。そして役付の話は、そのまま消えた。

他に行くところをなくした緋之介は、西田屋甚右衛門にあらためて世話になると頼んだ。

「いまさらなにを」

西田屋甚右衛門が、笑った。

「織江さまは、すでに我らが身内でございまする。世俗と結んでおられたかりそめの絆《きずな》もなくなったいま、織江さまの場所はここだけでございまする」

吉原の身内になることは、人あつかいされないと同義である。西田屋甚右衛門の言いぶんは、緋之介を落としたように聞こえた。が、その裏にある気兼ねをさせまいとする気遣いに緋之介は気づいていた。

「かたじけない」

緋之介は、ていねいに謝した。

「ところで、織江さま」

西田屋甚右衛門が居ずまいを正した。

「なにか」

緋之介も背筋を伸ばした。

「しばらくの間、吉原からあまりお出歩きになられませぬように」

西田屋甚右衛門が告げた。

「と申されると」

緋之介は子細を求めた。

「浪人狩りが、おこなわれるとか」

西田屋甚右衛門が、嫌な顔をした。

浪人狩りといえども、誰でも捕まえるわけではなかった。剣道場を始めとする武道場の主や、寺子屋の師匠、商家の用心棒など身元引受人のはっきりしている浪人者は、最初から除外されている。

これらは、町名主から、当町内にはなんのなにがしという浪人者が住まいしておりますが、この者は生業を持ち、菩提寺《ぼだいじ》もわかっておりますれば、と届けが出されているからだ。逆に浮浪人が、町内に出入りしていれば、町名主はそれも報せた。

浪人狩りは、浮浪人の排除を目的としていた。

また、吉原に町奉行所は入ってこないのも慣例であった。したがって、吉原にいるかぎり、緋之介の身に危険はおよばなかった。

「お話は承りましてございまする」

緋之介は、ていねいに首肯したが、確約はしなかった。

「やはり、したがってはいただけませぬか」

西田屋甚右衛門も、あきらめ顔であった。

「申しわけございませぬが……」

「水戸さまでございますな」

西田屋甚右衛門が、ため息を吐《つ》いた。

「はい。心の死んでいた拙者《せっしゃ》をもう一度生かしてくださいました」

緋之介は、覚悟を決めている。

「お武家さまと申される方々は、己の命を粗末になさりすぎまする。いつの世も泣くのは、女ばかりでございますな」

西田屋甚右衛門が、寂しく笑った。

「ならば、織江さま。なにとぞ、藤島太夫の想い、とげさせてやってくださいませ。苦界に落ちた女の願いを」

西田屋甚右衛門が一礼した。

二

お鷹匠《たかじょう》組頭長田家が、取りつぶされた。お役目筋違いの意見を上申しようとした長田金平を、咎《とが》められることをおそれた長男三太夫《さんだゆう》と三男金右衛門《きんえもん》が監禁していたことが発覚したのだ。

水戸家の鷹《たか》狩りの見聞に出た後、長く病欠を続けていた長田金平に、疑問を抱《いだ》いた目付《めつけ》によってことが明るみに出た。

幕府の裁定は早かった。長男三太夫と三男金右衛門は切腹、婿養子に出ていた次男については、無役であったことも幸いして遠慮慎みという軽い処分ですんだが、被害者であった長田金平は、家内取り締まり不行き届きとして改易に処された。

話を聞いた光圀が、顔をしかめた。光圀は、西田屋で明雀の膝枕《ひざまくら》で寝ていた。

「みょうなことが続きすぎる」

「いかにもなお話でござんすねえ」

明雀が、光圀の耳垢《みみあか》をこそげながら言った。

三浦屋四郎右衛門《しろうえもん》の格子女郎明雀は、二代目高尾太夫《たかおだゆう》と幕府大名一万五千石板倉重《いたくらしげ》昌《まさ》の子である。

寛永十四年（一六三七）島原で起こったキリシタン一揆《いっき》の制圧を命じられた板倉重昌が、名残《なごり》にと馴染みの高尾太夫と逢瀬《おうせ》を重ねてできたのが、明雀であった。板倉重昌は、島原で戦死し、高尾も病死した。吉原で生まれた明雀は、遊女となるべくして育てられた。

その明雀の新鉢を割ったのが光圀であった。世が世なら旗本のお姫さまだった明雀への、吉原住人たちのせめてもの思いやりだった。

そして、明雀は、三浦屋四郎右衛門の遊女でありながら、西田屋の客光圀の馴染みという変わった関係となっていた。

「鷹匠にかかわる者たちが、ここ数年で死にすぎておる」

光圀が、くすぐったそうに身をよじった。

「危のうござんすよ。お動きになられては」

明雀が、光圀を叱った。

「鷹匠頭、水野平六郎《みずのへいろくろう》が、高井戸で町人を無礼討ちにして切腹」

明雀の注意を気にせず、光圀が続ける。

「鷹師頭《たかしがしら》久松太郎左衛門《ひさまつたろうざえもん》の弟六郎左衛門《ろくろうざえもん》が、町屋で争って切腹になっておる。そして今度の長田の一件。わずか半年の間にお鷹関係の家柄が三つも絶えた」

「はい、反対側を」

明雀が、光圀の背中を軽く叩《たた》いた。光圀が、明雀の膝の上で逆を向いた。

光圀の手が、明雀の裾《すそ》を割った。

「おいたをなさりんすと、お怪我《けが》なさるのは、主さまでありんすえ」

明雀が、わざと廓言葉《くるわ》を濃くする。

「それは、剣呑《けんのん》だな」

光圀が動きを止めた。

「そろそろ緋之介さまをお呼びいたしましょうか」

明雀が、もとの言葉遣いに戻った。

光圀が来ないとき、三浦屋四郎右衛門の格子女郎として客を取っている明雀は普段廓言葉を使っている。光圀といるときだけ、町娘ふうになった。これは、遊女として光圀に接していると思われたくない明雀の意思表示であった。

「そうだな。どっちにしろ今宵は、鷹匠のことではないが緋の字と会うつもりだったからな」

光圀が、そっと耳かきをさしている明雀の手を払って、身体を起こした。

「頼む」

「はい」

明雀が、立ちあがった。

光圀が明雀との逢瀬に使う部屋は、西田屋の奥、主一家の住まいする建物の一室、中庭に面した書院であった。

けっして華美な装飾は施していないが、よいものだけを選んであった。

「悪いな」

光圀が、緋之介に呼びつけたことを謝った。

「いえ」

緋之介は、小さく首を振る。

二人は、しばらく明雀の酌で黙って酒を重ねた。

「光圀さま、今宵はなにを」

緋之介が、水を向けた。

「少し、動いてもらいたい。あまりよい話ではないのだが……」

光圀が語ったのは、米沢公夫人媛姫と加賀公夫人松《まつ》姫会食の一件であった。

「ことが起こったのは、万治元年（一六五八）七月の二十五日のことでな、今からもう千日近く前になるが、そのころは、明暦の火事の後始末で、それどころではなくてな。手の者もおらなかったこともあったが、なにもできなかった」

光圀が、後悔を言葉にのせていた。

「先日の鷹狩りの翌朝に、真弓に言われて思いだしたようなしだいで、薄情者といわれれば、そのとおりなのだが」

「そのようなことはございませぬ」

緋之介が否定した。

「見すごさずに真相を究明されようとなされる。ご立派でござる」

「やってくれるか」

光圀が頼んだ。

「どうぞ、ご命じくだされませ」

緋之介は、頭《こうべ》をたれた。

「保科家には、伝えておくゆえ」

「いえ、それはかえってよろしくないのでは」

黙って控えていた明雀が口を挟んだ。

「申しがたきことですが、保科さまのご家中に、かかわりになられた方がおられないとはかぎりませぬ」

「……確かに」

光圀が苦いものを飲んだような表情をした。

「保科の家中は、肥後守どのがご薫陶で、気働きの利く者ばかりなのだが……お屋敷うちでの食で、媛どのがみまかったとなると……」

光圀が明雀を見た。

明雀が首肯した。

年齢なら光圀が明雀より十歳も上であるが、人生の辛苦を舐《な》めたという観点からいえば、明雀がはるかにまさった。

「明雀、忘八衆を使ってくれるか」

光圀が頼んだ。

君がての命令しかきかないはずの忘八衆だが、明雀のいうことは引き受けた。忘八たちは吉原で一生を終えなければならない明雀を心底から可愛がっていた。

吉原で男が生まれることはなかった。いや、生まれても育てられることはなかった。遊女が妊娠して男の子を出産したときは、死産だと言い聞かせて、ひそかに人手の欲しい農家などに渡してしまうのであった。

吉原にいる男たちは、楼主一族を除いて、すべて吉原に落ちてきた。恨むべき者、憎むべきことのあった男たちには、普通の人としての過去がある。だが、明雀にはそれがなかった。人としての過去さえない明雀を、忘八たちは我が身に引き替えていつくしんでいた。それが、明雀の力であった。

「承知いたしました」

明雀が了承した。

光圀は、緋之介に顔を向けた。

「これを持っておくといい」

光圀は、脇差《わきざし》を緋之介に与えた。

「これは、おいらが元服の祝いに保科肥後守どのから、ちょうだいしたものだ。拵《こしら》えが華美に過ぎたので、変えてあるが、中子《なかご》を見れば、すぐに知れる」

「そのようにおそれおおいものをお預かりするわけにはまいりませぬ」

緋之介が、首を振った。

「やるわけじゃない」

光圀が、緋之介に脇差を押しつけた。

「おいらにとっては、唯一、一族のなかで認めてくれた叔父御のくれたものだ。一万両の金よりも貴重だ。だから、かならず返してもらいたい」

光圀は、歳《とし》の離れた従兄弟《いとこ》である保科正之を尊敬して叔父と呼んでいた。

「なおさら……」

「緋の字」

光圀が表情を引き締めた。

「こうでもしなきゃ、おめえの死にたがりは、消えねえだろう。たしかにたくさんの人が死んだ。おめえのことを慕ってくれた女たちも刃に倒れた。おいらには、緋の字が生き残ってしまったことを後悔しているように見えて仕方がない。いいか、生き残った、いや生きている者には、死んでいった連中に対しての任があるんだ」

「任でございまするか」

緋之介が問うた。

「覚えていなければならないんだよ。生者は死者のことをな」

光圀が重い声で言った。

「死者を偲《しの》べるのは生者だけ。それも故人を知っていた者だけだ。百万遍の経よりも、思い出話一つが供養なのさ。ましてや、投げ込み寺に捨てられるだけの女郎にとって、華盛りのころを、馴染みが話をしてくれるほど後生はねえ」

光圀の言葉に明雀が、目を潤ませた。

「緋の字のまわりで死んだ女たちもそうじゃねえか。誰もおめえ以外に偲んでくれるやつがいねえ。柳生の鬼姫にしても、御影《みかげ》太夫も、格子女郎の桔梗もそうだろ。三人とも実家に利用されて、捨てられた」

緋之介にかかわったがために死んだ女たちは、墓さえなく、回向院《えこういん》に合祀《ごうし》されていた。

「…………」

緋之介は、沈黙するしかなかった。

「おめえだけなんだよ、あの女たちが、この世に生まれ、精一杯生きてきたことを証してやれるのは。非業の死を迎えた無念の思いをともにわかってやれるのも」

光圀の声も震えていた。

「いいな」

光圀に押しつけられた脇差を、緋之介は受け取った。

「おめえを死地に向かわせておきながら、言えた義理じゃねえが、頼む」

光圀の言葉に緋之介は、平伏した。


緋之介は、翌朝からさっそくに動いた。

朝、五つ（午前八時ごろ）には、大門を出て、江戸市中へ足を進めた。

編み笠茶屋の一軒に南町奉行所筆頭与力高坂藤左が、配下の岡っ引きを連れて出向いていた。高坂藤左は、緋之介が隠居勘当になった翌日に、町奉行神尾備前守から、浪人狩りの開始を命じられていた。

編み笠茶屋は、夜明けから深夜まで開いている。編み笠を借りに来る客、返しに来る客がいるからだ。もちろん茶屋というだけあって、酒から食いものまで一通りのものも出す。遊客相手で世間よりも割高であるが、見栄はりの伊達男たちはけっこう利用していた。

「報せたのだろう」

高坂藤左が、岡っ引きに訊いた。

「へい。確かに吉原の番所をつうじて、西田屋に浪人狩りが近いうちにあると」

岡っ引きが応えた。

「なのに、堂々と出てきたぞ」

高坂藤左が、あきれた。

「気にしていないのか、それとも浪人狩りを知っていながら出歩かなければならない所用があるかのどっちかだと」

親分らしい岡っ引きが言った。

「そうだな。後をつけろ。どこに行くか調べるんだ。いいか、けっして手出しをするんじゃねえぞ。西田屋のかかり人だ。下手打って、西田屋の機嫌をそこねたら、合力金が入らなくなる」

「へい」

高坂藤左の忠告にうなずいた親分が配下の二人を引き連れて、出ていった。

「おい、茶をもう一杯くれ」

高坂藤左が、空になった茶碗をもちあげた。


調べるにしても二年以上も前の話である。緋之介は、途方にくれていた。なにかあるかと保科家、上杉家、前田家の屋敷周辺をうろついてみたが、見つかるわけもなかった。

緋之介は無駄に三日間江戸の町を歩きまわっただけに終わった。

吉原に戻った緋之介を、西田屋甚右衛門が出迎えた。

「大人しくはなさってくださいませぬな」

西田屋甚右衛門が苦笑した。

「すまぬ」

緋之介は、その気遣いがわかるだけに申し訳なかった。

「大門前に毎日町方が張りついております」

西田屋甚右衛門は気づいていた。

「ああ。一日ついてきてくれる」

緋之介ももちろん知っていた。

「今日で三日。そろそろ我慢ができなくなるころだと思案しますが」

西田屋甚右衛門が危惧《きぐ》を表した。

「浪人狩りにあうと」

「さようで」

町奉行の管轄となる浪人者は、町方に同道を求められれば拒むことはできなかった。

「そのあとどのようになりましょうや」

緋之介が問うた。ここ何年も浪人狩りはなされていない。緋之介は、詳しいことを知らなかった。

「織江さまが素直に同道なされたなら、八丁堀にある大番屋へ連行して、そこでお調べということになりましょう」

西田屋甚右衛門が応えた。

「お調べと申しても、いったいなにを訊くつもりなのでしょう」

緋之介は首をかしげた。

「罪を探すのでございますよ」

西田屋甚右衛門が言った。

「罪を……」

「はい。なんでもよいのでございますよ。織江さまを小伝馬町《こでんまちょう》の牢獄《ろうごく》に入れることができれば」

西田屋甚右衛門が、苦い顔をした。

「小伝馬町の牢獄は、吉原以上の闇《やみ》でございまする。なかは町奉行所につごうのよい囚人に牛耳《ぎゅうじ》られ、逆らう者には容赦いたしませぬ。それこそ、夜中に大勢で押さえつけて窒息させるなど朝飯前で」

「そのようなことが、御上の牢獄でおこなわれておるのか」

緋之介は信じられなかった。

「はい。ちょっとお待ちを」

西田屋甚右衛門が、緋之介を残して離れを出た。

「誰か、誰かいないか。ああ、悪いが市之助《いちのすけ》を呼んでおくれ」

西田屋甚右衛門が、忘八の名前を告げた。

すぐに市之助がやってきた。

「市之助、おまえさん、小伝馬町に入っていたことがあったね」

西田屋甚右衛門が問うた。

「へい」

市之助が短く答えた。

忘八衆には、多くの罪人がいた。争って人を殺した者、誤って人を傷つけた者、金を奪って逃げた者、他人の女房と駆け落ちした者など、ありとあらゆる連中が集まっている。

「牢獄とはどんなところだい」

西田屋甚右衛門が、話をするようにとうながした。

「地獄でござんすね。新入りは、いつも折檻《せっかん》の的でやした。入牢すると、まず牢名主の前に引き出されて、罪のあらいざらいをしゃべらされます。殺しは、別格でござんしたが、盗みやつっこみは、さげすまれやした」

つっこみとは、強姦《ごうかん》のことである。

「そのあとは、どうなるんだい」

西田屋甚右衛門が先を求めた。

「そのあとは、決まりごとでさ。きめ板のお情けというやつで」

「きめ板の情けとは、なんのことだ」

聞き慣れない言葉に緋之介は、興味を持った。

「きめ板とは、牢屋の羽目板の一部で。それをはずして囚人の尻《しり》を叩くんでさ。罪と入ってきたときの態度、あと蔓《つる》の多寡《たか》でうたれる数と力加減がかわりやす」

市之助が話した。

「蔓とは」

重ねて緋之介が訊いた。

「金のことで。命の蔓から来ていやして、蔓を持ってねえと、このきめ板うちで殺されることもございやした」

　市之助が、淡々と言った。

「牢内でそのようなことなど、許されるのか」

　緋之介は驚いた。

「牢役人たちは、見て見ぬふりでございますよ。いえ、逆に推奨しているとか。悪人が悪人を殺してくれれば、御上の手をわずらわせずにすみますから」

　西田屋甚右衛門が、感情の抜け落ちた声を出した。

「そんなものなのか」

「咎人も忘八も、御上にとっては人ではございませぬゆえ」

　町というものを管理する以上、町方や牢獄が必要なのは論を俟《ま》たないが、ともに金を食うだけで、幕府に見返りがあるわけではないのだ。施政者にとって咎人は、根絶やしにしたくて当然だった。

「お侍さまは、大牢じゃなく、揚座敷《あがりざしき》にいれられやす」

「揚座敷とは、一人だけのお部屋で、板敷きの上に薄縁が一枚敷かれているのでございますよ。ご身分に対する心遣いというやつでしょう」

　西田屋甚右衛門が、緋之介に問われる前に補足した。

「ですが、浪人者は、違いやす。道場主とか、寺子屋の師匠とかであれば、揚座敷ということもありましょうが、浮浪人は無宿者とおなじあつかいしかされやせん」

市之助は、緋之介が受牢することになれば、仕置きにあいかねないと告げた。

幕府の定めた御定書百箇条《おさだめがきひゃっかじょう》に、受牢という罪は設けられていなかった。咎人はすべて大番屋、あるいは番所を通じて、小伝馬町の牢獄に運ばれ、そこで奉行所の裁きがおりるまで、留置されるのだ。

町奉行所の裁定は、死罪、遠島、追放、敲《たた》き、手鎖しかなく、なにかと準備のかかる死罪と遠島以外は、その場で執行される。

小伝馬町の牢獄にいる者は、未決の囚人ばかりであった。なかには無実でありながら、牢内のいじめや病で亡くなるものもいた。

「いかに織江さまが、武術の達人でおられても、幾日も寝ずに不測にそなえることはできませぬ。寝入ったところをいっせいにのしかかられて、口を押さえつけられたら、声も出せずに殺されるだけで」

西田屋甚右衛門は、これが言いたかったのだ。

「……お心遣いに感謝する」

緋之介は、うなずいたが、吉原にこもるつもりはなかった。

三

町奉行所与力高坂藤左も困りはてていた。

吉原から出なければ、緋之介に手出しをせずにすむのだが、毎日のように江戸中をうろつかれては、話がどうまわって、町奉行神尾備前守の耳に届くかも知れないのだ。いや、神尾備前守で止まればいい。江戸中に耳と目を放っている噂《うわさ》のある松平伊豆守に気づかれたら、町方一同お役ご免は確実であった。

「どういたしましょう」

ついに音《ね》をあげた高坂藤左は、ふたたび年番方与力武藤に助言を求めた。

「吉原が、抑えこめないというのがみょうだの」

武藤も首をかしげる。

「吉原は、遊廓《ゆうかく》を護るためならなんでもやってのける連中を抱えている」

「忘八どもですな」

高坂藤左が首肯した。

「いくら、剣術の遣い手であろうが、忘八どもにかかれば、赤子の手をひねるに近いはずだが」

武藤も吉原の対応には戸惑っていた。

忘八たちの実力は、町奉行所に知れわたっていた。

吉原で、喧嘩口論は日常茶飯事である。女の奪い合い、無銭飲食、しきたりを破る客など、もめごとは毎日のようにあった。

そのなかでも、とくに大きなこととして、取りこもりがあった。

取りこもりは、敵娼に熱をあげた客が、遊女を連れて吉原から逃げようとして失敗、そのまま見世に籠城《ろうじょう》することである。

田舎から江戸へ参勤交代で出てきた藩士が、国元ではけっして見ることさえできないような美女にしなだれかかられて、舞いあがったあげく、泣きの涙で他の男に抱かれている馴染みの遊女を、この地獄から連れ出してやろうとする形のものが多かった。

いかに武士が軟弱になったとはいえ、子供のときから一通り刀の振り方は教えこまれている。その武士が、手に武器を持って遊女や見世の者を人質に取りこもるのだ。町奉行所でさえ二の足を踏みそうなことを、忘八はこともなげに解決してみせた。

天井裏から、窓障子から、そして廊下からと一気に攻めいって、取りこもっている藩士を排除し、遊女を助け出す。

そのとき、己は死んでも遊女には毛筋ほどの傷もつけさせない覚悟を持つ忘八たちである。緋之介を閉じこめておくことぐらい、さしたる難事ではないはずであった。

「吉原に思惑があるのでは」

高坂藤左が、疑問をていした。

「それが、もっとも怖いよの。吉原の名主たちは、女をつうじていろいろなところに顔が利く。松平伊豆守さまは別としても、ご老中方や御三家方、大名や旗本にいたっては、数えあげる気にもならん」

武藤が、小さく首を振る。

「ですが、このままでは、いずれ奉行に知れますぞ」

高坂藤左が告げた。

「そうよなあ。とりあえず、振りだけでもするしかないの」

「振りだけでございますか」

高坂藤左が問うた。

「浪人狩りだからな。なにも織江だけが相手じゃない」

武藤の一言で、その日その日をかろうじて生きていた浪人たちに災難が降りかかった。

浪人狩りといっても、身元引受人がいれば、捕まることはないのだが、町を歩いているだけで、同心や手下たちにちょっと来いと番屋へ連れていかれるのだ。そのたびに大家や、雇い主に迎えに来てもらわなければならなくなる。

ひどいときは、同じ町内で別の岡っ引きに引っ張られて、一刻《いっとき》（約二時間）ほどの間に二度も番屋の世話になる浪人者もいた。

浪人狩りの噂は、たちまち江戸をせっけんし、身元引受人のない浪人者は、品川や千住など町奉行所の手の届かないところに逃げた。おかげで、煮売り屋などは浪人者による脅し、食い逃げの被害がなくなってほっとしていた。

緋之介も翌日、声をかけられた。

浅草をなわばりにする岡っ引き、観音《かんのん》の辰吉《たつきち》が、緋之介を見とがめた。

「ちょっとお待ちを」

辰吉は、緋之介の前に立ちはだかった。右手に房のない十手を持っていた。

与力は、滅多なことで十手を見せなかった。紫や白の房をつけた十手を紫の袋に入れて懐《ふところ》深くにしまいこんでいた。大捕物の現場を仕切るときにだけ、袋から取り出して軍配のように使うのだ。

同心の十手は銀めっきで赤房がつけられていた。同心は、これを背中の帯に挟み、普段は見せないようにしていた。

岡っ引きの十手には房もめっきも許されていなかった。

「なにか用か」

緋之介は、足を止めた。

「お見受けしたところ、ご浪人さんのようで。身元引受人はおられやすか」

辰吉は、ていねいな口調で問うた。

「いかにも。主を持たぬ浪人であるが。身元引受人は、西田屋甚右衛門どのだ」

緋之介は、西田屋甚右衛門の名前を出した。

「西田屋と申されやすと、あの吉原の」

辰吉が、訊きかえした。

「さよう」

緋之介がうなずいたとたん、辰吉の態度が変わった。

「吉原の楼主が、身元引受人とは、笑わせてくれる。あいつらは、人でさえないんだぜ。その人でない西田屋甚右衛門に身元を預かってもらっているとなると、おめえも浮浪人ときまったな。番屋までついてきな」

辰吉が、十手を緋之介につきつけた。

「……………」

　緋之介は、胸が悪くなった。

　吉原に住まいする者といえども、赤い血の流れた人である。妓にせよ忘八にせよ、流した涙の量と、心に刻まれた傷の数は、なまじの人よりも多い。

　真の意味で人をわかり、優しくできる者たちと緋之介は知っていた。

「おい、聞いているのか」

　じれた辰吉が、十手で緋之介をこづこうとした。

　緋之介の身体が勝手に反応した。十手の先を握ると大きく引いたのだ。

「うわった」

　辰吉が、よろめいた。

「てめえ、御上のご用に逆らう気か」

「……………」

　緋之介は、無意識の行動に驚いていた。奉行所が認めたわけではないが、岡っ引きは町方の一人である。それに手を出したのだ、このまま無事ですむとは思えなかった。

「やろう」

　辰吉が、十手を振りかぶった。

緋之介は、腹をくくった。辰吉の怒りは、すでに詫びてかたのつく状態ではなくなっていた。

辰吉の動きに応じた緋之介が、半歩右足を後ろに引いて身体を開くだけで、十手は空を切った。

「おう」

渾身《こんしん》の力をこめていた辰吉が、大きくたたらを踏んだ。緋之介は、その腰を軽く蹴った。

「痛《い》てえ」

地面に顔をぶつけた辰吉が情けない声を出した。

緋之介は、さらにつま先で脇腹の急所を蹴った。

「うっ」

当て身であった。

辰吉が、小さくうめいて気を失った。

浅草門前町ではなかったが、それなりに人通りはあった。しかし、誰もがかかわりあいになりたくないと、遠巻きに見ているだけである。

辰吉を助けに来る者も、番所に注進する者もなかった。

緋之介は、誰にともなく軽く黙礼して、その場を立ち去った。

あてもなく、歩くことに疲れた緋之介は、九段下の実家に顔を見せた。

小野家の当主次郎右衛門忠常は、八百石の書院番組士《しょいんばんぐみ》を務めていた。現将軍家綱が病弱というのもあって、小野次郎右衛門は将軍家指南役を保留にされている。それでも小野派一刀流の名前は大きい。剣名を慕ってくる者はあとを絶たず、道場ははやっていた。

家康によって選ばれた剣術の継承者ということもあって、小野家の屋敷は八百石としては、群を抜いて大きい。小野家は、その屋敷の半分を道場に供していた。

「おう、稽古に来たか」

緋之介を迎えたのは、小野忠也であった。

剣術だけでなく、道場というのは、主に朝が稽古時である。夕刻に近い今は、人が少なくなるのが普通だが、下城してきた小野次郎右衛門に直接稽古をつけてもらおうとする熱心な弟子たちでにぎわっていた。

「父は」

緋之介は、小野次郎右衛門の姿を探した。

「まだのようだな」

小野忠也が、木刀を緋之介にわたした。

「ご当主どのが、帰ってこられるまで、稽古をつけてやろう」

小野忠也が、道場の中央に緋之介を誘った。

二百畳近い道場で、思い思いに稽古をしていた弟子たちが、いそいで場所を空けた。

小野派一刀流は、近年はやり出した稽古用の袋竹刀《ふくろしない》ではなく、木刀をつかった。馬皮の袋に割り竹をいれてくくった袋竹刀は、当たれば大きな音をたてるが、怪我をすることなく、未熟な弟子たちに肌で剣術の間合いを教えることができたが、当たれば骨を砕き、肉をはじかせる木刀と違って、一刀一刀に心が入りにくいと小野派一刀流では使っていなかった。

「構えよ」

小野忠也が命じた。

緋之介は、三間（約五・四メートル）の間合いを開けて、木刀を青眼につけた。

「ほう、先日とは構えが違うな」

小野忠也が、目を少し大きくした。

緋之介は、苦笑した。小野派一刀流道場で柳生新陰流の型を披露することなどできるはずもなかった。

「よかろう。今日は、上段を封じてやる。思い切りかかってくるがいい」

小野忠也が、緋之介に命じた。

緋之介は、ゆっくりゆっくりと息を小さくしていった。

人というのは呼吸をしないと生きていくことができない。息を吸おうとすれば、胸の筋肉をゆるめなければならず、そこを狙われたら一撃を防ぐことは難しい。敵に呼吸を気取《けど》られないことが、肝要であった。

かげろうのように小野忠也の姿が、ゆらいだ。小野忠也の殺気であった。

あまりの殺気に空気までが、引きこまれていた。少し距離を空けて稽古を続けていた弟子たちが、すくみあがった。

当主小野次郎右衛門へ稽古を願うだけの腕をもつ弟子たちさえ、肌を粟《あわ》だてて無意識に後にさがっていた。

小野忠也から放たれる気が道場を支配した。

緋之介は、山中で熊にであったような気がしていた。己とほとんど体格の変わらない小野忠也であったが、その背丈も身幅も倍に拡がったように緋之介には見えた。

「けぁああ」

緋之介は、肚《はら》から声をしぼりだして、小野忠也の圧迫をはねのけようとした。怖《お》じ気《け》づいて固まった筋肉をほぐすためには、大声をしぼりだすしかなかった。

だが、これはせっかく整いかけていた呼吸を乱すことでもあった。

「…………」

道場の羽目板を震わせるほどの気合い声をものともせず、小野忠也が歩を進めてきた。

足送りでさえなかった。まるで散歩でもしているような足取りで、小野忠也は間合いを詰めてきた。

緋之介は、応じるしかなかった。ここで退《ひ》けば、気をのまれてしまい、勝負にならずに終わってしまうとわかっていた。

修行が中途半端な連中は、追いつめられると上段をとることが多い。自分を奮いたたせるために威圧感を出そうとするのだが、それは自殺行為であった。気圧《けお》されて振りあげた腕は強《こわ》ばっていて、普段の半分の疾《はや》さも出なくなっている。威の位と呼ばれる上段は、満ちた気迫と、修練の疾さで敵を断つ。萎縮《いしゅく》した心、固まった腕では、かかしとおなじであった。

緋之介は、上段をあきらめて小野忠也の接近を右袈裟で迎え撃った。

緋之介は、小野忠也が一間半（約二・七メートル）の間合いに入ったところでしかけた。

　ゆっくりとした足取りで近づいてくる小野忠也とは逆に、緋之介は曲げていた膝に瞬発をかけた。

「りゃあああ」

　気圧されないように大声を出しながら、奔った。

　二歩めを踏みだすのにあわせて、緋之介は右肩に引きつけていた太刀を、左斜め下に向けて振りおとした。

　呼吸、拍子、手足の動き、緋之介にとっても会心の一撃だった。緋之介の木刀は、小野忠也の左首元をしたたかに打つはずだった。

　乾いた音がして、緋之介の木刀がへし折れた。

「…………」

　緋之介は、止まらずにそのまま身体ごと小野忠也に体当たりした。

　岩に身体をぶつけたかとおもうほどの衝撃を受けて、緋之介は壁めがけてはじきとばされた。

「ぐっ」

　受け身さえ取れず、羽目板に背中をまともにぶつけた緋之介は、うめきしか出せなかった。

「終わりか」

顔をあげると木刀を左手一本にさげた小野忠也が目の前にいた。

「……ま、まだ、ま……だ」

息をするのも必死だったが、緋之介は立ちあがろうとした。

「やめよ」

道場の入り口から、鋭い声がした。

小野次郎右衛門が、稽古着に着替えて道場に姿を見せていた。

「忠也どの」

小野次郎右衛門の言葉に、小野忠也の身体から殺気が消えた。

「友悟」

厳しい口調で、小野次郎右衛門が緋之介を呼んだ。

「……は、はい」

緋之介は、満足にできない呼吸のもとで応えた。

「未熟者が。顔を洗って書院まで参れ」

小野次郎右衛門が背中をむけた。

緋之介は、よろよろと立ちあがった。

実力の差は知っていたが、地力の違いを思い知らされて、緋之介は愕然《がくぜん》とした。技では追いつけずとも、力なら若い自分に優位があると信じていた。

それが、一瞬で粉砕された。

どうなってはじきとばされたか、わかっただけに緋之介はつらかった。

緋之介の右袈裟は、小野忠也が青眼から真横に振った木刀によって粉砕された。それは覚悟していた。だからこそ、木刀が消し飛んだ後も呆然《ほうぜん》としたり退いたりせずに、突っこめた。もっとも、あそこで退いていたら、小野忠也の木刀が緋之介の横鬢《よこびん》をしたたかに撃ったに違いなかった。

奔った勢いのぶん、緋之介が有利なはずだった。身体の大きさは、変わらないが、老境に入った痩軀《そうく》と若く充実した体軀の差は、いかんともしがたいはずだった。

緋之介は右肩を小野忠也の左肩にぶちあて、左足で膝裏を払い、押し倒すつもりだった。

だが、緋之介の当たりは、小野忠也の足を一寸（約三センチメートル）も動かすことなく、受け止められた。

そして、緋之介の勢いが死んだとたん、小野忠也が緋之介を蹴りとばしたのだ。緋之介はなすべもなかった。

「早く行け。兄者を待たせると、説教が長引くぞ」

小野忠也が、緋之介をやさしくうながした。

「はい」

緋之介は、まだあがったままの呼吸を整えようと深呼吸をくり返しながら、父小野次郎右衛門の居室をめざした。

悄然《しょうぜん》と肩を落として去っていく緋之介を、弟子たちが静かに見送った。

元高二百石だった小野家を忠明は、一度潰していた。関ヶ原の合戦で二代将軍秀忠にしたがった小野忠明は、信州真田《さなだ》家上田城攻めで軍令を破り、先駆けをした。これを秀忠は咎め、小野忠明の禄高《ろくだか》を取りあげて、真田伊豆守《いずのかみ》信幸《のぶゆき》に預けた。

のちに許されてふたたび二百石を与えられるが、その後もめごとを起こし、何度も忠明は閉門を喰らった。危うい綱渡りで残った小野家を八百石の書院番士にまで押しあげたのは、狷介《けんかい》な小野忠明の跡を継いだ小野次郎右衛門忠常の功績だった。

剣士というより、実直な旗本であった小野次郎右衛門は、徳川秀忠にその勤勉さを愛《め》でられ、加増を重ねた。

道場に屋敷の半分を割《さ》いた小野家の母屋《おもや》は、八百石の旗本にしては狭い。小野次郎右衛門の書院も八畳しかなく、造作も質素であった。

緋之介は、小野次郎右衛門の書斎に入った。

小野次郎右衛門は、床の間を背に端座して、緋之介を迎えた。

「情けなきやつめ」

小野次郎右衛門の開口は、辛辣《しんらつ》な叱責《しっせき》であった。

「慢心は、剣術遣いとしてもっとも忌《い》むべきことだと、知っておるはずだ」

「…………」

緋之介は、頭を垂れた。

「忠也は、おまえが生涯かかってもたどり着くことのかなわぬ境地に達しておる。それぐらいはわかっておると思っていたが、親のひいき目であったか」

小野次郎右衛門の言葉が緋之介を打った。

「きさま、稽古で胸を借りるべきを、仕合として挑んだであろう。真剣で命を賭《か》けたやりとりならば、まだ許されるが、道場で格上の叔父に対して、それをおこなったとは、傲慢《ごうまん》か、それとも力と技の差に気づかぬほど、目が曇っていたのか」

「……申しわけございませぬ」

緋之介は、そう言うしかなかった。

吉原でも鍛錬は欠かしていなかった。雨でも、毎朝山谷堀で一刻（約二時間）をこえる素振りと技の練習、就寝前にもやはり一刻の座禅と、これを続けてきた。

「おまえは、中途半端なのだ。剣士にもなりきれず、武士にもなりきれていない」

小野次郎右衛門が、ぐっと緋之介を睨みつけた。

「思いだしておらぬであろう」

小野次郎右衛門が、何を言いたいのかわからず、緋之介は父の顔を見た。

「斬り伏せた敵のことだ。人の命を絶った、そのときの断末魔の表情を、もがきを、忘れたふりをしておるな」

小野次郎右衛門の一言が、緋之介に衝撃を与えた。

さきほど小野忠也が見せた殺気のこもった目つきとは違った、小野次郎右衛門の侮《ぶ》蔑《べっ》をふくんだ眼差《まなざ》しは、緋之介を打ちのめした。

「仏間にこもって、己を見つめなおせ」

冷たく小野次郎右衛門が、言い捨てた。

小野家には、当主の居間よりも立派な仏間があった。二十畳という広さの座敷に、天井まで届くほど大きく、入ってくる者を圧するほど見事な仏壇が安置されていた。

緋之介は、柳生の里に出た十九歳から八年ぶりに、仏間に入った。

巨大な仏壇には、数えきれないほどの位牌《いはい》が並べられていた。そのほとんどが、小野家の者ではなかった。小野家一族の位牌は、忠明を除いて、巨大な仏壇の隣に置かれた小さな祠《ほこら》のなかに安置されていた。

巨大な仏壇は、小野忠明法名妙達《みょうたつ》の大きな位牌を中央に、周りをたくさんの位牌が取り囲むようにしていた。

小さな位牌には、法名の刻まれているものはほとんどなかった。俗名、あるいは日時、ひどい場合は場所だけというのもあるその位牌群は、小野忠明が生涯に斬った者たちのものであった。

小野忠明は、その生涯に二百有余人を斬ったという。死の床に伏し、いよいよ瞑目《めいもく》するときに発した言葉が、小野忠明のすさまじさを表していた。

「まだ、斬り足りぬ」

小野忠明は、そう叫んで絶息したのだった。生涯旗本ではなく、剣士であったことを証明する遺言であった。

その小野忠明が作った仏間は、明暦の火事で燃えたが、位牌だけは無事に搬出され、小野家の移転とともに再建されていた。

緋之介は、仏壇の正面に座すると、深く一礼した。

子供のころ、緋之介は、この仏間が大嫌いであった。言いしれぬ圧迫感が、全身を襲ってくる気がして、おぞましかったのだ。それは、今でも変わらなかった。

殺された者たちの怨念《おんねん》が、小野忠明を包みこんでいるかのような配置は、いかに遺言とはいえ、狂気の沙汰であった。

緋之介は、じっと祖父小野忠明の位牌を見つめた。

術だの道だの鍛錬だのときれいごとを並べたところで、剣は人殺しの道具でしかないことを緋之介は、嫌というほど身にしみて知っていた。

緋之介が帯びている太刀も、数えきれないほどの敵を葬ってきた。戦国武者を鎧ごと殴りつける刀というより棒に近い胴太貫に、ひびが入るほど緋之介は戦った。己も倒れたが、刀もくたびれはて、肉厚の胴太貫は、腰が重いなどとぼやく今どきの旗本たちが好むような細身の太刀にすりあげられた。

緋之介は、背中がざわめくような気がした。

座禅を組んで、緋之介はゆっくりと呼吸を繰り返した。一息吸うのに二十数え、吐くのに二十数え、呼吸の数を極端に減らしていった。

呼吸法は吐くことから始める。赤ん坊が生まれる瞬間に吸っていらい、身体のなかには、絶えず空気が入っていた。身体に残った空気は、血のよどみを受けてにごる。五体を清冽《せいれつ》にするためには、まず、汚れた肺腑《はいふ》の空気を吐き出さなければならなかった。

丹田《たんでん》を締めあげるようにして、肺腑を空にする。空になった肺腑は、新しい空気を求めて拡がる。それをそのまま受け入れては、また同じことの繰り返しであった。

緋之介は、苦しいのを我慢して、糸を吸うように細く、細く息をした。五体の隅々まで行きわたらせるように意識しながら、吸った。

数回繰り返した緋之介は、心臓の鼓動が落ち着いていくのを感じた。

緋之介は、祖父と向かいあう気持ちを持てた。

小野忠明は、剣の修行のために仕合を重ね、人を斬った。緋之介は、己もしくは誰かを護るために人を斬った。

そこに違いを見いだしていた自分にようやく気づいた。

「人殺しは人殺しでしかない」

小野忠明から怒鳴られたに近かった。

「なにかを護った英雄気取りでいただけよ。笑わせてくれる」

緋之介の前に浮かびあがった小野忠明が、緋之介を指さして嘲笑《ちょうしょう》した。

実際に稽古をつけてもらったことはないが、小野忠明の幻影に緋之介は気圧されていた。

一流の剣士と立ちあっているかのように、剣気にあてられて全身の毛穴が縮んだ。死してなお、それだけのものを発散する小野忠明の幻影に、緋之介はあらがうこともできず、浸食されていた。

「殺すということは、殺されてもかまわないと同義なのだ」

脂汗を流し、かろうじて意識をたもっている緋之介の背中に、父小野次郎右衛門が声をかけた。

「……父上」

力なく振り返る緋之介に、小野次郎右衛門の雷が落ちた。

「死者にのまれるではないわ」

小野次郎右衛門の怒声は屋敷中にひびいた。

「始祖妙達師が、よく申されていたわ」

小野次郎右衛門以下、一族は忠明のことを始祖妙達師と尊敬をこめて呼んだ。

「死者はなにもできぬ。ただ、生者の心に残って苦しみのもととなるだけ。姿を現したとてうたかたに過ぎぬ、呵々《かか》大笑すれば消えるしかない。死者に引きずられるな。

これは残心につうじることだ」

小野次郎右衛門が、緋之介に伝えた。

残心とは、勝利の一刀を振るったあとに取る構えのことだ。身体のどこにも無理な力が残らず、筋はいつでも動けるようにやわらかく、太刀先はどのような変化にも応じられるようにゆらがない姿勢を理想としていた。倒した相手に固執してはいけないが、そこから気を離してもいけない。次へいたるための型でもあった。

「儂も若いときは、無茶をした。さすがに江戸でするわけにはいかなかったゆえ、関《かん》八州《はっしゅう》まで遠出したがな。いろいろな道場に勝負を挑んだ」

小野次郎右衛門が、昔話を始めた。

「同門の稽古試合でも遺恨は残る。ましてや道場破りのような仕合は、ひどいものだ。道場は負けることが許されていない。敗者はすべてを失うのが世の常だ。道場破りにやられたと噂がたつだけで、主一家は夜逃げしなければならなくなる。逆に挑んだ方は、負ければ二度と剣を握ることのできない身体にされるのがしきたり。拳《こぶし》をくだくか、肩の関節を潰すかして、城下外れに捨てられることになる。どちらも必死よ。卑怯も未練もない。一人の道場破りに、弟子全員がかかってくることもある」

小野次郎右衛門が、思いだすように目を閉じた。

「手加減などできるものか。面にはいろうが、小手を決めようが、動けるかぎり何度でも襲ってくる。ならば、一撃で昏倒させねばならぬ。力をこめて撃てば死人もでる。かかってくる者すべてを倒してもまだすまない。負けた流派は、その名誉を護るために、去っていく道場破りを闇討ちにする。儂もなんどか、町はずれで襲撃された。闇討ちだからな。遠慮はない。真剣でのやりとりよ。生き残るために剣を振るわなければならない。剣に道も修養もなにもない。あるのは勝者か敗者かだけ。そう悟るのにときはいらなかった」

「………」

緋之介は、初めて聞く父小野次郎右衛門の修行話に引きこまれた。

「剣は生き残るための手段と、割りきって、儂の腕は伸びた。殺人剣を卑とよび、人を救う活人剣こそが極意などとうたう流派もある。寝言よ。儂に言わせればな。人は生きてこそ値打ちがある。なにかをなすことができる」

小野次郎右衛門が緋之介を見つめた。

「生きよ。生き残れ。友悟。死者の業をその背に担いながらな」

小野次郎右衛門は、そう言い残して仏間を去っていった。

「業を背負って……」

緋之介は、父小野次郎右衛門の言葉を反芻《はんすう》した。

その日、緋之介は実家に泊まった。

「ご迷惑をおかけしては……」

緋之介は、最初遠慮した。松平伊豆守に目をつけられている緋之介が、滞在することでなにかあるのではないかと危惧した。

「馬鹿め。親が子供のことを迷惑だと思うものか。おまえは、甘えることを覚えなければならぬ。甘えられる相手を作れ。されば、その人の前では心をゆるめることができる。弓と同じよ。弦を張り続けた弓は、折れるぞ」

小野次郎右衛門に、緋之介は三度めの説教を喰らった。

緋之介の歳の離れた兄、小野忠於《ただお》が笑った。

「たまには叱《しか》られよ。わたくしなど、この父と一緒におるのだぞ、怒鳴られるなど年中だわ」

「兄者の言われるとおりよ」

三男新兵衛《しんべえ》もうなずいた。

すでに中年にたっしている兄忠於は家綱に目通りはすんでいた。小野家は無事に次代に嗣を継ぐことができる。

軽く酒を饗《きょう》された夕餉《ゆうげ》は、おだやかに終わった。

兄忠於はすでに婚していた。同じ屋敷の別棟に忠於がさがったあと、一人書斎に残った緋之介に、父小野次郎右衛門が命じた。

「母のところに顔をだしていけ」

「はい」

緋之介は、首肯した。

小野次郎右衛門は、生涯で三度妻を娶《めと》っていた。長兄忠於は最初の妻の、次兄で僧門に入った弥助《やすけ》は、二番目の妻の、そして緋之介は今の妻の子供であった。

緋之介の母は、小野次郎右衛門の側室から後妻になおった町人の娘である。もっとも幕府に届けてはいないので、正式には妾《めかけ》でしかないが、小野次郎右衛門は緋之介の母弥江《やえ》を慈しんでいた。

「いつかは、手放すものだが、子供が早くからいなくなるというのは、母にとってつらいものだぞ」

小野次郎右衛門が、一人の父に戻った。

四

翌朝、小野家を辞した緋之介に、小野忠也が同道していた。

「裏を返しにいく」

小野忠也がにやりと笑った。吉原は初めてだったはずの小野忠也が、通人ぶったせりふをつかったことに、緋之介は驚いた。

裏を返すとは、吉原独自の言いまわしである。一度会った遊女と二度目の逢瀬をすることだ。

裏を返せば、馴染みとなる。そこそこの名見世なら三度目の来訪に備えて、専用の浴衣《ゆかた》や箸《はし》、湯呑みが用意された。

「霧島どのなら、前もって話をしておかないと、いきなりだと難しいと思いまするが」

緋之介も吉原は長い。遊女を抱いたことはないが、廓のしきたりには詳しくなった。

格子女郎である霧島は、回しと呼ばれる一夜に複数の客を取ることをしなかった。

先客がいれば、小野忠也は黙って帰るしかないのだ。霧島が空いてないから別の女をは吉原の禁忌である。

「心配するな。約定はかわしてある」

小野忠也が笑った。

子供のころから左腰に太刀と脇差を差して歩く癖がついている武家の歩みは、独特である。右足を大股《おおまた》で出し、左足がその後を追うのだ。後ろから見ていると左に身体が傾いているように見えた。

身形《みなり》を変えても歩き方で武家かどうかは、すぐにわかるほど特徴があった。

それでいて、剣術遣いというのは、足が速い。小野家のある九段下から吉原五十間道入り口の見返り柳までを、二人は一刻（約二時間）かからずに到着した。

見返り柳は、日本堤と五十間道の辻にある。吉原で一夜の夢を過ごした男たちが、ここで足を止めて吉原を振り返ることから、この名がついた。

だが、真実は違った。

吉原に売られてきた女たちが、ここから先は地獄と知って、二度と帰ることのない故郷を偲んで振り返るから、そう言われるようになった。

五十間道に入った緋之介と小野忠也は、大門前の茶屋から出てきた同心と配下たちに囲まれた。

配下のなかには辰吉の姿があった。

「やい、浮浪人。昨日はよくもやりやがったな」

辰吉が叫んだ。

「おめえのような、不埒《ふらち》な野郎は、小伝馬町で根性をたたきなおしてもらうがいいさ」

辰吉が吠《ほ》えた。

小野忠也が、緋之介に目を向けた。

「なんだ、これは」

「浪人狩りと申すものでございまする」

小野忠也の問いに緋之介が応えた。

「これが、浪人狩りか。江戸ではまだあるのだの」

小野忠也が、珍しそうに捕り方たちを見た。

「率爾《そつじ》ながら、ちとお尋ね申す」

岡っ引きたちを率いていた同心が、小野忠也に話しかけた。

「なにかの」

「貴公は、どちらのご家中でござろうか」

同心は、ていねいな口調で尋ねた。

小野忠也が、応じた。

「藩士ではござらぬが、安芸《あき》広島浅野《あさの》家さまより、お扶持《ふち》をちょうだいしており申す」

小野忠也は広島の城下で道場を開き、多くの藩士に剣術を教えている関係で、わずかとはいえ広島藩から扶持米を受け、郷士《ごうし》上席の身分を与えられていた。

「ご無礼つかまつった。まことに申しあげにくきことながら、お名前をお訊かせ願いたい」

同心が重ねて訊いた。

「貴公は」

小野忠也が、同心に名のるようにとうながした。

「これは気づかぬことをいたしました。拙者南町奉行所定町廻《じょうまちまわ》り同心竹中祥三郎《たけなかしょうざぶろう》でござる」

他人に名前を問うときは、まずこちらから名のるのが礼儀である。役目柄とはいえ、武士に対して失した対応であったことは確かであった。

竹中は、すなおに頭をさげた。

「承った。拙者、小野忠也と申す」

小野忠也が名のった瞬間、同心が息をのんだ。

「失礼ながら、あの小野派一刀流の……」

竹中は小野忠也の名前を知っていた。

「いかにも」

小野忠也が、うなずいた。

「これは、ご無礼をいたしました」

竹中が、頭をさげた。岡っ引きたちは、なんのことかわからないのか、呆然としている。

「では、お連れの御仁《ごじん》は」

竹中の顔が少し引きつった。

「これは、不肖《ふしょう》の弟子でござるが」

小野忠也が緋之介を弟子と言った。

「お役目のうえでお伺いいたす。お弟子どのは、浪人でございましょうや」

竹中が、慎重に質問した。

「主を持たぬゆえ、浪人者であることには違いないが、いまだこやつは修行中の身。

いずれはしかるべき大名家へ仕官をと考えてはおるが、まだまだ半人前でさえないわ」

小野忠也が緋之介をそう評した。

「いや、小野さまがお弟子となされただけでも、素質のほどはわかりまする。いや、おみ足を止めて申しわけございませなんだ。どうぞ、お進みくだされ」

竹中が道を譲った。

「さようか。では、ごめん」

小野忠也は、緋之介をうながして、大門をくぐった。

辰吉が、竹中に詰め寄った。

「旦那。どういうことなんで」

昨日、衆の目前で恥をかかされた辰吉はおさまらなかった。

岡っ引きというのは、縄張り内ににらみをきかせるのが仕事である。親分、親方とたてられて、もめ事の口利きをすることで世すぎをしていた。

その命よりもたいせつな顔に傷をつけられたのだ。若い浪人者に手玉に取られたと評判になれば、頼みごとを持ちこむ者はいなくなる。きちっと落とし前をつけなければ、辰吉は縄張り内を歩くこともできなかった。

「相手が悪すぎる。おめえの心情もわからねえではないが、退け」

竹中が、辰吉を抑えた。

「…………」

辰吉は無言でふてくされた。

「まあ、つきあえ」

竹中は、辰吉を編み笠茶屋の一軒に誘った。

編み笠茶屋は、簡素なついたてで見世を細かく区切っていた。遊女を買いに来て、知りあいと出会って気まずい思いをしないようにとの配慮であった。

仕切のなかは、着替えもできるように小上がりになっていて、板のうえに薄縁が敷いてあった。

「まあ、坐《すわ》れ。おめえたちはそこらで酒でも飲んでな」

竹中は、辰吉以外の手下に幾ばくかの銭を握らせて、追いはらった。

「おい、酒と肴は見つくろいでな。ああ、なまぐさものは勘弁してくれ」

竹中が、姿を見せた女中に注文した。

「こんなところの魚は食えたもんじゃねえからな。明日腹を下したんじゃ、目もあてられねえ」

竹中の口調がくだけてきた。

だが、辰吉は小上がり間際で立ったままだった。

「なにをすねてやがる。いいから坐れ」

竹中が、機嫌の悪い声を出した。

辰吉がしぶしぶ腰をおろした。

「今朝方、おいらは筆頭与力高坂さまから、出務のことを命じられた。知っているな」

「……へい」

辰吉はまだふくれていた。

「おめえが昨日やられたことは、おいらの耳にも入っていた。だから、高坂さまのご命は、搦《から》めとってでもあの浪人者を捕まえてこいというものだと思いこんでいたのだが、違ったんだよ」

「どういうことでやすか」

辰吉の口調は硬い。

「高坂さまは、おいらにこう言われたのさ。騒ぎを起こさずに同道できるようにしろと。そのとき手荒なことをしてはならぬともな」

竹中が届けられた酒と肴に手を伸ばした。

「なぜ、そんなことを」

辰吉は、納得できないとばかりに声をあげた。

「馬鹿野郎、声がでけえ。こんな薄い仕切一枚じゃ、話は筒抜けだ。ちったあ、考えろ」

竹中が、辰吉を叱った。

「すいやせん」

辰吉が、竹中の剣幕に驚いた。

「おいらの勘だが、高坂さまは、あの浪人者の正体を知っておられる。おいらもそう思う。ありゃあ、浮浪人の顔つきじゃねえ」

竹中が小さな声で言った。

「知っていて、浪人狩りをしろと命じられたんで」

辰吉も声をひそめた。

「くわしいことはわからねえが、どうせ、おいらたちの知らないところで話が動いているんだろう。とりあえず、やることはやったんだ。辰吉、おめえもすっぱりと忘れろよ」

竹中は、盃をあおると膳のうえに小粒金を投げだした。

「支払いはこれでたりるだろう。酒も肴もまだ残っている。おめえは、ゆっくりしていけ」

「どうも」

辰吉が、小さく首を振って礼を言った。

「さて、ここまで来て大門をくぐらずに帰っちゃ、男の名折れよ。おい、小袖《こそで》を貸してくんな」

竹中は、町奉行所同心のお仕着せである黒紋つきの羽織と黄八丈の着物を脱いだ。

そこへ、茶屋の若い衆が細かい縞《しま》の小袖を持ってきた。

「洗い張りをしたばかりで」

若い衆がさしだした着物の襟を少し嗅《か》いでみて、竹中は満足そうに笑った。

「匂《にお》っちゃ嫌われちまうからな」

竹中は、着物の懐に財布と十手をしまい、腰に刀を戻して編み笠茶屋を出て行った。

「雪駄《せった》と髷《まげ》がそのままじゃ、着替えてもおなじだぜ」

竹中の背中がのれんの向こうに消えてから、辰吉がつぶやいた。

町方同心の風体は独特であった。着物もそうだが、足下と頭も他とは違った。町方同心は雪駄の裏に薄い金属の板を張っていた。歩くたびに金属を鳴らし、人目を引くことが目的であった。町方が来たぞと足音で報せることで、犯罪を未然に防ぐのだ。

髷も独特のかたちをとった。髷をまっすぐに延ばし、刷毛《はけ》先を銀杏《いちょう》の葉のように開き、少しだけ左右にゆがめるのだ。小銀杏と呼ばれた髪型は、町方同心だけのもので、見ればすぐにわかった。

「気楽なものだぜ、こっちは死活の問題だっていうのによ」

そろえていた膝を崩し、辰吉は片口からそのまま酒を飲んだ。

手札をもらっている同心に逆らうことは、岡っ引きとしてやってはいけないことだったが、なわばりを失いそこにいられなくなるなら、結果は同じである。

辰吉は、竹中が置いた金を袂《たもと》に入れると、懐手のまま編み笠茶屋を後にした。

第三章　糧の軽重

一

十二月の浅草は殺気だつ。

「どいた、どいた」

「じゃまだ、蹴《け》り殺すぞ」

人足たちの怒鳴り声が、朝からとだえることがなかった。

幕府浅草お米蔵で、お玉落としが始まっていた。

お玉落としとは、扶持米《ふちまい》取りの旗本や御家人に現物の米が支給されることだ。何石取りと知行所を与えられている旗本たちは、そこから年貢米を徴収するが、そうでない御家人たちは、幕府から定められた禄高《ろくだか》の米をもらって生活している。その米の現物支給が、毎年二月、五月、十月にあり、お玉落としと呼んだ。

とくに収穫を終えた直後のお玉落としである十月は、二月、五月の倍、年給の半分をわたされるだけにその喧噪《けんそう》はまさに戦場であった。

「あぶねえだろうが。気をつけろい」

人足たちが、喧嘩《けんか》腰なのは、少しでも早く雇い主のところへ米を持っていって酒代の上乗せを狙《ねら》っているからである。

自食用の米をとったあとにあまった扶持米を、札差しに手数料を払って現金に換えてもらう者たちも出ていたが、五分から一割の手数料を惜しむ御家人たちは、現物を一度すべて手元に持ってこさせ、屋敷前で残った米を販売していた。

当然、早くから売りに出したほうがよくさばけるわけで、世慣れた御家人たちは、車引きの人足たちに昼までに届けられたら、酒手をはずむなどとあおっていた。

「てめえ、やりやがったな」

そちこちで割りこんだの、ぶつかったので喧嘩がはじまっている。朝のうちだけの騒ぎなので、気の利《き》いた人たちは、中食がすむころまで浅草に足を踏みいれなかった。

十一月は、吉原にとって客層が変わるときでもあった。米をすべての基準としている江戸の商人にとって、十月は稼ぎどきなのだ。

それこそ、遊ぶ間も惜しんで働かなければいけなかった。

代わりに客となってくるのが、お玉落としで現金を手にした武士たちであった。年に三度、お玉落としの月だけ顔を出す馴染《なじ》みは、遊女たちに嫌われる相手だったが、他に客がいなければ、贅沢《ぜいたく》を言うわけにはいかなかった。

吉原の遊女たちには客を振ることが許されている。振るとは、客を門前払いするわけではなく、金をもらって身体《からだ》には触れさせないことをいった。

振られて文句を言えば野暮とあざけられるだけに、粋《いき》を信条としている江戸の町人たちはなにもできずに一晩過ごしても笑って帰るが、年に数度しかこられない御家人たちはそれではすまなかった。

さすがに太夫《たゆう》を買うほどの者はまともだが、格子《こうし》や端《はした》のなかには、強姦《ごうかん》まがいの目に遭《あ》う遊女たちもいた。

とくに線香一本いくらの値段で客を取る端は、ひどかった。

火をつけた線香が燃えつきるまでに、果てないとお直しと称してもう一本線香を買わせるのだが、御家人たちはその声が聞こえないふりをして、終わるまでやり続けるのだ。

「塩をおくれな」

御家人を見送った端の一人が、忘八《ぼうはち》に頼んだ。

「へい」

忘八が小皿に塩を載せてわたすと、端は自分の股間《こかん》に塩をまいた。

「二度と来るな」

廓《くるわ》言葉も忘れはてでののしる光景が、この季節どこの見世《みせ》でも見られた。

「旦那《だんな》、秋月《あきつき》さんも、駄目でやす」

忘八が西田屋甚右衛門に報告した。端の一人が、あまり強くされたために、傷を負ってしまったのだ。

「そうかい。大事をとって休ませておあげ」

西田屋甚右衛門が、やさしい声で命じた。吉原は、遊女の体調には気を遣う。大門外に静養のための寮を持っていた見世もあった。

「たいへんでございますね」

西田屋甚右衛門をなぐさめたのは、三浦屋四郎右衛門方の遊女明雀であった。

明雀は、御家人たちの襲来から逃れるために西田屋に避難してきていた。

「年に三度の厄だと思うしかございませんな」

西田屋甚右衛門が苦笑した。

「まさか見世を閉めるわけにもまいりませんし」

西田屋甚右衛門は、明雀に茶をたてた。

「私ども吉原では、端と申したところでけっこうな額をちょうだいいたします。つけはききませぬし、お腰のものもお預かりいたしまする。それほど無茶をなさるお方はお見えになりませぬ。ですが、湯女風呂《ゆなぶろ》や岡場所では……いたしかたないことで」

言外に西田屋甚右衛門は、隠し遊女が酷《ひど》い目に遭うのは、自業自得だと匂《にお》わせた。

「つらい思いをするのは、いつも女」

悲しい口調で明雀が、嘆息した。

明雀の機嫌がよくない原因の一つに光圀が来ないことがあった。父頼房にかわって、藩の実務をおこなっている光圀は、年貢の収支をとりまとめ藩士に給米するこの時期、多忙を極めていた。

「その少しすねた顔を、水戸さまにお見せになればよろしい。どんな用件があろうとも、放り投げて通ってくださいますよ」

西田屋甚右衛門が、笑った。

「そんな人なら、あちきがここまで惚《ほ》れはせんわいのう」

明雀が、廓言葉で応じた。

「水戸さまといい、織江さまといい、少し固すぎますな。丈夫なようでいて、弱い。柳のように受け流されれば、折れることはないのでございまするが」

西田屋甚右衛門は、光圀と緋之介を似たものと評した。

「水戸さまは、わたくしが支えられますが、織江さまには、受け止めてくれる女がおりませぬ」

明雀も心配した。

「藤島太夫にさえ心動かされられないのですよ。わたくしたちではもう手のうちようがございません」

西田屋甚右衛門が、首を振った。

緋之介が寄寓《きぐう》するようになってから西田屋甚右衛門は、何人もの遊女を緋之介の世話役にあてがった。見た目で吉原一といわれた格子、心根の優しさでは比べる相手もない妓と選りすぐった女たちばかりだったが、緋之介はその誰とも情をかわそうとはしなかった。

「思い出の女には勝てませぬ」

明雀も気落ちした顔を見せた。

噂《うわさ》されていた緋之介は、光圀のもとを訪れていた。いつもの駒込中屋敷に行ったところ、政務に忙しい光圀は、小石川の上屋敷に滞在していると教えられ、そちらにまわっていた。

しばらく供待ちの座敷で待たされた緋之介は、表御殿上座敷脇《わき》の小部屋に通された。

「待たせたな」

大名の若殿らしく、上品な白綸子《しろりんず》に袴《はかま》姿《すがた》の光圀が、襖《ふすま》を開けて入ってきた。

緋之介はていねいに平伏した。それだけの威厳が光圀からあふれていた。

「お忙しいところを、申しわけございませぬ」

「勘弁してくれ。そんな礼儀は、ここに来てから食傷するほど喰《く》わされたよ」

光圀が辟易《へきえき》した顔をする。

さっさと光圀は、緋之介の目の前で胡座《あぐら》を組んだ。

「だめかい」

光圀が、いきなり問うた。

「申しわけございませぬ。まったくなにもつかめませせぬ」

緋之介が詫《わ》びた。

「謝ってもらわなくてもいいさ。難しいことを頼んでいるとわかっているからな」

光圀が手を振った。

「媛姫《はる》さまのことも、よくわかりませぬ」

緋之介がもう一度頭をさげた。

「ああ、媛どののことなら、真弓に訊《き》けばいい。呼び寄せよう」

光圀が、家臣を呼ぼうと腰をあげた。

「いえ、わざわざ姫さまからお教えいただかなくとも」

緋之介は、遠慮した。

「かまわぬさ。真弓は別になにをしているというわけでもない。いい加減嫁にいってくれればよいのだが、父が離さぬのでな。なにより、媛どのとは、幼なじみだったからの。誰よりも真弓がこたえているのさ」

光圀が、緋之介に伝えた。

「ちょっと待ってくれ、今使いを出す」

「ならば、わたくしがまいりましょう」

緋之介は腰をあげた。

行って帰っての手間を緋之介は、避けたいと思った。

「そうか。そうしてくれればありがたいが」

光圀が、懐紙を取り出して、さらさらと手紙を書いた。

「これを中屋敷の志方《しかた》という用人にわたしてくれ。緋の字のいいように手配してくれるはずだ」

緋之介は、光圀から手紙を受け取った。

「そう、そう。聞いたか」

光圀が思い出したように尋ねた。

「なんでございましょうか」

緋之介は光圀の言いたいことがわからず、問うた。

「今日の昼間、浅草で鷹匠頭《たかじょうがしら》と御先手同心が刃傷沙汰《にんじょうざた》をおこしたらしい」

「それはまたなぜに」

光圀の話に緋之介は、驚きを隠せなかった。

鷹匠頭と御先手同心では、光圀と緋之介が公式の場でしたがわなければならない格差並に身分の違いがあった。

喧嘩どころか、口をきくこともまずなく、出会うこともそうそうありえなかった。

その両者の間で刃傷があったと聞かされても、緋之介は想像できなかった。

光圀が、知っていることを語り始めた。

「御先手同心たちが、何人かで組んであまった禄米を組屋敷前で売っていたらしい」

身分の低い御家人たちには、その職務に応じた組屋敷うちに住居が与えられていた。小さな大名屋敷ほどの敷地に壁と門があり、門内に何軒もの長屋が建てられていた。さすがに後架《こうか》は、家庭ごとにあるが、井戸は共同で、隣家との壁板は話し声など筒抜けになるほど薄い安普請《やすぶしん》であった。

「そこを通りかかった鷹匠頭が、置いてあった米俵を蹴りとばしてちらかしたとか」

光圀の言うとおりだとしたら、鷹匠頭が悪いと緋之介は思った。

鷹匠頭は千石という大身である。生活も余裕がある。五公五民として手取りが五百石、それを精米して全量販売したとして、年収はおよそ四百五十両になる。力仕事をする人足一日の手間賃が、百文そこそこなことから考えればかなり裕福であった。

かわって御先手同心は、三十俵二人扶持であった。年収になおせばおよそ十二両ほどと御家人でももっとも貧しい部類に入る。その御先手同心たちが、食べる量を節約してまで現金をと望んで売っていた米を足蹴《あしげ》にしたのだ。非は鷹匠頭にあると緋之介は考えた。

「それは、鷹匠頭どのに問題がございましょう」

緋之介は、そう告げた。

「普通はそう思うよな」

光圀も同意した。

「だが、みょうにすぎぬか」

光圀が疑問を口にした。

「御先手同心の屋敷前は、大手通や日本橋とまではいかぬが、馬がすれ違えるほどの広さはある。その道の真んなかで店を開いていたわけではない。門前の片隅で俵に入れた米を売っていただけぞ。十一月にはどこでも見られる光景であるし、それほどじゃまにはなるまい」

「たしかに」

緋之介はうなずいた。

「鷹匠にかかわる者たちの事件、事故が多すぎよう。こちらも気にしておいてくれよ」

光圀は、そう伝えると表座敷へと呼ばれて戻っていった。

平伏して光圀を見送った緋之介は、そのまま上屋敷を出て、水戸家中屋敷の一つがある目白へと向かった。

小石川から目白までは、まっすぐ西に進む。神田上水沿いに三十丁（約三三〇〇メートル）ほどの距離だ。

緋之介は、小半刻《こはんとき》（約三十分）ちょっとで着いた。

「なるほど、馬術好きの姫さまが、お好みになられるはずだ」

門番に志方の呼びだしを頼んで、待たされている間に周囲を見た緋之介は、少し離れたところに高田の馬場があることに気づいた。

「お待たせいたした。志方でござる。失礼ながら、貴殿は」

出てきた用人が、怪訝《けげん》そうな顔で緋之介を見た。

緋之介は、名のりながら光圀からの手紙をわたした。

「拝見、これは、若さまの……承知つかまつりました。どうぞ、こちらへ」

緋之介は、屋敷のなかではなく、志方の長屋に案内された。

長屋といっても、水戸家ほどの格式がある大名の用人ともなれば、かなり大きい。

志方の長屋は二百坪ほどの敷地に百坪少しの平屋が建っていた。

用人は、家老につぐ重職の一人である。中屋敷を預かり、他家との折衝もおこなう。幕府役人との交渉ごとでも留守居役同様の働きを要求もされる。

「若さまより、内密にせよとのご命でございますので、目立たぬように我が屋敷でお話をなされてくださいますように」

志方が、緋之介を残して真弓を迎えにでた。

大名家の中屋敷は、本来藩主一族の住居として使われているが、水戸家のように定府《じょうふ》の家柄となると、そのほとんどが江戸詰家臣の住居となっていた。

茶一杯で待たされていた緋之介のもとに真弓が現れたのは、たっぷり半刻（約一時間）ほど経《た》ってからだった。皮袴をはき、髪が乱れ、うっすらと汗をかいているところから、真弓は呼ばれるまで馬に乗っていたのだなと緋之介は読んだ。

あきらかに不機嫌そうな表情を隠そうともせず、真弓は緋之介の横を通って、上座に荒々しく腰をおろした。

緋之介は苦笑した。真弓が先日の下屋敷での一件を根に持っているとわかった。

「先だっては、まことにご無礼をいたしました」

緋之介は、あいさつ代わりにていねいに詫びた。

「うむ」

真弓は、それだけしか応えなかった。

「では、わたくしはこれで。呼ばれぬかぎり、誰も参らぬように申しつけてございますれば」

志方が、去っていった。

真弓は無言で、すこし身体を斜めにして座っていた。

緋之介は、苦笑するしかなかった。

「真弓さま。お伺いいたしたいことがございまする」

いつまでも黙っているわけにはいかないと緋之介は、口火を切った。

「…………」

真弓は、目も合わそうとはしなかったが、緋之介は気にせず続けた。

「保科家の媛さまのご最期《さいご》について、ご存じのことをお教えくださいますようにお願い申しあげまする」

緋之介はていねいに問うた。

「……兄の手紙にそなたに探索を命じたとあったが、それはまことか」

真弓の口から答えではなく、質問が返ってきた。

「はい」

緋之介は首肯《しゅこう》した。そして現状を語った。

「なぜ、お目見《めみ》えもできぬ軽輩のそなたが、兄に依頼されるのだ。兄上も兄上である。媛どののことを調べるならば、わたくしに命じてくだされぱすむことなのに」

真弓が、文句を言った。真弓は、緋之介が浪人に戻ったことを知らなかった。緋之介はあえて報《しら》せる意味はないと、訂正しなかった。

緋之介は、真弓が嫉妬《しっと》していると理解した。他人の緋之介に頼んだことが、光圀に信用されていないと考えたのだ。

「光圀さまは、真弓さまの身を案じられたのでございまする」

緋之介は、告げた。

「己の身ぐらい、護《まも》れる」

緋之介の一言がかえって真弓の怒りに火を注いだ。

「そなたは、もう帰ってよい。ここからはわたくしがいたす。兄上にはそのように伝えておけ」

真弓が勇ましく宣した。

「そういうわけにはいきませぬ」

緋之介はため息をつきたい気分であった。姫さまのわがままにつきあっている暇はなかった。

「お遊びではすまないかもしれませぬ。命がけになることもございますぞ」

「そのようなこと、覚悟しておるわ」

緋之介の危惧《きぐ》も、真弓はあっさりと否定した。

「わがままを申されるな」

探索がうまくいっていないことで焦っていた緋之介は、つい言わずもがなの言葉を口にしてしまった。

たちまち真弓の顔色が変わった。

「無礼者が。兄上の役にたちたいと願っているわたくしを、わがままだと」

真弓が激昂《げっこう》した。

「保科家の門をくぐることさえ許されないそなたと違い、わたくしなら肥後守さまにさえお目通りを願ってお話を訊《き》くことができる。なにもできずにおめおめと兄上に頼った身で、よくもわたくしを……」

真弓の目が緋之介を射ぬかんばかりに睨《にら》んでいた。

緋之介は、己の失策を悟っていた。先日水戸家下屋敷で顔をあわしたときに、真弓の性格の一端を見ていた。男装し、緋之介の稽古《けいこ》を見て腰を抜かしながらも反発してくる勝ち気さを知っていた。

真弓の激昂を見て、緋之介は冷静に戻った。

「申しわけございませぬ」

緋之介は、深々と頭をさげた。

真弓が目を見張った。

「な、なんなのだ。急に詫びたりして」

「最初に一言お話を申しあげるべきでございました」

緋之介は、非を認めた。

人と人の難しさを緋之介は嫌というほど学んできたはずだった。上から抑えつけようとしたら反発してくるのが、他人だと何度も見てきた。

緋之介は、己の未熟さをひしひしと感じていた。

「わかればよろしい。では、そなたは手を引いて、わたくしに任せるのだな」

真弓が、鷹揚《おうよう》にうなずいた。

「それはできませぬ。光圀さまのご命を受けたのは、わたくしでございますれば。光圀さまがそうするようにと仰せられたなら、従いまするが」

緋之介は首を振った。

「では、兄上のところに参ろう」

じっと待っているということができないのか、真弓がさっさと腰をあげた。

「承知しました」

緋之介も了承した。光圀が真弓の案を受けいれるはずはないと確信していた。

真弓と緋之介が目白の中屋敷を出たのは、昼すぎ八つ（午後二時ごろ）であった。

神田上水をくだりながら、緋之介は三歩ほど前を行く、真弓の背中を見た。

男ものの小袖《こそで》に馬乗り袴、それほど長くもない髪を馬の尻尾《しっぽ》のように括《くく》り、前髪をたくわえた姿は、若侍としか見えなかった。

女であることをより強調する吉原の遊女たちと違って、女であることを隠そうとしている真弓の考えが、緋之介にはわからなかった。

男と女は身体の造りからして異なっている。剣を学ぶうえで、もともと筋の弱い女は、どうしても不利であった。技の疾《はや》さも重さも男にはかなわないのだ。それに気づいた女剣士たちは、軽く短い太刀《たち》で何度も攻撃をくりだす小太刀に変わっていくことが多かった。

緋之介にしてみれば、無理をしてまで剣を身につける意味がどこにあるのか、疑問であった。

剣を学ぶことで肉は盛りあがり、女らしい身体つきからは離れていく。女の幸せが男に選ばれることであるとは思っていないが、女にしかできない出産という大役にも悪影響が出かねないのだ。

緋之介は小さく首を振った。

小石川の水戸家上屋敷へは右へ曲がるところで、緋之介は立ち止まった。

「どうした」

気づいた真弓が振り返って訊いた。

「先に上屋敷へ行っておいてくだされ」

緋之介は、ここから別道を選んで、鷹匠頭と御先手同心の刃傷の現場を見ておこうと考えた。

「どこへ行く」

真弓が、先行していた距離を戻ってきた。

「光圀さまから、朝方聞かされたことがございまして」

緋之介は、すなおに語った。隠したところで、真弓なら光圀を問いただすだろうと推察した。

「そのようなことがあったのか」

真弓が、興味を持った。江戸の町は治安がいい。滅多なことで人の生き死にが起こることはないだけに、なにかあればあっという間に噂になり、長く話題となるのだ。

「わたくしも同道する」

真弓が、先にたって歩きだした。

「場所をご存じか」

緋之介はため息を殺しながら訊いた。

「知らぬ。そなたが、案内せよ」

そう言いながらも真弓は、進んでいく。

緋之介は、急いで前に出た。

「こちらでござる」

真弓がまっすぐ進みかけた道を、緋之介は右に曲がった。

御先手同心たちの組屋敷は、江戸城から離れたところに造られていた。これは、身分の高い者から江戸城近くに屋敷を割りふった結果であった。

「おそらく、このあたりでござろう」

緋之介は辻《つじ》に立って、見まわした。

組屋敷が、いくつも並んでいた。一つの組屋敷には、二十ほど同心の長屋があった。

「どこだ」

真弓が身をのりだした。

「さすがにそこまではわかりかねますが……」

真弓の先走りを防ぐために、肩を押さえるように身を重ねた緋之介の目に多くの雀《すずめ》の姿が映った。

「あそこでござろう」

緋之介の指さす先を見た真弓が、首をかしげた。

「争った跡などないではないか」

真弓が、緋之介を責めるような眼で見た。

「ご覧あれ、雀が集まっておりましょう。あれは、あそこに米がこぼれている証拠《あかし》でござる」

緋之介の説明を受けて、真弓がもう一度一軒の組屋敷の前を見た。

「たしかに雀が集まっておるな」

真弓が、首肯した。

手で待つようにと合図して、緋之介は近づいてくる町人に声をかけた。

「すまぬ。話を聞かせてくれぬか」

侍に話しかけられて、ちょっと驚いた町人だったが、すぐに愛想のいい笑顔になった。

「なんでございましょうか」

「今日のことらしいのだが、この辺りで旗本同士のもめ事があったと耳にしたのだが、子細をご存じないか」

緋之介は問うた。

「ああ、あのお話ですか。わたくしも噂を聞いただけでございますが……」

そう前置きして町人が語った。

お玉落としの月、組屋敷が立ち並ぶ浅草福富町で非番の御先手同心たちが、門前にむしろを敷いて米を量り売りする姿は、当たり前の光景であった。

むしろも数枚敷くだけで、往来の邪魔になることもなく、米屋で買うより安い値段のそれは、地元の町人にとってありがたいものであった。

今日も御先手同心が米を売っている前には、袋や鍋などの入れものを持った女たちが集まっていた。

ことは不意に起こった。御先手同心たちが、小売りするために口を開け、塀にたてかけていた俵を鷹匠頭がいきなり蹴りとばした。

米が散り飛び、たちまちにして騒動になった。

御先手同心にしてみれば、青天の霹靂《へきれき》だった。喧嘩口論が始まってもまだ鷹匠頭は、米に対しての狼藉《ろうぜき》を止めなかった。

五人ほどいた御先手同心たちが取り押さえようと近づいたところで、鷹匠頭が太刀を抜いた。

太刀を鞘走《さやばし》らされては、抜きかえすしかないのが武士の決まりごとである。避ければいいというのは、町人の場合であって、三十俵二人扶持という生活さえできないほど低い身分の同心といえども武士は、背中を見せることは許されなかった。逃げれば、武士としてふさわしくないと、お家取りつぶしが決められていた。

同心たちも応じて太刀を構えた。

一度日の光を浴びた刃《やいば》は、血塗られるまで鞘に戻ることはなかった。

斬《き》りあいは、あっさりと勝負がついた。多勢に無勢をひっくり返すことは、よほど腕の差がないかぎりできることではなかった。

ただ、御先手同心たちが真剣を使ったのは初めてだったことが、鷹匠頭の命を救った。

真剣の怖さは、向けられた者にも、向けた者にも襲いかかる。

斬られる、あるいは斬り殺してしまうかもしれないとの恐怖は、人の身体をこわばらせ、足が動かなくなり、手が伸びなくなった。

御先手同心たちの太刀は、一寸（約三センチメートル）浅かった。

囲まれるようにして斬られた鷹匠頭だったが、すべての傷が浅く、血まみれになりながらも致命傷を受けなかった。

すぐに戸板が用意され、鷹匠頭は、浅草門前町の金創医に送られた。

「そういうことだそうでございますよ」

初老の町人は、そう緋之介に告げると一礼して去っていった。

「情けないことよな」

黙って聞いていた真弓が、吐きすてた。

緋之介は、真弓の言葉の続きを無言で待った。

「一撃で倒せぬとは、いざ鎌倉となりしとき、徳川家の先手第一陣をになう者として不覚悟である」

緋之介の思っていたとおりのことを真弓が口にした。

武士といえども生涯真剣で戦うことがなくなって久しい。危険をともなう真剣での稽古を道場も採用しなくなった。それこそ、太刀を手入れするとき以外、白刃《はくじん》を触ることさえない侍たちに真剣をあつかうことは難しい。

「抜きあわせただけでもましでございましょう」

緋之介は御先手同心たちをかばった。

「抜くぐらい誰でもできるではないか」

真弓が、馬鹿なことを申すなと緋之介をにらんだ。

「では、抜かれよ」

緋之介は、殺気をあびせた。

真弓の顔色が白く失われていった。本気ではないが緋之介の殺気を受けて、真弓の身体が震えた。

「…………」

それでも柄《つか》に手をかけた真弓を、緋之介は見直した。

「なかなかに抜くことも難しゅうござろう。それが真剣での立ちあいというものでござる」

緋之介は、真弓の目から力が抜けていないことに感心した。

「たわむれがすぎました」

緋之介は、殺気を霧散させながら謝罪した。

「あ、ああ。つ、次は許さぬ」

強がった真弓の身体から力が抜けていく。倒れそうになるのをそっと緋之介が支えた。

「参りましょう。光圀さまがお待ちでござる」

緋之介は、真弓の足腰に力が戻るのを待って、手を離した。

「……うむ」

緋之介に目を合わすことなく、真弓が歩み始めた。

真弓の三歩後につきながら、緋之介は殺気に反応した気配にさりげなく注意をはらった。

二

そのころ、ことを受けて、急遽《きゅうきょ》開かれた評定は紛糾していた。刃傷沙汰の後始末で幕閣がもめた。

「将軍家のお鷹《たか》をあつかう鷹匠頭に、御先手同心風情が乱暴をはたらくなど言語道断である。かかわった同心どもは当然、組頭もきびしく糾弾せねばならぬ」

老中の一人が、憤慨した。

「なにを申されるか。それは筋が違いましょう。聞かば、御先手同心どもが米を売っているところに鷹匠頭が難癖をつけたとか。非は明らかに鷹匠頭にござる。鷹匠頭は、お役ご免のうえ、放逐。御先手同心どもは多人数で一人を取り囲んだことだけを咎《とが》め、数十日の閉門でよろしかろう」

別の老中が、提案した。

どちらの言いぶんにも理があり、同席した若年寄や目付《めつけ》たちは、己の意見を口にすることなく、様相を見守るだけだった。

評定所での議論を黙って見ていた松平伊豆守が、ため息をついた。

「先代の上様なら、一言で断じられたものを」

松平伊豆守の独り言を評定衆の一人、町奉行神尾備前守が聞いていた。

「いかがなされましたか」

神尾備前守が小声で尋ねた。

「いや、家光さまなら、このようなときにどうされたかと思いだしての。今の上様、家綱さまは、お若いゆえ、評定にご出座されぬでな」

松平伊豆守が苦い顔を見せた。

亡くなった家光は、松平伊豆守の恩人であった。なまじ美しく産まれたことが災いし、実父から養父の手をへて、男色家だった家光の小姓《こしょう》にあげられた松平伊豆守は、親たちの思惑《おもわく》どおりに寵愛《ちょうあい》を受けた。

五百石の小姓番だった松平伊豆守に、七万五千石の領地と川越の城を与え、老中に引きあげてくれたのは、念友の関係であった家光だった。

松平伊豆守にとって、幕府とは家光のことであった。家光の血を受け継いでいるから現将軍家綱にも忠誠を誓っているが、家光にたいする応対とは天と地ほど違っていた。

「はああ」

神尾備前守は、生返事をした。

その間も評定は紛糾し続けていた。

「御上からくだしおかれた米を足蹴にするとは、旗本とも思えぬ」

「いや、同心どもの食事にとたまわったものを、町民づれに売り渡すなど、許しがたきことじゃ」

話は、すでにどうでもいいところにまで落ちていた。

「話にならぬな」

松平伊豆守が、怒りを浮かべた。

「お静まりあれ、ここをどこと心得るか。厳正なる評定所でござるぞ」

松平伊豆守の叱《しか》り声に、座が一気に鎮まった。

「さきほどから、ご一同のご意見をうかがってまいったが、お忘れではござらぬか。家光さまがお定めになった武家諸法度のことを」

松平伊豆守が、一座の顔を見た。

言い争っていた二人の老中が、眼をそらしてうつむいた。

「喧嘩両成敗《けんかりょうせいばい》が、幕府の祖法《そほう》でござろうが」

松平伊豆守が、あきれたように告げた。

「い、いかにもそのとおりでござった」

寺社奉行の一人が、あわてて追従した。

「忘れていたわけではござらぬが、事情が事情だけに、つい深く勘案してしまったようでござる」

老中たちも、うなずいていた。

「では、そのようにでよろしゅうございますか」

旗本の訴追をつかさどる目付が締めにはいった。

「お先手同心どもは、切腹。鷹匠頭は、怪我《けが》が治りしだい同罪といたしまする」

首肯した幕閣たちが三々五々去っていった。

半日の喧噪が嘘《うそ》のように評定所は、静寂を取りもどした。

口々に松平伊豆守を讃《たた》えながら、城中へと向かう老中たちのなかで、一人阿部豊後守だけが、沈黙を続けていた。

緋之介と真弓を迎えて、光圀はその日の仕事を終えた。

「夕餉《ゆうげ》をともにいたそう」

光圀の勧めに緋之介は甘えることにした。

水戸家では、白米ではなく七分づきの玄米を使った。おかずは、大根の煮物に干した鰯《いわし》を二匹、大根葉のみそ汁、それに漬け物だけという質素な膳《ぜん》が、三人の前に置かれた。

光圀が、いまさらのことを緋之介に問うた。

「真弓もかまわぬよな」

女が男と膳をともにするなど、裏長屋以外ではしなかった。

「はい」

緋之介は、あっさりと応えた。吉原では、男女が同席しての飲食は日常であった。

食事をしながら、真弓の要望を聞いた光圀が緋之介を見た。

「頼めるか」

光圀が目で緋之介を説得していた。なんとかしろと光圀が言っていた。

「はあ」

緋之介は、力なくうなずいた。

そのまま上屋敷で泊まっていく真弓と別れて、日が落ちた江戸の町に出た緋之介は、まっすぐに吉原へと足を向けた。

江戸の町は、辻ごとに灯籠《とうろう》が建てられ、夜になっても提灯《ちょうちん》は要《い》らなかった。武家町にある灯籠は辻に面した大名か高禄の旗本がその費用を持ち、町人地のものは裕福な商人や職人の親方などが施行《せぎょう》としてやっていた。

緋之介は歩きながら、そっと太刀の鯉口《こいぐち》をはずした。

かすかな殺気が、前方にあった。

剣の修行の目的の一つに、獣の感覚を身につけるというのがあった。山中に入って何カ月、何年と過ごすことでものの気配を皮膚で感じるようにするのである。緋之介は、柳生の庄へ行っていた五年のうち一年を、大和大峰《やまとおおみね》の神域での修行に費やした。

星明かりしかない山の夜は、昼と違ってにぎやかになる。夜行性の獣たちが活発に動きだす。それを緋之介は感じとるのだ。

直接地面に座禅を組み、感覚を研《と》ぎ澄ます。眠ったり、油断したりするとどこかから、柳生十兵衛が現れて竹刀《しない》で昏倒《こんとう》するほどの一撃を与えた。

やがて緋之介の皮膚は、三間《けん》（約五・四メートル）の範囲内ならどんな気配でも感じられるようになり、一年後には少し大きな気配なら十間（約一八メートル）でもわかるようになった。

それでも柳生十兵衛にだけは、亡くなるまで叩《たた》かれ続けた。

どうしても気配を読めなかった緋之介が、恥を忍んで原因を問うたときに柳生十兵衛は笑ってこうこたえた。

「当たり前だ。こっちは、物心ついたときから、やっているんだ」

その柳生十兵衛は、離れたところから鉄砲で狙撃《そげき》されて、この世を去った。かほどの名人でも、飛び道具には勝てなかった。

緋之介にとってなにより怖いのが、闇夜《やみよ》の鉄砲であった。

江戸の町で鉄砲を撃つことは禁じられていた。だが、刺客《しかく》たちにそんな法などないも同然である。

鉄砲が風上にあれば、火縄の匂いでわかるが、でなければまず見つけることはできなかった。また、見つけても二十間（約三六メートル）以内なら、かわすことは不可能に近かった。

歩みを変えることなく、気だけを尖《とが》らせて緋之介は、殺気に寄っていった。

駒込追分町《おいわけちょう》、旗本森川富之助《もりかわとみのすけ》の屋敷角を曲がった路地から殺気が漏れていた。

緋之介は、右によって進んだ。

左腰に太刀をさしている関係から、侍は左を取られることを嫌う。緋之介は、左を大きく開けて、わざと隙《すき》をつくったように見せた。

右の辻に隠れている敵から姿が見えにくくなる利点を緋之介は選んだ。こうすれば、屋敷の塀が邪魔をして鉄砲や弓では緋之介をねらえなくなる。

「待て」

辻まで二間（約三・六メートル）になったところで、角から男たちが三人出てきた。合わせたように小柄な三人は、全身黒ずくめであった。

緋之介は、闇討ちではなく声をかけてきたことに少し驚いていた。黙って斬りかかってくるほうが、少しでも有利なことは、いうまでもなかった。

「誰か」

緋之介は、応えがないことを承知で訊いた。

男たちは、辻灯籠を背にしていた。わずかな灯《あか》りとはいえ、闇夜では緋之介の視力を奪うに十分であった。緋之介は、目を細めて男たちを見た。

「名を申せ」

黒覆面の一人が、緋之介に命じた。

「顔も晒《さら》していないような輩《やから》に、名のる義理はない」

　緋之介は拒否した。

「いきがるな。きさまぐらいの歳《とし》なら、無理ないがな。死にたくなければすなおに話をしろ」

　黒覆面が緋之介を諭した。

「なんの話をしろというのだ」

　緋之介は、さりげなく雪駄《せった》の先を地に食いこませ、足もとを確保した。真剣は触れるだけでも切れるが、体重がのっていないと断つことはできなかった。

「浅草の御先手組屋敷でなにやら探っておったようだが、誰に頼まれた。水戸家上屋敷とかかわりがあるようだが、藩士なのか」

　緋之介は、浅草から後をつけてくる気配を知っていた。わざとそれを引き連れて水戸家の上屋敷に向かったのだ。

　夕餉をともにしたのも、暗くなるのを待ち、誘いだすためであった。

「尋問されるばかりでは、不公平だろう。まず、そちらの身分を証してもらおうか」

　緋之介は、黒覆面の正体に思いあたるものがなかった。

　高圧的なものの言い方から、幕府の、それも探索方の者ではないかと考えていたが、かつて戦った伊賀者とは雰囲気が違った。忍《しのび》の探索は、容赦なく、声をかける前に襲ってくる。捕まえたあとでじっくり調べるのだ。

「……身体に訊かれたいようだな」

黒覆面が、太刀を抜いた。

緋之介より頭一つ低い黒覆面のもつ太刀は、細身のうえ脇差《わきざし》並みに短く、庶民が使う道中差に似ていた。

緋之介の退路を断とうとして、一人が動いた。

右側の屋敷塀際にいる緋之介の背後にまわろうと、黒覆面は左側を一間半（約二・七メートル）ほど空《あ》けて通った。

緋之介は、その黒覆面を無視して、前に跳んだ。

「なにっ」

正面の黒覆面が、驚きの声をあげながら、とっさに太刀を振るった。防御と緋之介の突進を抑えるための見せ太刀を兼ねた一閃《いっせん》だったが、白刃の恐怖に慣れた緋之介には意味がなかった。

緋之介は、目の前三寸（約九センチメートル）を落ちていく切っ先を瞬《まばた》きもせずに見送ると、そのまま間合いを詰めた。

「馬鹿な」

勢いの止まらなかった緋之介に、太刀を下に流してしまった黒覆面があわてた。

「…………」

緋之介無言の一撃は、黒覆面の右腕を肩から斬りとばした。

「……うげっ」

筋は斬られた瞬間に縮む。黒覆面の右手は太刀の柄をしっかりと摑《つか》んだままだった。左手一本では、右腕の重みも加わった太刀を支えきれず、黒覆面が得物《えもの》を落とした。腕が先に地について鈍い響きを伝え、追いかけるように軽い金属の音をたてて、太刀が転がった。

「まさか……」

同僚の肩から噴きだす血を顔に浴びた黒覆面が驚愕《きょうがく》した。

「ちっ……」

覆面についた血に手で触れた。無意識の行動だったが、それは致命傷だった。血は乾き始めると粘つくが、それまでは滑る。血塗れた手で柄を握っても、締まらないのだ。

一歩間合いを詰めた緋之介に、急いで柄を握りなおした黒覆面は、そのまま太刀をすぐにあげた。

応じるように、腕を斬り落とした残心のまま下段にしていた太刀を、緋之介はまっ

「…………」

「おうりゃあ」

横薙《よこな》ぎに振った。

火花が散って太刀がぶつかった。

「えっ」

柄が血で滑ったことで、太刀を取り落とした黒覆面が、情けない声を漏らした。

「わあ、待て、待ってくれ」

黒覆面が、目の前に突きだされている緋之介の切っ先に、嘆願した。

「抜いたのだ。命のやりとりを承知のうえであろう」

緋之介は、冷たく言いながら太刀を突きだした。

「かふっ」

喉《のど》を貫かれて、黒覆面は断末魔の声を出すこともできずに死んだ。

「おのれは……」

緋之介の背後から最後の一人が襲った。抜いた太刀の峰に右手のひらをのせた奇妙

な構えから、突いてきた。

突きにつきものである切っ先が跳ねあがるのを手のひらで押さえるかのような動きは、首ではなく広い背中を狙っていた。斬り損じはあっても、突き損じはないを地でいく技であった。

振り返ることなく、緋之介は腰を落としながら、血塗られた太刀を後に送った。

太刀の刃渡りが明暗をわけた。

黒覆面の太刀は、二寸（約六センチメートル）緋之介の背に届かず、緋之介の斬撃《ざんげき》は、黒覆面の胴をぞんぶんに裂いた。

辻灯籠の灯りを反射しながら、ぬめるような臓腑《ぞうふ》が押し出されるように黒覆面の腹から垂れた。

「ううっ」

泣くような声を出して、黒覆面は己の腹を見て、そのまま前のめりにくずれた。

緋之介は、血糊《ちのり》のついた太刀を右手にぶらさげながら、最初に腕を斬りとばした黒覆面に近づいた。

右手を失った黒覆面は、左手一本で脇差を抜こうとしていた。かろうじて鯉口だけは切れたが、抜き放つことはできなかった。

緋之介は、その目前で立ち止まった。

「ひっ」

黒覆面が小さな悲鳴をあげた。

「人を斬ったことはあるようだが、斬られるとは思ってもいなかったようだな」

緋之介は、感情のない声で告げた。

ためらいなく太刀を抜いたさまといい、間合いうち十分に食いこんだ刀さばきといい、黒覆面たちがあるていど場数を踏んでいると緋之介は見ていた。

だから、遠慮なく斬り伏せた。

「お、鬼か、きさま」

震える声で黒覆面が、緋之介をののしった。

「かもしれぬ。人を斬り慣れた者は、人でなくなるというからな」

緋之介は、まだ乾ききっていない血をまとった太刀をゆっくりと黒覆面の眼前に突きだした。

漂っていた血の匂いが、いっそう濃くなった。

「うっ」

黒覆面が、後にさがろうとして、重心をくずしてたたらを踏んだ。

右腕一本失ったことに、身体は対処しきれていなかった。体勢をくずした黒覆面は隙だらけだったが、緋之介は見逃した。

「話す気になったか」

緋之介は、短く言った。

正体を知るために生かしておいたのだ。緋之介は、殺気を目にこめたまま、睨みつけた。

「……くっ」

黒覆面が、もう一歩退こうとして、落ちていた己の腕につまずいて転んだ。

腰から落ちた黒覆面が、支えようと出した左手に転がっていた己の太刀が触れた。

「あつっ」

黒覆面が、痛みの苦鳴をあげた。

「……無念」

黒覆面が、落ちていた太刀を拾い、首にあてた。

「しまった」

急いで飛びついた緋之介だったが、半歩およばなかった。

黒覆面が血だまりをつくって絶息した。

緋之介は、臍《ほぞ》をかみながら、三人の覆面を解いた。特徴があったのは、小柄であるということだけで、あとはどこにでもいる御家人あるいは、諸藩の藩士のようであった。

緋之介は、黒覆面の懐《ふところ》を探ったが、めぼしいものは見つからなかった。

「手を借りるしかないか」

緋之介は、やってきた道を戻った。

一度帰った緋之介の再訪の理由を聞いて、光圀が怒った。

「わかっているなら、頼れ」

一人で囮《おとり》になったことを、光圀は不満に思っていた。

「申しわけございませぬ。ですが、わたくし一人でないと、敵も姿を現してくれないのではないかと思案いたしましたので」

緋之介が言いわけした。

「これ以上の文句はあとだ。せっかく緋之介が見つけた、手がかりぞ。すぐに人をやって死体をひきとらせる」

光圀は、家臣たちに命令して、黒覆面たちの回収を命じた。

緋之介の案内で戸板を持った家臣たちが八名現場へと走った。水戸家の紋、三つ葉葵《あおい》の入った提灯をもった家臣が先頭に立っているのは、町方や目付衆、火付け盗賊改め方などの誰何《すいか》を避けるためであった。

小半刻（約三十分）もかからずに、緋之介は現場に帰った。

惨劇の場を見た藩士たちの顔色が白くなっていった。なかでも、はみ出した臓腑を愛《いと》しそうに両腕で抱えていた死体を正視できた者はいなかった。

「急げ」

光圀から差配を言いつけられた家臣が、小者たちに死体を戸板にのせて運ぶようにと命じた。

上屋敷は、江戸における大名の顔である。正体不明の死体を表玄関から運びこむことはできなかった。黒覆面の死体は、不浄門から屋敷のなかへ運ばれ、蔵の裏手に並べられた。

「ありったけの蠟燭《ろうそく》を持ってこい」

光圀が手配を命じた。灯明皿《とうみょうざら》では、灯りの角度を変えたくても傾けることができないし、かがり火となると、大事になりすぎると配慮したのだ。

高価な蠟燭が惜しげもなく持ち出された。

すでに覆面は緋之介が剝《は》いでいた。

「誰か、見覚えのある者はおらぬか」

光圀が問うた。

家臣たちは、蠟燭の光を近づけて顔を確認していくが、声を出す者はなかった。

「わからぬか」

光圀が、肩を落とした。

そのとき、蠟燭で黒覆面の一人を照らしていた中間《ちゅうげん》が、おずおずと口を開いた。

「よろしゅうございましょうか」

「かまわぬ。申してみよ」

光圀が許した。

まだ若い中間は、一身に集まる注目に肩をすくめながら、話し始めた。

「二年ほど前、安藤対馬守《あんどうつしまのかみ》さまの下屋敷にご奉公いたしておりましたとき、入ってきた鳥見《とりみ》役のお方が、みなさまそろってお身柄が小さく、ちょうどこのような……」

若い中間の話をさえぎって、光圀が叫んだ。

「鳥見の者か」

若い中間だけでなく、藩士たちも驚きで身体を震わせた。

「いや、よくぞ申してくれた」

光圀は、緋之介に顔を向けた。

「持ち合わせがないか」

光圀に問われて、緋之介は気づいた。懐から紙入れを取り出すと、そのまま光圀に渡した。

「借りるぞ」

光圀が、緋之介の紙入れから二分金を一枚取りだした。

「褒美じゃ、とっておけ」

光圀から手渡されて、中間が恐縮した。

「こ、こんなに」

二分は、一両の半分、銭になおしておよそ二千文になる。中間奉公が一年二両の給金であることを考えれば、とてつもない大金であった。

「ありがとうございまする」

中間が、二分金をおしいただいた。

「よし、今夜はもうこれでいい」

中間たちに死体を近くの寺に頼んで埋葬してもらうようにと告げ、光圀は緋之介を母屋《おもや》へと誘った。

三

光圀は、上屋敷で自室代わりに使っている表書院脇の小部屋に、緋之介を連れていった。

「真弓」

襖を開けた光圀が、驚きの声をあげた。

書院のすみに真弓が、青白い顔色で端座していた。

光圀がいたましい顔をした。

「あれを見たのか」

「…………」

無言で真弓が、ほんの少しだけ首を上下させた。

生者は死を本能的に畏怖《いふ》する。そのなかでも剣に命を奪われた者の死にざまはむごたらしいの一言につきた。

「奥には報せるなと申したのだがな」

光圀が、後悔のつぶやきを漏らした。

江戸城とおなじく、大名の上屋敷は奥と表の区別にうるさかった。男の藩士は藩主の正室が在する奥へ足を踏みいれることを許されず、境に設けられた応接所で奥の役人である上臈《じょうろう》たちに用件を伝える。

水戸家上屋敷ほど広大になると、表で騒動があっても、奥には伝えないかぎり聞こえなかった。

いかに男装し、どれほどじゃじゃ馬でも、真弓は水戸家の姫である。上屋敷で泊まるときは、奥の一室で起居するのが決まりであった。

「何かあったら報せてくれるように、頼んであっただけでございまする」

真弓が、うつむいた。

「そうか」

光圀は、短くそう言うと緋之介に入るようにとうながした。

「真弓さま」

「…………」

真弓は、緋之介から顔を背けた。

「無礼なまねをするな」

光圀が真弓の態度を叱った。

「気に入らぬなら、出て行け。明日一番で中屋敷に戻れ。しばらく屋敷で謹慎していよ」

光圀は厳しく真弓を咎めた。

どのように言いわけしたところで人殺しには違いないが、剣は武士の表芸である。それを嫌悪するようなまねを、武家の娘がするべきではなかった。

「覚悟もないなら、顔をつっこむな。近いうちに縁談をまとめてやる。嫁にいくがよい」

光圀の怒りは止まらなかった。

水戸家の姫ともなると、引く手あまたである。事実、真弓にも降るように縁談があった。徳川の一門から外様大名まで、水戸家との縁は、どこの家にとっても貴重なものなのだ。

真弓が、消えいりそうな風情で身を縮めた。

「光……いや、千之助どの」

緋之介はわざと光圀を知りあったころの変名で呼びかけた。

「緋の字、いいのか」

光圀も緋之介の意図をくみ取った。

「わたくしも最初から腹をくくっていたわけではござらぬ」

「そうであったな」

光圀の表情もやわらいだ。

「その場で醜態をさらさなかっただけ、ましか」

光圀が、面罵《めんば》に肩を落としている真弓を見た。

「言いすぎたな。すまぬ。もう、さがって休むがいい」

光圀がやさしく真弓に言った。

真弓が、首を左右に振って嫌がった。

「どうした」

光圀が、おびえたような真弓に問うた。

緋之介は、光圀の鈍さに驚いていた。

「千之助どの。一人では寝られますまい」

緋之介は、光圀に告げた。

「わたくしも最初は数夜うなされました」

緋之介は、初めて人を殺したことを思い出していた。

大和柳生道場から逃げだした緋之介を追ってきた刺客を倒した夜、緋之介は胃のなかのものをすべて戻した。断末魔の刺客の顔がなんども脳裏によみがえって、寝ることもできずに煩悶《はんもん》した。

「おいらは、気にならないが」

光圀は、真剣での立ち合いの経験はあるが、人を斬り殺したことはなかった。

「だが、無理もないか」

光圀が、沈黙した。しばらく真弓と緋之介の顔を見比べていた。

「真弓、ここにいるか」

光圀の尋ねに真弓が無言でうなずいた。

真弓から緋之介に、光圀が目を移した。

「さて、話の続きだが……」

「鳥見の者と申されましたか」

緋之介は、さきほどの話に出てきたみょうな名前について問うた。

「うむ。鳥見の者とはな、鷹匠の下役よ」

光圀が説明した。

鳥見とは、将軍家のお鷹狩りに際して、前もって獲物《えもの》となる野鳥がいるかどうかを下見する役目である。

ばからしいといえば、これほどばからしい役目もなかったが、二十二人もの鳥見役が幕府にはいた。

鳥見役は鷹匠頭の支配を受け、二人の組頭に統率された。

身分は御目見え以下であるが、組頭になると在職限り御目見え格にあがった。

組頭は二百俵高、五人扶持、伝馬《てんま》金五両、平役は八十俵高、五人扶持、伝馬金十八両を給された。

また、鳥見役は世襲で、元服をすませた嫡男《ちゃくなん》も召しだされ、十人扶持、伝馬金十八両、野扶持五人扶持を与えられた。

「鳥見の者にはの、特別な権があってな」

光圀が、鳥見役の説明を続けた。

「特別なと申されますると」

緋之介が訊いた。

「鳥見役には、大名の屋敷であろうが寺社であろうが、入ることが許されておるのだ」

「それはまた面妖《めんよう》な」

緋之介は、首をかしげた。

大名の屋敷は、江戸に造られた出城とあつかわれていた。敷地のなかは、幕府の目付、大目付といえども、手続きを踏まないと入ることができなかった。

そこに鳥見役は、自在に踏みこめるというのだ。将軍家に目通りさえ許されない低い身分では考えられなかった。

「雀取りとの名目でな」

光圀の言葉に、緋之介は驚いた。

「雀取りでござるか。そのようなこと、大名屋敷よりも江戸はずれの農地にまいったほうがよろしいと存じまするが」

「普通はの」

光圀が苦い顔をした。

「将軍家お手飼いの鷹の餌《えさ》とするために、鳥見役には一人一日雀十羽を取る義務が課せられている」

光圀が、話をつむいだ。

「それは、わかりまするが」

鷹は生き物である。しかも狩猟をさせる。生き餌《え》を与えないと狩りの勘が鈍って使いものにならなくなるのは当然であった。

「鳥見役が雀を追う。捕まる雀もあれば、逃げる雀もある。その雀が大名屋敷の庭などに逃げこんだとしたら……」

「それを追いかけてお屋敷に入ってくると」

「将軍家お鷹の餌、雀が逃げこんでござる。ご免そうらえ。そう申せば、誰も止めることはできぬ」

光圀が、ため息をついた。

鷹狩りは、特別なものであった。平安のころ公家の間ではやりだした遊びは、そのおもしろさから庶民には禁じられてきた。

やがて、政《まつりごと》の権が公家から武家に移るとともに、鷹狩りの主催も変わったが、禁はそのまま受け継がれてきた。室町幕府足利《あしかが》家にいたっては、無断で鷹を飼った者は死罪に処したほどであった。

鷹狩りを好んだ家康は、大名、旗本に鷹狩りを推奨した。ただし、そこまで重い罪には問わなかったが、庶民には禁じた。

「将軍家のと、頭についたら、誰がさからえるものか」

光圀は、嫌な顔をした。光圀は、虎《とら》の威を借る者を嫌っていた。

「屋敷に障害なく入れるということは……」

じっと黙っていた真弓が、顔をあげた。

光圀が、真弓を見てほほえんだ。

「そうだ。屋敷の構造を調べることも、藩士の数、馬の数、武具蔵の数などを探索することも容易にできる」

「目付役でござるか」

緋之介は、問うた。

「野目付《のめつけ》と呼んでおるがな」

光圀がうなずいた。

「さすがに上屋敷に押し入ってくることはあまりないが、中屋敷、下屋敷は、日常茶飯事だというぞ。鳥見役は二十二名いる。少なくとも一人で一日数軒の大名屋敷を見てまわれる。三百諸侯など十日かからずに調べあげよう」

「隠密《おんみつ》役でございまするか」

真弓が、尋ねた。

「そこまでするかどうかは、知らぬ。後日鳥見役が、忍んでまいるのか、あるいは、組頭をつうじてあやしい大名家の名前を告げれば、伊賀組や甲賀組の者たちが出張《でば》るのか」

光圀が小さく首を左右に振った。

「だが、鳥見の者が大名にとって、畏怖すべき存在であることはまちがいない」

光圀の話が終わるのを待って、緋之介が口を開いた。

「少し、お伺いいたしたい。さきほどの黒覆面どもをあの中間が鳥見の者ではないかと申しましたが、その根拠が見えませぬ」

「小柄だからよ」

光圀が、一言で応えた。

「鳥見の者はの、雀たちに見つからぬように近づかねばならぬ。草むらでも林でも腰をかがめて動く。となれば、大柄では困ろう」

「なるほど」

緋之介は、納得した。

「こちらからも訊きたいが」

光圀が緋之介に質問した。

「あの者どもの剣術の腕前はどうであったか」

「人を斬ったことはあったようでございますが、腕としてはさほどのものとは思えませんでしたが」

緋之介はすなおに述べた。

「挑んだ相手が悪すぎたか」

光圀が、小さく笑った。

「世襲の弊害よな。戦《いくさ》でもあれば、力ある者が抜擢《ばってき》されていく機会もあるが、泰平が続くと幕府も軍事《いくさごと》よりも伝統に重きをおくようになる。大名の血筋に生まれた者は、どんなぼんくらでも大名になれ、庶民の家に生まれた者は、いかに剣の才能があっても武士にはなれぬ。新しい血が入らぬように、いや、新しい血を拒むようになっては、もうどうにもならぬところに幕閣どもは気づいておらぬ。松平伊豆守などは、己が家光さまのお引きで、大名にまでなったということを忘れてはならぬのだが」

光圀が、松平伊豆守をきびしく非難した。

「兄上……」

真弓が、辛《つら》そうな表情で漏らした。光圀も家光の引きで大名になったに近い。

光圀は、長男ではなかった。光圀には兄がいる。その兄頼重《よりしげ》は、十二万石を与えられ、高松藩松平家を興していた。

頼重、光圀の父、頼房は、子供を産ませておきながら、けっして認知しようとしなかった。そのために、長男でありながら頼重は将軍家に目通りも許されず、長く家臣の家で養われた。光圀も同じ目にあっていたが、その才気を見抜いた付け家老中山備前守と保科肥後守の活躍で、家光に認められ、水戸家の嫡男となった。

このことが光圀に陰を落としていた。

兄を押しのけて自分が、跡取りになった負い目が、光圀をさいなみ続けていた。

「すまぬな。別においらの境遇を呪《のろ》っているわけじゃねえよ」

光圀が真弓の気遣いにほほえんだ。

「もっとも、代わってやると言われれば、喜んで譲るがな」

光圀は、本心かどうかわからない目でそう言った。

「問題は、なぜ、鳥見の者が、緋の字を襲ったかということだ」

光圀が話を戻した。

「鷹匠頭と御先手同心の刃傷がござった現場からつけてきたようでございましたが」

緋之介が告げるのを聞いた真弓の顔がゆがんだ。己が気づかなかったことへの恥ずかしさと、隠していた緋之介への不満が、真弓をさいなんでいた。

「そうか。それで、わざと囮になったな」

光圀が、顔から笑いを消した。

「緋の字に命を粗末にするなという愚かさを知ってはおるが……もう少し頼ってくれ

ぬか。今宵《こよい》でも一人で行かず、誰かをともなっておれば、あるいはあやつらの正体を知ることができたやも知れぬ。うまくいけば、生かしたままとらえることができたかもな」

光圀が、緋之介をじっと見つめた。

「この水戸家にも剣を遣える者はおる。忍の技をもつ者もな。たしかに、緋の字ほどの腕の者はおらぬが」

光圀が述べた。

「兄上さま、それでは剣術指南役どもが、あまりに哀れでございましょう」

やっと気を落ちつけた真弓が口をはさんだ。

「真弓、仕えてくれている者どもを買ってやろうとの気持ちはいいがな。真実、事実はそのまま受け止める癖をつけておかねば、眼《まなこ》を曇らせることになるぞ」

光圀が真弓を諭した。

「深く考えずともよい。今はの」

光圀が、真弓から緋之介へと目を移した。

「鷹匠頭の刃傷に鳥見役が首を突っこんでくるのは、不思議ではない。ただ、表向きの探索方でない者が、出てきたのはどうも気になるな」

光圀が、用意されたまま放置されていた茶に手を伸ばした。

「あの一件はどうなりましたので」

緋之介が、光圀を見た。

「御先手同心はお目見え以下で徒目付《かちめつけ》の管轄だが、鷹匠頭は旗本で格も上。結局目付あつかいで評定所にまわされたようだ」

光圀が、語った。

目付は千石高で旗本の非違監察をおこなう。峻厳《しゅんげん》で知られ、父親を訴追した目付がいたほどその職務は厳格であった。

「米を蹴散らしたのも太刀を抜いたのも、鷹匠頭が先。普通なら鷹匠頭がお役御免のうえ閉門で終わる話だが、御先手同心が人数を頼んで斬りかえしたのが問題になったようだ」

光圀は、評定所でのようすを知っていた。

徳川家は大名を細かく格付けしていた。

もっとも格上となるのは、神君家康の子供たちの家であるが、このなかにも段階が設けられていた。

尾張徳川、紀伊《きい》徳川、水戸徳川の御三家は、将軍家御座の間に近い大廊下に座を与えられたが、家康の次男秀康《ひでやす》を始祖とする越前松平家は、その一つ下である溜《た》まりの間詰にされていた。

他にも松平の姓を名乗る親藩がいくつもあるが、これらは家禄やいつ家康の家系と分岐したかで細かく区分けされ、譜代大名と同じあつかいを受けた。

御三家と越前《えちぜん》家だけが、特別あつかいであり、とくに御三家は、江戸にあるときは将軍家の側《そば》にて政の諮問にこたえるべしという役目が与えられていた。

そのおかげで、水戸家には幕府から逐一諸事報告があった。

「結局のところ、かかわった者たち全部が腹を切らされることになった」

光圀が、きびしい顔で告げた。

「…………」

真弓が峻烈な幕府の裁定に息をのんだ。

「いたしかたございますまい。喧嘩両成敗でございますな」

緋之介は、納得した。

「それでよろしいので」

真弓が口を出した。

「なんの事情も調べず、また、理由も勘案せずに、処してしまって、拙速にすぎると言うことはございませぬのか。仮にも人の命がかかったことでございますが」

真弓は憤っていた。

「どうやっても遺恨は残るものさ。今回のことでもそうだ。ことの起こりは鷹匠頭が、御先手同心たちの商いをじゃましたことに始まっている。だから御先手同心たちには咎はないとすることはできぬ。鷹匠頭がこうするにはするだけの理由があったかも知れぬからだ。ひょっとすれば数日前に御先手同心に辱《はずかし》められていたかもなどを調べて勘案していけば、永遠に終わらぬし、お裁きの天秤《てんびん》がどう傾くかわかったものではない」

光圀が話した。

「裁きの天秤がかたむいた方はいい。だが、逆はどう思う。どれだけていねいに調べ、どのような証拠を出したとしても、受けいれることは難しいだろう。ひがみが出てきてしまえば、いくら話をしても、理解を得ることは難しい。それが人というものなのだ。武家の本分は戦である。戦場でもめ事が起こったとき、悠長に調べている暇などないであろう。ならば、即断するしかあるまい。後々に禍根を残さぬためには、喧嘩両成敗とするのが、無難で正しいのだ」

光圀が、真弓に嚙《か》んでふくめるように言った。

それでも納得した顔を、真弓は見せなかった。

聞いていた緋之介も、もう一つ腑《ふ》に落ちなかった。すべてのもめ事を喧嘩にするには無理があると思ったのだ。

「光圀さま」

緋之介は、呼び方をふたたび変えた。多くの藩士たちを抱える水戸家の嫡流に対しての質問であるとの意をこめた。

「緋の字、おめえも気にいらねえようだな」

光圀が、嘆息した。真弓が意外なことをと緋之介を見た。

「おいらだって、満足しているわけじゃねえ。どう考えても一方的な喧嘩というのはあるからな」

光圀が二人の気持ちを代弁した。

「巻きこまれただけというのもある。明らかにそれがわかっている場合は喧嘩としてあつかわなければいい。だが、万人が認めないときは、喧嘩とするしかない」

光圀が言いきった。

「もしもだ。水戸藩で侍同士の喧嘩刃傷が起こったとしよう」

光圀がたとえ話を始めた。

「ひごろから仲の悪かった甲と乙が、刀を抜いて争った。幸い怪我だけですんだが、騒動が目付に見つかった。となれば、裁きをくださねばならない。調べてみると普段から甲は乙に因縁をつけて絡んでいた。今回も始まりは甲が乙に悪口雑言《あっこうぞうごん》を吐いたことがもとで喧嘩になった。真弓、おまえならどうする」

光圀が真弓に振った。

「わたくしならば、甲を閉門に乙はお咎めなしとしまする」

真弓が答えた。

「まあ、そんなところか。だが、こういう条件が付いたらどうなるかの。乙が、おいらの母方の一族であったと」

光圀の母は、水戸藩家臣の娘であった。

「それは……」

真弓が詰まった。

「ひいきととられるかも知れぬ。少なくとも甲の一族は、そう思うだろう。これは藩内にもめごとの火種を残すことになる」

光圀が、辛そうな顔をした。

「ここの事情を勘案することは、難しいことなのさ」

光圀の話に緋之介も真弓も首肯するしかなかった。

「さて、ちょうどよい機会だ。真弓、緋の字に媛どののことを教えてやってくれ」

光圀が真弓に命じた。

「はい」

真弓が昼間と違ってすなおに首肯した。

「媛姫さまは、寛永十八年（一六四一）年十一月にお生まれになり、明暦元年（一六五五）年四月に上杉綱勝さまにお輿入《こしい》れになられた」

真弓が話し始めた。

「ことは、保科肥後守さまの四女松姫さまが、加賀の前田家に嫁入られることとなり、会津《あいづ》から江戸へ出てこられたことに始まりまする」

このころの大名家の奥は複雑である。参勤交代で一年ごとに江戸と国元で生活を送らなければならなくなった大名は、江戸だけでなく国元にも女を置いた。お国御前と呼ばれる妾《めかけ》ながら正室とおなじあつかいを受ける側室である。

お国御前が産んだ子供は、嫡男でないかぎり原則として国元で育てられた。よって江戸で生まれた子供と国元で生まれた子供は、顔をあわすことがなかった。

媛姫と松姫も互いに会ったことがなかった。さらに女は嫁にいけば婚家から出ることはほとんどないだけに、この機会を逃せば姉妹でありながら生涯顔を見ることなく終わるかも知れなかった。そこで、松姫の婚礼までに一度顔あわせをかねて宴席をとなった。

「松姫の婚礼前夜、万治元年（一六五八）七月二十五日、芝新銭座の保科家中屋敷で夕食の宴《うたげ》が催されました。宴席は無事に終わったのでございますが、その直後から媛姫さまは、お腹《なか》をくだされ、そのまま中屋敷にご逗留《とうりゅう》、翌日の松姫婚礼のお見送りもなさることなく、三日後の二十八日、もがき苦しまれてお亡くなりになられたのでございまする」

真弓が、悔しげに顔をゆがめて語り終えた。

「申しわけねえが、おいらたちにもこれぐらいのことしかわかっていねえ。さすがに他家のことだから、医師に診《み》せたのか、でどういう見立だったのか、など訊けないんでな」

光圀も苦い顔をしている。

「わかりまする」

緋之介もそのあたりの難しさはわかっていた。

「じゃ、そろそろ休むとしよう。明日はいろいろと忙しくなりそうだ」

光圀の提案で、真弓を控えの間に寝かせ、緋之介たちは書院で夜明かしをすることにした。

四

雑司ヶ谷《ぞうしがや》の鷹屋敷には、深更をすぎても人の気配があった。お鷹屋敷は、将軍家の鷹を飼育するところである。九千坪をこえる広大な敷地は、なかをのぞくことができないように、高めに造られた塀に囲まれていた。また、不用意な音をたてて鷹をおどかさぬようにとの配慮から、周囲に家を建てることは禁じられ、山寺のように静かだった。

そのお鷹屋敷の隅にある長屋の一軒に人が集まっていた。

「帰ってこぬな」

もっとも年長な男が、ささやくような声で言った。

「三人ともというのは、ちとおかしゅうござる」

若い男が語った。

男たちは、鳥見役であった。

二組に分かれている鳥見役は、一組が雑司ヶ谷に、もう一組が千駄ヶ谷《せんだがや》のお鷹屋敷に住んでいた。

お鷹屋敷がいわば、鳥見役の組屋敷であった。

「騒動を起こした鷹匠頭の後始末を探索に出たはずだが、他になにも聞いてはおらぬか」

年嵩《としかさ》の鳥見役が、全員の顔を見た。

「浅草を張りに行くとしか申しておりませなんだ、組頭さま」

中年の鳥見役が応えた。

野中の一軒家にひとしいお鷹屋敷である。鳥見役たちは遠慮なく話を続けた。

「相田《あいだ》に山岡《やまおか》に西村《にしむら》か」

組頭が名前を述べた。

「三人とも、なかなかに遣えたはずでござる」

若い鳥見役が、告げた。

「鳥見役門外不出の雀刺しの遣い手が、三人で動いて一人も戻らぬというのは、鳥見役ができて以来初めての不祥事よな」

組頭がきびしい顔をした。

「江戸近郊関八州のみを管するとはいえ、品川の薩摩《さつま》屋敷、本郷の加賀屋敷、深川の毛利《もうり》屋敷に何度も忍んだ我らが技を、打ち破る者がおるとは思えませぬが」

若い鳥見役が組頭の顔色をうかがった。

「確かに、伊賀組や甲賀組をも凌駕《りょうが》する我らと互角に戦える者は、そうはおるまいが、数で来られればわからぬ」

組頭が言った。

「数と申されると、御先手同心たちがいっせいに……」

中年の鳥見役が、息をのんだ。

幕臣のなかでもっとも数が多いのは、御先手同心である。お先手鉄砲組、お先手弓組、お槍《やり》組先手衆と全部あわせれば、万をこえる軍勢になる。

「まさか、そのようなことを、御上が許されるはずもございませぬ」

若い鳥見役が、否定した。

「当たり前よ。お先手組同心と我ら鳥見役、どちらがたいせつかなど、訊くまでもない。幕閣の方々もおわかりじゃ」

組頭が、若い鳥見役に同意した。

「わたくしが見てまいりましょうか」

中年の鳥見役が声をあげた。

「いや、待て。もし待ち伏せされていては、われらのことを知らしめることになりかねぬ。日が明けてから、通りすがりの体でようすを見に行くようにせよ」

組頭が中年の鳥見役を制した。

「よいか、もし敵の手がかりをつかみかけても独断はするな。われら鳥見は、他の組と違い、人員が欠けてもそこらから補充することがかなわぬ。孫子の兵法も申すとおり、敵を知り己を知れば百戦危うからず。乱破透破《らっぱすっぱ》のたぐいとは一線を画した探索方である我ら鳥見一人の命は、旗本百騎に値するということを忘れるでない」

「はっ」

組頭の命に七名の鳥見役が首肯した。

「神君家康さまが鳥見を世襲にされたわけを知りもせぬような輩に、好き勝手なふるまいなどゆるすわけにはいかぬ」

配下たちを帰したあと、組頭が力強くつぶやいた。

幕府の最高権力者老中にも仕事の分担はあった。法の成立や施行にたずさわる者と財政をになう者である。

松平伊豆守は、家光からとくに後事を託された関係で、筆頭老中ながらそのどちらにも属していなかった。

将軍家綱から登城勝手を許された松平伊豆守は、毎日御用部屋に顔を出さなくてもよくなったが、欠かさず出務していた。

三代将軍家光が死んで十年ほどになる。家光子飼いの老中たちも殉死《じゅんし》したり、引退したりで、今も御用部屋に残っているのは、松平伊豆守と阿部豊後守だけになっていた。確実に幕閣も世代交代していた。

いつものように五つ（午前八時ごろ）前に登城した松平伊豆守だったが、する仕事もなく一刻（約二時間）あまり茶をすすってときをすごしていた。

「伊豆守さま」

御用部屋坊主が、声をかけた。

「町奉行神尾備前守さまが、お目通りを願っておられまするが、いかがいたしましょうや」

「備前守がか。うむ。入り側で待つように伝えよ」

松平伊豆守の意を受けて、御用部屋坊主が神尾備前守のもとへと行った。

老中には、いろいろな慣習があった。

もっとも変わった慣習は、登城の駕籠《かご》が小刻みな歩幅ながら走ることである。刻み足と呼ばれた特徴的なそれは、普段から老中の駕籠が急いでいることを見せつけておくためにおこなわれた。いつもゆったりと進んでいる駕籠を、有事の際に急がせれば、天下の大事が起こったことを即座にさとられてしまう。そうならないようにとの配慮から採用されていた。

諸大名、諸役人たちは、刻み足の駕籠を見ると、両脇に行列を寄せて止め、駕籠の扉を開けて、一礼をしながら道を譲らねばならなかった。

「領国と引き替えてもよいから、一度あの刻み足の駕籠にのってみたい」

とある外様大名が嘆息したというほど、権威のあるものであった。

次が、廻《まわ》りである。廻りとは、正午（午後十二時ごろ）、当番となった老中が、江戸城内を一周することだ。

御用部屋を出て、まず時斗《とけい》の間、続いて時斗の次間、中《なか》の間、羽目《はめ》の間などを通り抜け、芙蓉《ふよう》の間で折り返す。芙蓉の間からの帰りは行きとわずかに違うが、ほとんどおなじ順路で、御用部屋へと戻る。

狭い範囲だが、一刻（約二時間）近い時間がかかるのは、それぞれの部屋で職務している役人や、間詰めの大名たちのあいさつを受けるからであった。まるきり無駄なように見える行為だが、このとき目にとまった者を登用することが多く、一種面接の意味もあった。

そして最後が、呼びだした者であろうが、訪れた者であろうが、面会者を半刻（約一時間）ほど待たせるというのがあった。

仕事があれば当然であるが、なくても放置する。これは執務の忙しさを見せつけ、ご機嫌とりや、たいしたことでもないことまで報告に来るのを、防ぐためであった。

松平伊豆守は、ゆっくりと茶を喫してから、御用部屋を出た。

江戸城表の奥にある御用部屋を出たところに、入り側と呼ばれる畳廊下がある。江戸城にある他の廊下の三倍ほどの幅があるここは、御用部屋に用のある役人たちの控え室として用いられていた。

「待たせたの。御用繁多でな」

松平伊豆守が、神尾備前守を手近に呼んだ。

「いえ、お忙しいところ、申しわけございませぬ」

神尾備前守が、逆に詫びた。

「で、今日はどうした」

松平伊豆守が、問うた。

「それと、浪人狩りの成果はどうなっておるのだ」

矢継ぎ早に松平伊豆守が、訊いた。

「お目通り願ったのはそのことでございまする」

神尾備前守が、筆頭与力高坂藤左から報されたことを告げた。

「そうか。小野派一刀流の弟子と申したか」

松平伊豆守が、感情のない声で言った。

生業をもたない浮浪人を治安維持のために排除するのが目的の浪人狩りでは、武士の表芸である剣術の修行をおこなっている者を捕まえることはできなかった。

「わかった。ご苦労であった。浪人狩りは、止めてよい」

松平伊豆守が、許した。

「嫌がらせでしかないからの。少しでも小野の小せがれの動きに枷《かせ》がはまればいいと思ったのだが」

「お役にたてませず、恥じ入りまする」

神尾備前守が、低頭した。

「気にするでない。そなたには、他にもしてもらわねばならぬことがある」

「どのようなことでございましょうか」

神尾備前守がほっとした顔をした。無能者として見捨てられることがないとわかって安心したのだ。

「鳥見どもの無頼を暴きだしてくれるように」

松平伊豆守の依頼は、奇妙なものであった。

「おそれながら、お言葉を返しますが、鳥見は御上の家来でございますれば、町奉行所にその権はございませぬ」

神尾備前守の言葉に松平伊豆守が、怒りを浮かべた。

「そのようなこと、そなたに言われずとも承知しておる。儂《わし》が命じたのは、鳥見どもが周囲にどのような無理難題を押しつけておるのかを、世間に知らしめよと申したのだ」

「も、申しわけございませぬ」

神尾備前守の顔色が、一瞬にして蒼白《そうはく》になった。

「ただちに」

神尾備前守は、深々と頭をさげるとそそくさと去っていった。

見送った松平伊豆守が、御用部屋をにらみつけた。

「豊後よ、家光さまの遺《のこ》された幕府をそのまま家綱さまにお伝えするのが、我らの役目ぞ。出過ぎたまねは、許されぬ。きさまのすることなど、儂はとうに気づいておるわ。見すごされると思うなよ」

松平伊豆守が阿部豊後守を呪った。


水戸家で一夜を明かした緋之介は、夜明けとともに上屋敷を辞した。

「明雀に話をとおしておく。遠慮なく使ってくれ。気をつけてな」

光圀の言葉を受けて、緋之介は帰途についた。

少し遠回りになるが、昨日の鷹匠頭と御先手同心の騒動があった浅草福富町に寄ることを、緋之介は選択した。

江戸の町は夜明けとともに動きだす。すでに辻は仕事に向かう職人や商人でにぎわっていた。役人たちの登城にはまだ少し早いので、侍の姿はあまりなかったが、庶民は緋之介に注目することなく、足早に進んでいった。

浅草福富町の組屋敷はなにも変わっていなかった。

同じ組内から刃傷沙汰を起こした者が出たが、組に謹慎などの処分は出ていなかった。組屋敷の門は閉じられず、しじみ売りや、菜売りが、天秤棒をかついで出入りしていた。

緋之介は、さりげなく門前を通りながら、あたりに気を配った。

「……………」

緋之介の背筋に触れてくる気配があった。が、緋之介はそちらに目をやることも、歩みを変えることもなかった。

「人手が足らぬ」

緋之介は、吉原に急ぎ戻ることにした。

吉原の朝は、静かだ。

泊まりの客を送りだす遊女たちも、別れのせつなさを見せつけるために、嬌声《きょうせい》などはあげず、目だけで次を訴えるほうが多い。

一日二食、昼と夜だけ食事をとる吉原に、かつぎの物売りの声はなく、客をむかえいれる夕刻とは、まったく別の場所のようであった。

潜門《くぐりもん》を通った緋之介は、見慣れた吉原の朝にほっとするものを感じていた。女たちの嘆きのうえになりたっている吉原には、人としての本質に虚がなかった。遊女も忘八も、今を生きるのに必死だった。精一杯生きようとする人の姿が、緋之介は好きだった。

「お戻りなさいませ」

離れで緋之介を出迎えたのは、三浦屋四郎右衛門宅の格子で光圀の馴染み女郎《じょろう》である明雀であった。

「これは……」

緋之介は、光圀の手回しに驚いた。

浅草福富町へ寄り道したとはいえ、光圀と別れたのはわずか半刻（約一時間）ほど前のことである。

「千さまより、お話がございました」

明雀は、光圀のことを幼名をもじって呼んでいた。

「すまぬな」

緋之介が、頭をさげた。

「お気になさいますな。わたくしは、千さまのお手伝いができることがなによりの喜びでございますれば」

花が咲くような笑顔で明雀が首を振った。

明雀は、光圀と緋之介を相手にしたときだけ、廓言葉を使わなかった。

「さきほど、忘八を二人出しました。夕刻までには戻って来ましょう」

「さすがに、すばやいな」

緋之介が、明雀の手配に感心した。

「いえ。でなければ、緋の字さまは、また一人で動こうとなされまするから」

明雀がさりげなく緋之介をいさめた。

「…………」

緋之介は黙るしかなかった。

「急がばまわれという言葉もございましょう。今は派手に動きまわるときではございませぬ」

明雀が冷静に諭した。

「わかっておるのだが」

緋之介のなかにある焦燥感が、理性をこえて急《せ》かしている。

「死人は逃げませせぬ」

明雀に言われて、緋之介は愕然《がくぜん》とした。

「ずっと待っていてくれましょう。いずれは会えるのでございますよ。焦られる意味などございますまい」

明雀が、ほほえんでいた。

「人を失う哀《かな》しみは、誰もが味わうものでございまする。親を友をそして愛した者を失うのは、人としての定め。なればこそ、ときがそれを癒《いや》してくれるのでございまする」

「わかってはおるのだが……」

明雀の言いたいことを緋之介は把握していた。

「だが、拙者《せっしゃ》と同じ哀しみを味わう者を一人でも少なくするには、悠長に待ってなどおられぬのだ」

「拙速であっても」

明雀が訊いた。

「ああ。手遅れになるよりはましだと思っておる」

緋之介は、力をこめて言った。

「…………」

明雀の目に憐憫《れんびん》の色が浮かんだ。

第四章　鳴動する権

一

　小野忠也の剣名は、全国に轟《とどろ》いていた。緋之介の父小野次郎右衛門忠常が将軍家指南役としての役目を果たしたことはなく、実直に書院番であり続けたことも影響していたが、小野忠也は小野派一刀流始祖小野忠明の技を継承する者として、世間に認知されていた。

　また、負けることの許されない将軍家指南役という役目柄他流試合を拒否する小野次郎右衛門と違い、小野忠也は挑まれれば受けたこともあって、九段下の小野道場には、試合を求める者が引きもきらなかった。

「一手ご教示を」

訪れてくる者のなかには、それと知られた剣術遣いもいた。

「木刀でござるが、よろしいか」

小野忠也はかならず訊《き》いた。小野派一刀流では、稽古《けいこ》に枇杷《びわ》を使った木刀を使用していた。

枇杷は、樫《かし》の木に比べて粘りがあり、打ち合ってもなかなか折れないが、人の身体《からだ》に当たれば、皮膚や肉をこえて衝撃を伝え骨を砕いた。

「けっこうでござる」

試合を申しこんだ者たちは、判で押したように了承した。

三日に一度、小野忠也に命じられて稽古を受けに来ている緋之介は、何度も小野忠也の試合を見る機会に恵まれた。

小野次郎右衛門をして、忠也の剣は忠明に似ているといわしめたそれは、峻烈《しゅんれつ》で豪放、そして必殺であった。

剣道場での正式な試合は厳格な諸式にのっとって始められた。

まず、試合する者二人は道場に端座し、木刀を右脇《みぎわき》において、床の間にかけられた鹿島大明神《かしまだいみょうじん》の掛け軸に向かってていねいに平伏する。

続いて審判役に軽く頭をさげた後、右手に木刀を持って立ちあがり、道場中央で三間（約五・四メートル）ていどの間合いで対峙《たいじ》し、一礼する。そして審判役の合図を待って戦うのだ。

小野忠也には、遠慮がなかった。明らかな腕の差があっても、容赦なく倒した。腕の骨を折るくらいで終わらせればましであった。

「参った」

そう口にすることを小野忠也は許さなかった。

「腕の差に気づかず、挑んだ段階で、そいつには剣の才能がないのだ。ならば、なまじ未練を残させるよりは、別の道を探させてやるのが功徳《くどく》というものであろう」

小野忠也は、緋之介に告げた。

審判役の始めの合図があるまでに敗北を認めれば、少し筋をなおしてやったりして帰したが、試合に入ってからは、聞く耳を持たなかった。

けが人が二桁《ふたけた》に達したあたりで、小野忠也との試合をのぞむ者は激減したが、それでも訪れる者はいた。

「友悟、疾《はや》さを求めるあまり、踏みこみが軽くなりすぎておる」

小野忠也がそう言って、緋之介に体当たりした。

緋之介は三間《けん》（約五・四メートル）はじき飛ばされた。

「たしかに、刹那《せつな》早くこちらの太刀《たち》が敵にとどけば、勝てるかもしれぬ。だが、そのためには首の急所を狙《ねら》わねばなるまい。骨のあるところなら、致命傷とならぬぞ。小太刀ではないのだ。手数を出して傷を増やし、隙《すき》を待ってなどとのんびりしたことをやっている暇があるとはかぎらぬ。大勢に囲まれたときや一撃で倒さねばならぬときの方が多いのだぞ」

全国を道場破りしてまわった小野忠也の言葉には経験に裏打ちされた重みがあった。

「もう一度お願い申します」

緋之介は立ちあがった。

「うむ。その意気やよし」

小野忠也が、うなずいた。

「一手願いたい」

緋之介が小野忠也に稽古をつけられているところへ、二人の浪人者が訪れた。

道場上座に近い片隅でふたたび稽古に入ろうとした緋之介と小野忠也のもとへ、内弟子の一人が、近づいた。

「忠也さま。試合を所望との御仁《ごじん》がまいっておりまするが、いかがいたしましょうや」

内弟子が、道場の入り口に目をやった。

「友悟、少し待て」

小野忠也が、手のひらを見せた。

「…………」

緋之介は、黙って木刀をおろした。

小野忠也が、じっと浪人者を見た。その瞳《ひとみ》が光った。

「わかった。では、皆の稽古を止めてくれ」

小野忠也が、受けた。

ただちに稽古中止が伝達され、道場が空《あ》けられた。二百畳と称する道場でいっせいに稽古をやめる必要はないのだが、試合している二人の気を散らさないための礼儀であった。

「こちらへ」

浪人者二人が、道場の上座近くに案内されてきた。

「御入門ではござらぬな」

小野忠也が、確認した。

「いや、貴殿の剣名が噂《うわさ》に違《たが》わぬものでござれば、弟子としての礼を取るにやぶさかではござらぬ」

背の高い浪人者が言った。

「我らともに念流を学び、師より印可《いんか》をちょうだいいたしておる」

もう一人の浪人者が胸を張った。

「念流、樋口《ひぐち》道場でござるか」

小野忠也が、問うた。

念流は、日本剣術の祖といわれる僧念阿弥慈音《ねんあみじおん》が創始した流派であった。東北の名門相馬《そうま》氏の一族だった慈音は、子供のとき父を殺され、その敵討《かたきう》ちにと剣の道を選んだ。鞍馬《くらま》山で唐人から剣術を学び、鎌倉の寿福寺《じゅふくじ》で極意をえたと伝えられる。

念願果たして親の敵を討った念阿弥慈音は、余生を後進の育成に費やし、十四哲《てつ》と呼ばれた高弟を育てた。その一人が今に続く念流樋口家の始祖樋口太郎兼重《たろうかねしげ》であった。

念流は、その本拠地を信濃国伊那郡《しなののくにいな》から上野国吾妻郡《こうずけのくにあがつま》をへて、多胡《たこ》郡馬庭《まにわ》村に移し、馬庭念流として代々樋口家が継承してきた。

「ご趣意は承った」

小野忠也が、木刀を手にした。

「当流は木刀での試合と決まっておりまする。よろしいか」

小野忠也が木刀を見せた。

木刀でも、当たりどころが悪ければ命を失うこともある。

「けっこうでござるが、我らは使い慣れた持参の木刀を使用いたしたいが、かまいませぬかな」

背の高い浪人者が、逆に問うた。

「ご遠慮なく」

ちらと浪人者の木刀に目を走らせた小野忠也だったが、躊躇《ちゅうちょ》なくうなずいた。

「審判役は、この我が弟子小野友悟にさせたいと存ずるが」

小野忠也が緋之介を指名した。

「ご随意に」

背の高い浪人者が、同意した。

「では、始めましょうぞ」

試合をする三人と緋之介が、上座に向かい深く平伏した。

道場の中央で対峙した小野忠也と背の高い浪人者が名乗り合った。

「小野派一刀流、小野忠也」

「馬庭念流、白石黒之丞《しろいしくろのじょう》」

あきらかに偽名とわかる名前を告げた。

道場破りがよくやることであった。名前どころか流派さえいつわることもめずらしいことではなかった。

緋之介は、偽名よりも白石と名乗った浪人者の持つ木刀に目がいった。見た目は、使いこんだ樫の木刀に見えるのだが、白石の手の動きにみょうな違和感を覚えた。

続いて小野忠也を見た緋之介は、違和感の中身を悟った。

小野忠也が、すさまじい笑いを浮かべていた。

「よいのだな」

小野忠也が、白石に言った。

「いつでも」

白石が応えた。

「友悟、始めるぞ」

小野忠也が、白石を見つめたまま、告げた。

「始め」

緋之介が開始の合図を口にした。

白石が青眼《せいがん》に構えた。念流の青眼に比べて、切っ先が少しだけ下がっている。

「やはり……」

緋之介は、白石の木刀のなかに鉄芯《てっしん》がしこまれていることをさとった。かたちを変えた刺客であった。鉄芯入りの木刀は、普通のものに比べて重く、伸びる。当たればまちがいなく骨を砕くだけでなく、かすっただけでも大きな傷を与え、試合続行ができなくなる。たとえは悪いが、剣の試合に槍《やり》を持ちこむようなものだ。鉄芯入り木刀は道場破りを迎え撃つ道場がよく使った。負ければ流名を落とすだけでなく、道場の死活問題にもなりかねない他流試合は、なんとしてでも勝たなければならなかった。

緋之介は、死人を覚悟した。小野忠也の心配は必要なかった。緋之介は、小野忠也が道場で本気を出したことがないことを知っていた。それは、自分に対してでも小野次郎右衛門相手でも、おなじであった。

「誰に頼まれたかは、もう一人に訊くとしよう。おまえには見せしめになってもらう」

小野忠也がもう一人の浪人者に聞こえるように声を出した。

「余裕があるな。ひっ……」

白石が、笑った。その笑顔が凍りついた。緋之介の背筋もおぞけだった。ざわついた道場を一瞬にして静寂のもとに追いやったのは、小野忠也の殺気であった。

「殺しに来たかぎり、返り討ちにあう覚悟はできているだろう」

小野忠也が、木刀を左手にさげたまま、白石に向かって無造作に歩き寄った。三間（約五・四メートル）がたちまち一間（約一・八メートル）になった。

「うわあああ」

白石が叫んだ。声を出せるだけ修行はできていたが、それでも人は鬼に勝てるものではなかった。

「儂《わし》相手に気合い声をあげられたことを、地獄で自慢するがいい」

小野忠也が木刀を下段から天めざして振りあげた。白石の股間《こかん》に入った木刀が鈍い音をたてて止まった。

白石の目がひっくり返った。黒目が上にあがってしまい、白目だけになった。

小野忠也が木刀を手元に戻すのにあわせて、白石の身体が、尻《しり》から道場へ落ちた。

「な、なに……」

残された浪人者が、仲間のようすに目をむいた。白石は即死していた。小野忠也の木刀は、脊椎《せきつい》を下から破壊していた。

「次」

小野忠也が冷徹に命じた。

「ひっ」

残った浪人者は腰を抜かして立ちあがれなかった。

小野忠也が、道場の壁際に控えていた浪人者のところへ近づいた。

「どうした、試合を望んだのは、そちらであろう」

小野忠也が、白石の木刀を拾いあげて、浪人者の足下に投げた。大きな音をたてて、木刀が転がった。

「うわった」

木刀に膝《ひざ》を打たれた浪人者がうめいた。

「試合をするか、それとも語るか、どちらかにしてもらおう。儂も忙しいのでな、そうときをかけてやることはできぬぞ」

小野忠也が脅した。

緋之介でさえ、恐怖を感じていた。小野忠也が剣の鬼になった。

「あそこまで似ずともよいものを」

緋之介の背後から、いつのまにか下城してきた父小野次郎右衛門の声がした。

「始祖さまにでございまするか」

緋之介が尋ねた。
「ああ。父もああやって、道場破りを痛めつけておられたよ」
小野次郎右衛門が懐かしそうに言った。
「道場破りというのは、命をかけた行為なのだ。ともに流名を背負って戦うのだから
な。負けました、参りました、もう一度修行しなおして参りまする。その言いわけを
許してはならぬ」
小野次郎右衛門も道場破りをつきはなした。
「修行しなおす余地がある状態で腕だめしなど、道場主に対して無礼千万であろう。
少なくとも一流をきわめ、同門に敵する者がいなくなって初めて、他流に試合を挑む
べきなのだ」
「…………」
緋之介は、剣名を守ることのきびしさを教えられた。
「腰を抜かしているあの浪人者も相当に遣う。儂となら試合になろう。だが、本気の
忠也を相手にするには、ほど遠すぎる。無理もないがな。忠也もここ何年と本気を出
しておらぬそうだからの、世間が知らぬのも当然よ」
小野次郎右衛門が語った。

「おまえは、初日に見せられたらしいな」

小野次郎右衛門が、緋之介を見た。

「試合をする前の忠也と本気の忠也、まったく別の者であったろう」

「はい」

緋之介は首肯した。

「殺気をうちに隠すことを覚えた剣術遣いの怖さだな。いや、挑んだほうの未熟か。人というのは、他人の器をはかるに、どうしてもおのが器を基準とするでな。その器でくみ取れる量が、相手の力と思いこむ。あの二人を送りこんだ輩《やから》もそうだったのだろう」

小野次郎右衛門が、小さく笑った。

緋之介は、顔をうつむけた。父小野次郎右衛門の言葉が、緋之介に向けられていることに気づいたからだ。

「そろそろ忠也の辛抱も切れるな」

小野次郎右衛門がつぶやいた。

じっと残った浪人者を見ていた小野忠也が、無言で木刀を振りあげた。

「覚悟はできたようだな」

小野忠也が、浪人者へと告げた。

「ひくっ」

浪人者が、しゃっくりのような悲鳴をあげた。それでもしゃべろうとはしなかった。口を割れば、生きて道場を出られても、雇い主あるいは仲間による制裁は避けられないのだ。浪人者には、刺客《しかく》としての本分を貫きとおすだけの覚悟があった。

「雇い主を恨むのだな」

木刀が、振りおろされた。


小野道場が殺伐《さつばつ》とした雰囲気に染められていたとき、吉原の西田屋甚右衛門は、岡っ引き辰吉の訪問を受けていた。

「これは、浅草の親分さん、お珍しいことで」

西田屋甚右衛門は、辰吉を奥座敷へと通した。

「かき入れどきにすまねえが、ちょいと御上の御用でな」

辰吉は、わざと十手をひらめかせた。

吉原は無縁の地、町奉行の手は入らない。というのは、俗説であった。吉原は、町奉行所の支配を受けていた。ただ、遊里の性格上もめごとや喧嘩《けんか》などが日常茶飯事であったため、町奉行所が面倒くさがって手出しを止めてしまっただけである。

吉原も町方がうろつくことで遊客の興がさめることを嫌い、町奉行所の介入を避けるように手配していた。これらが重なって、吉原のことは吉原でとの暗黙の了解ができた。

辰吉の行動は、この慣習を破るものであった。

「御上の御用とは、お大事のことでございまするが、何かございましたか」

西田屋甚右衛門が、訊いた。

吉原も町奉行所に協力することは、やぶさかではなかった。お手配書きの犯罪人や、主家の金をごまかして遊女に貢いだ奉公人などは、見つけしだい町奉行所の手に引きわたしていた。

吉原の担当は、臨時廻《りんじまわ》り同心である。なにかあれば前もって臨時廻り同心から吉原へと通知が来ることになっていた。だが、辰吉の訪問は不意であった。

西田屋甚右衛門が、怪訝《けげん》な顔をするのは当然であった。

「人身売買をやっているな」

「はあ」

辰吉の言葉に、おもわず西田屋甚右衛門が間の抜けた声をあげた。

吉原で人身売買をやっていない見世《みせ》があるはずなどないことは、生まれたばかりの赤ん坊でも知っていることであった。

「人買いは、御法度《ごはっと》だぜ」

辰吉が、すごみのある顔をつきだした。

西田屋甚右衛門は、とまどっていた。たしかに人身売買は禁止されていたが、人買いをおこなわずして遊廓《ゆうかく》は成りたたなかった。

幕府は元和《げんな》二年（一六一六）、二代将軍秀忠の名前で人身売買の禁令を発した。一人《ひとつひと》売り買いのこと一円停止《いちえんちょうじ》たり、で始まるこれは、全国に人身売買を禁じたもので、おこなった場合売り買いの儲《もう》けを没収したうえで、売られた人を解き放つ。また、誘拐《ゆうかい》して人を売った者は死罪と決めていた。

さらにその三年後の元和五年（一六一九）には、七か条からなる詳細な法令を幕府はだし、人身売買をとりしまっていた。

「遊女たちを番所に集めな。一人一人お調べを受けてもらう」

辰吉が、腰をあげた。

「なにを申されておられるのか、わかりませぬが」

西田屋甚右衛門は、首をかしげた。

「とぼけようたって、そうはいかねえぜ。金で女を買って遊女にするのは御法度だって言ってるんでえ。ごちゃごちゃぬかさず、妓《おんな》どもを出しやがれ」

辰吉が怒鳴った。

「親分さんは、吉原のことをよくご存じだと思っておりましたが」

西田屋甚右衛門は、対照的に静かに言った。

好きでもない男を自分のなかに受けいれる。女にとってこれほどの苦痛はない行為をしなければならない遊女に喜んでなる者などいるはずもなかった。

吉原だけでなく、遊廓はどこでも女を手に入れるために金を使った。年貢が納められない百姓の娘、主家が潰《つぶ》れて浪人となった武家の娘、商売の失敗で借金を背負った商人の娘、金が要る女はどこにでもいた。

吉原は、そういう女たちを年季奉公として雇った。年季奉公とは、何年間と期間を決めて遊女奉公に従事させることであった。

女が欲しかった金、女の年齢、美醜によって年季は変わったが、その間は、遊女として務めさせる。

ただ、どの遊女も二十八歳になれば奉公を辞めることができる約定がついてはいたが、年季奉公のかたちをした人身売買以外のなにものでもなかった。

「吉原では、人買いはおこなっておりません。遊女たちは年季奉公で」

西田屋甚右衛門が、否定した。

「御上をなめるんじゃねえぞ」

辰吉が、西田屋甚右衛門をにらみつけた。

「年季奉公とはいいわけで、そのじつ人身売買だということぐらい、お見通しよ」

辰吉が、言った。

「女どもに訊けば、奉公なのか人買いなのかはすぐにでもわかることだ」

辰吉が勝ち誇った。

吉原は他の岡場所にくらべて女のあつかいがいいとはいえ、意に染まぬことをしいていることに違いはなかった。遊女たちに問えば、全員が買われてきたと答えることはたしかであった。

人身売買となれば、買われた女たちは金の心配をすることなく、吉原から解放される。

「親分さん、無茶なことをおっしゃられては困りますな」

西田屋甚右衛門が声を変えた。

年季遊女奉公を咎《とが》めだてれば、吉原は存続できなかった。女のいない遊廓に客はこない。辰吉の言葉は、吉原の死命を制したにひとしかった。

「なにが無茶でえ。悪事があれば調べるのが、おいらの仕事だ」

辰吉が言いつのった。

西田屋甚右衛門は疑念をもった。

吉原は、巨大な金の動くところである。群がって食いものにしようとする輩はいくらでもいた。

吉原は自己保身のために、地元の地回りから町奉行にいたるまで金を渡して、なにごともないようにとはかってきた。

辰吉にもそれ相応の金を払っていた。

「なにか、ご不足でも」

西田屋甚右衛門が、問うた。

辰吉が、わかっていることに因縁をつけてきた理由を金ではないかと考えた結果であった。

「いや、なにも困っちゃいねえよ」

辰吉が金ではないと答えた。

その下卑た笑いを見た西田屋甚右衛門は、ようやく思いあたることがあった。

「織江さまのことで」

「いまごろ気づいたか。意外と鈍いな、西田屋」

辰吉が、あきれたように言った。

「あの浪人者のお陰で、こちとら顔をあげて歩けなくなったんでえ。この落とし前はきっちりとつけてもらわねえとな」

辰吉が、にやりと笑った。

「どうせよと申されるので」

西田屋甚右衛門が尋ねた。

「そうよなあ。一つは、あの浪人者を吉原から追いだしてもらおうか。つぎは、おいらの生活をまかなってもらおうじゃねえか」

辰吉が、条件を出した。

「いかほどで」

西田屋甚右衛門が問いかけた。

「なに、たいした金じゃねえ。そうよなあ、月に百ももらえれば、文句はねえな」

辰吉が望みを口にした。

「百。百両もでございますか」

西田屋甚右衛門が、驚いた。一年で千二百両、これは二千石の旗本を凌駕《りょうが》する年収になる。

「たいした金じゃねえはずだぜ。おいらがお奉行所に話をもっていけば、吉原はつぶれちまう。それを思えば安いものじゃねえか。なに、西田屋、おめえのところだけでもつ必要はねえ。吉原の遊廓全部で割れば、一軒あたりにすれば、月一両くらいだろう。このくらいの金、おめえにとっちゃ、鼻紙代にもなるめえ」

辰吉が、嘲笑《ちょうしょう》を浮かべた。

「無理なことを申されますな」

西田屋甚右衛門は、首を振った。

「そのようなことを吉原が認めるわけございませぬ。一人そのようにいたせば、次から次へとまねをする方が現れましょう。そのすべてに金を払うことはできませぬ」

「心配するねえ。おいらはけっして口を割りはしねえよ。吉原が潰れちゃ、金にならないことぐらいわかっているからな」

辰吉がうそぶいた。

「わたくしの一存では、ご返事つかまつりかねまする」

西田屋甚右衛門が、返事を延ばした。

「わかっているさ。だが、最初の織江という浪人者を追いだす件は、西田屋、おめえの裁量でいけるはずだ。その返答だけでも今もらおうか」

　辰吉の目が鈍く光った。

「そういうわけにもいきませぬ。織江さまは、あるお方さまからのお預かりでございますれば、そのお方さまのご了解をいただきませんと」

　西田屋甚右衛門は、無理だと告げた。

「なら、さっさと使いでもだしな。待っていてやるからよ。なんなら、織江の代わりに、おいらがここに住んでやってもいいぜ。あいつよりは役に立つ。御上に顔もきく、腕もある。なにより、このあたりは、おいらの縄張りだからな。悪さをしに来ても、おいらの顔を見ただけで、帰るぜ」

　辰吉が、自慢げに語った。

「首根っこを押さえられたということでございましょうか」

　西田屋甚右衛門が首を振った。

「ああ」

　辰吉が、顔をひきしめた。

「念のために言っておくが、おいらを殺そうとしたら、仲間がおおそれながらと訴え出ることになっているからな、馬鹿な考えはよしたがいいぜ」

辰吉が立ちあがった。

「じゃな。いい返事を待っているぜ。二、三日中には来るからよ」

辰吉がそう言い残して去っていった。

「松《まつ》」

西田屋甚右衛門が、呼んだ。

「へい」

床下から返事があった。

「後をつけておくれな。つながりを全部調べておくれ」

西田屋甚右衛門が命じた。

「承知しやした」

床下から、気配が消えた。

二

鬼気迫る小野忠也の手からやっと解放された緋之介は、九段からさほど離れていない水戸家上屋敷に立ち寄った。

「ちょうどよいところに来てくれた」

光圀が、ほっとした顔をした。

「どうかなされたので」

「いや、書付の山から逃げだしたくてな」

光圀が笑った。

「半刻《はんとき》（一時間）だけでございますぞ」

水戸家付け家老中山備前守が、釘《くぎ》を刺した。

「わかっているよ。うるさいじいさんだ」

光圀が、悪態をついた。中山備前守は光圀の恩人である。頭のあがらない相手であった。

「暇に制限がついたな。おい、真弓。茶を頼む」

光圀が、襖《ふすま》ごしに隣の部屋へ向かって声をかけた。

「…………」

返事はなかったが、気配が動いた。

「さて、どうした、ずいぶん殺気だっているぜ」

光圀が緋之介の瞳をのぞきこんだ。

「まだ、抜けきれておりませなんだか」

緋之介は苦笑した。小野忠也の剣気にあてられて、己も殺気を漏らしていた。

「じつは……」

緋之介は道場であったことを語った。

「ほう、小野家にまで刺客がな。ううむ」

うなった光圀が、黙りこんだ。

緋之介は、光圀が口を開くまで待った。

「どこの誰が、後ろで糸を引いているのかわからぬが、大きなものが出てきそうだ」

しばらくして光圀が、述べた。

「松平伊豆守では、ございませぬのか」

緋之介は、ずっと戦ってきた幕府筆頭老中の名前をあげた。

「あいつはあいつで動いているようだが、どうも違う気がする。伊豆守の策略は、陰湿だが、理にかなっておる」

光圀が首を振った。

松平伊豆守は、三代将軍家光の寵臣《ちょうしん》として、知恵伊豆とうたわれた官僚である。

本来なら、殉死《じゅんし》しなければならぬ恩義があったが、家光から息子家綱の傅育《ふいく》を命じられ、生き延びることを強《し》いられた。

「それにな、伊豆守のなかには、早く家光どののもとへ行きたいとの願望がある。それが繰りだす手段にも見える」

「こんどの敵は、松平伊豆守を嫌っているが、その才能は認めていた。

光圀が暗澹《あんたん》たる顔をした。

「お待たせいたしました」

真弓が、茶を点《た》ててきた。

「おいおい、抹茶か。勘弁してくれ」

光圀が、盆の上にのせられた抹茶茶碗を見て、ぼやいた。

「兄上は、茶を持てと申されました」

淡々と真弓が茶碗を、光圀と緋之介の前に置いた。

「緋の字が来ているんだから、酒を用意するぐらいの気がきかぬと、いずれ困るぞ」

光圀がぼやいた。

「だめでございます。兄上は、お酒が入るとお仕事を忘れられますから」

真弓がきっぱりと言った。

「備前だな」

光圀が、隣接する執務室をにらんだ。

「いただきまする」

光圀と真弓のやりとりに、緋之介はほっと心がほぐれていくのを感じ、茶碗を持った。

茶道の素養など持ち合わせていない緋之介は、背筋を伸ばし、ぐっと一気に飲み干した。口に拡がる苦みが、好ましかった。

「やるな」

光圀が感心した。

「作法にはかなっておらぬ。だが、理にはあった姿よな。一芸をきわめた者は、なにをやらせてもさまになるな」

光圀が緋之介を誉《ほ》めた。

「飲みたいがままに、ちょうだいしたのでございますが」

緋之介には、光圀のいう意味がわからなかった。

「真弓」

「はい」

光圀は緋之介の問いには答えず、真弓に命じた。

首肯《しゅこう》した真弓が、自分の茶碗をそっと手に取った。ゆっくりと背筋を伸ばし、茶碗を胸元の高さまで持ちあげた。

真弓は、作法どおりに茶を喫した。

緋之介は、筋がとおったかのように伸ばされた姿勢と、仕草にためをつくる動きに魅了された。

「美しいものでございまするな」

緋之介は感嘆した。

茶道の動作は、剣とはまったく違ったが、その根底にあるものが似ていると緋之介は感じた。

「作法というのは、茶を飲むという目的だけに集約するなら、無駄なものでしかない。だが、心を落ちつかせるものと見れば、これほど適したものはあるまい」

光圀は、無造作に茶碗を片手で摑《つか》んだ。そのままぐっとあおった。

「苦いわ」

顔をしかめた光圀だったが、その所作に一片の無駄もないと緋之介は見た。

「茶道はもともと戦国の世に堺の商人どもが広めたものだ。商売の話をする前に互いの気持ちを落ちつけるためだったのではないかとおいらは思っている」

光圀が、茶碗を置いた。

「それを堺商人と密接なかかわりをもった織田信長《おだのぶなが》が、武士の世界に拡げた」

光圀は織田信長を呼び捨てにした。朝廷をないがしろにした織田信長と豊臣秀吉を尊皇《そんのう》である光圀は嫌っていた。

「信長が、茶を政《まつりごと》の道具にしてしまった。茶室で戦《いくさ》の話が進められるようになり、大名たちのものとなった茶道は、その道具に価値を求め、馬鹿のような値がついた」

光圀が、吐きすてるように言った。

「茶の作法は、腹の底にいちもつをひそめた大名たちが、茶室という小さな場所で争わぬように決められたにちがい。無駄な動き、手間のかかる所作などは、そこに気を集中させることで余計な疑念を生まぬように作りだされた。そこに美を持ちこんだのは、千利休《せんのりきゅう》を始めとする堺商人たちの功績よ」

光圀の真意を、緋之介ははかりかねていた。

「作法を着実に積んでいく。これは、権威を生みだすことになる。茶道しかり、華道しかり。鷹狩《たかが》りもそうだ」

光圀の話が進んだ。

「信長が、功績のあった家臣にだけ茶道を許したように、幕府も鷹狩りに枠をはめた。枠のはまったものは、どんどん衰退していく。まず、御上が鷹狩りをされなくなった」

家康のことを神のように崇《あが》め、つねに身肌につけている守袋に父一人家康と書いた紙を忍ばしていたほどの三代将軍家光でさえ、鷹狩りを催すことはほとんどなかった。

戦がなくなり武士が余り者となった泰平の世で、鷹匠《たかじょう》たちは役料をもらいながら仕事がないという最大の無駄に落ちていた。

「鷹匠は特殊な役目である。世襲があることはまだわかる。だが、世襲以外の家にお役を与えることは、どう考えても無駄だと思わぬか」

光圀が緋之介に問うた。

「たしかに」

伝統の手法を継承していかなければならない世襲の家柄を潰すことは、正しい行為ではなかった。一度失われた技術を復活させることは、不可能である。

だが、それ以外の役目を残し、役料を支払う意味はなかった。将軍家や老中などが鷹狩りをしない今、それにならった大名たちもおこなわなくなっていた。

「なんでも白黒をはっきりつけたがる松平伊豆守が、鷹匠のことを放置しているわけがわからぬ」

「鳥見《とりみ》たちの支配ではございませぬのか」

緋之介は、口にした。

探索方を使うには、そのとりまとめをする人物が必要であった。

「それならば、世襲の鷹匠頭だけでよかろう。あらたに幕臣から鷹匠頭を任命せずともよい。世襲の家柄だけにすると、いろいろな弊害が出てくることはわかるが、まったく鳥見のことを知らぬ者を選んで任せるよりは、ましだと思うぞ。少なくとも鳥見の秘密を知る者の数は減らせよう。秘密は知る者が多ければ多いほど、漏れやすくなる。現においらは知っている。そして、緋の字も聞いたし、真弓の耳にも入った」

光圀が、緋之介と真弓を見た。

「つじつまがあわないと」

緋之介が訊いた。

「それもあるがな、ここ最近、鷹匠どもがことに巻きこまれるのが多すぎる」

光圀が述べた。

「今、幕閣は三つに分かれておる」

光圀が、話を続けた。

「一つは、緋の字もよく知っている松平伊豆守を中心としたもの。さらなるは、阿部豊後守を芯にした連中」

光圀が、そこで言葉をきった。

「最後が、保科肥後守どのを慕う者たち」

光圀の眼が光った。

そこまで光圀が口にしたとき、執務室の襖が開いて、中山備前守が顔を出した。

「若、ご休息は終わりでござる」

「あと半刻（約一時間）だけ、いいではないか」

光圀が粘ったが、中山備前守はあっさりと拒否した。

「なりませぬ。若が延ばされたときだけ、藩士どもへの禄米《ろくまい》給付が遅れまする。知行とりでない小者たちに、ひもじい思いをさせるおつもりか」

中山備前守は、光圀のあつかい方をよく知っていた。

父に認知されず、水戸家の若君ではなく、家臣の子供としてすごした経験をもつ光圀は、禄高の少ない家がどれだけぎりぎりで生活しているかをよく知っていた。

「わかった。あとは、頼むぞ、真弓」

光圀は、あとの説明を真弓に任せて、執務室へと消えていった。

「お忙しいようでございますな」

緋之介は、真弓に身体を向けた。

真弓が、すっと顔をそらした。

「…………」

緋之介は、仕方ないと思った。緋之介が、人を殺したのはまちがいのないことであった。

緋之介は、腰をあげた。真弓が大きく身体を震わせて、緋之介を見あげた。

「では、これにてご免」

緋之介は、吉原に戻って保科家のことを問うつもりになっていた。明雀はいうにおよばず、西田屋甚右衛門も世情に詳しい。光圀が伝えたいことも推測してくれるはずだった。

「……お待ちなさい」

一拍の間をおいて、真弓が緋之介をひきとめた。

「兄から、話をするようにと言われました。このままそなたに帰られたのでは、わたくしが言いつけられた用さえできぬ半端者と思われまする」

真弓が、虚勢を張っていることぐらい、緋之介にはわかった。

「ご無理なさらずとも」

緋之介の一言が真弓を怒らせた。

「無理などしておらぬ。わたくしは、そなたなど怖くない」

真弓が、わめいた。

緋之介は、困った。過去緋之介のまわりにいた女性《にょしょう》で感情をここまであらわにした人はいなかった。

しかしながら、緋之介は、真弓の姿にどこかほっとするものを感じていた。

松平伊豆守の娘でありながら吉原へ送りこまれた御影太夫、柳生十兵衛の仇《あだ》として緋之介を狙ったその娘織江、生活のために吉原に身を沈めた格子女郎《こうしじょろう》桔梗、緋之介と深くかかわった三人の女たちは、己を殺すことで生きてきた。

緋之介は、それを目《ま》の当たりにし、三人の死に水をとった。

死ぬことでしか、妄執から解き放たれなかった女たちにくらべて、真弓は生き生きとしていた。

緋之介は、立ちあがりかけた腰をもう一度おろした。

「な、なんだ」

急に動きを変えた緋之介に真弓がとまどった。

「お教え願いましょう。保科家のことを」

緋之介は、柔らかい口調で問うた。

「う、うむ。そこまで申すなら、聞かせてやろう」

真弓が、尊大に胸を反らして、語り始めた。

死の床にあった家光から政務お預かりを命じられた保科肥後守正之は、数奇な経歴の持ち主であった。

保科家は、清和源氏《せいわげんじ》の末裔《まつえい》を称している。初め武田信玄《たけだしんげん》に仕え、数々の武功をたてた家柄であったが、武田家の滅亡を受けて浪人となった。

三代正直《まさなお》のとき、小田原《おだわら》北条征伐に来た家康に拝謁、信濃国伊奈半郡二万五千石を与えられた。その正直の子、正光《まさみつ》のとき、保科家に大きな秘密が預けられた。

正之であった。正之は、保科家の子供ではなかった。二代将軍秀忠が妾《めかけ》に産ませた息子であった。

三河以来の譜代でもなく、また数十万石を持つ大名でもない保科家に将軍の息子が、なぜか預けられた。また、預けられたことを隠すように、保科家は正光の実子として幕府に届けを出したのだ。

これには、ひじょうにつまらない理由があった。

悋気《りんき》である。二代将軍秀忠の妻、お江与《えよ》の方《かた》は、異常なまでのやきもちやきだったのだ。

家康の三男秀忠の妻となったお江与の方は、戦国一の美女とうたわれた織田信長の妹お市《いち》の方と近江《おうみ》の大名浅井長政《あさいながまさ》の間に生まれた末娘であった。

お江与の姉は、豊臣秀吉の側室淀殿《よどどの》となった長姉茶々《ちゃちゃ》、戦国大名京極高次《きょうごくたかつぐ》の妻となった次姉初《はつ》と、二人とも隠れのない美女として名をはせていた。

お江与も不器量ではなかったが、姉たちにくらべると見劣りした。

そのお江与の方は、最初、尾張大野《おおの》城主五万石佐治与九郎一成《さじよくろうかずなり》に嫁した。夫婦仲もよかったが、ときの権力者が二人を別れさせた。

すでに淀殿を側室としていた秀吉が、己の相婿として佐治一成では不足だとして、お江与の方を奪い取り、無理矢理離縁させて、信長の息子で秀吉の養子となっていた秀勝《ひでかつ》と娶《めあわ》せたのだ。

お江与の方の不幸は、さらに続いた。秀勝が文禄《ぶんろく》元年（一五九二）、朝鮮侵攻の途上で病没したのだ。

寡婦《かふ》となった妹を憐《あわ》れんだ淀殿の願いを受けて秀吉は、お江与の方を関白《かんぱく》九条道《くじょうみち》房《ふさ》に嫁した。

ここでも夫婦仲睦《むつ》まじく、お江与の方は二人の娘を産んだが、不幸は止まらなかった。九条道房が病没したのだ。

三度嫁して二度死別の目にあったお江与の方を、秀吉は政治の道具としてまたもや利用した。

政敵徳川家康の世継ぎ秀忠に押しつけたのである。おとなしい秀忠は、六歳歳上のそれも四度目の嫁入りであるお江与の方に完全に抑えこまれた。

大名の重要な仕事に、家を継がせるため多くの子供を作ることがあった。

好色で有名な秀吉を例に出さずとも、家康、信長ともに数名の側室を持ち、それぞれに子供を産ませていた。

自分の母、お市の方と浅井長政、再嫁した柴田勝家《しばたかついえ》の仲睦まじかったのを見てきたお江与の方は、それを許さなかった。

だが、周囲がそれを認めるわけはなかった。秀忠の血を引く子供を産むということは、その母系の出世栄華を約束したに等しい。

関ヶ原で勝ったとはいえ、天下の行方《ゆくえ》が定まりかけただけで、将軍といえども江戸城に坐っているだけではことをなすことはできなかった。秀忠も京、駿府《すんぷ》、江戸と席の温まる間もないほどであった。

　いかに正室といえども将軍の公務についていくことはできなかった。そしてこの隙に秀忠は、妾を作った。お江与の方の目が厳しい江戸城に入れることができなかった秀忠は、城から少し離れた屋敷に妾を住まわせ、鷹狩りをよそおって通った。

　通えば当然子供ができる。秀忠待望の長男、長丸《ちょうまる》が生まれたのは、慶長六年（一六〇一）のことであった。

　将軍家の世継ぎとなればさすがに民家においておくこともできず、長丸は江戸城西の丸にひきとられた。

　長丸が江戸城に入ったころ、お江与の方も妊娠していた。翌慶長七年、お江与の方はお初《はつ》姫を出産した。お江与の方は秀忠に嫁して、千代《ちよ》姫、子々《ねね》姫、勝《かつ》姫と三女を産んでいた。そこに生まれたのは、またもや女である。このままでは、三代将軍の座は妾の産んだ長丸に取られてしまう。そしてお江与の方の悋気が爆発した。お江与の方は、出産直後の精神的な不安も手伝ったのか、長丸の身体を押さえつけて、全身にお灸《きゅう》を据えて殺してしまった。

　生後一年になったばかりの赤ん坊の全身二十数カ所にお灸をすえればどうなるかは、自明の理である。

長丸を産んだ側室も江戸大奥に迎えられていたが、子供の死を受けて錯乱し、そのまま尼寺へと去っていった。

病弱な長丸の強壮を願ってとお江与の方は言いわけしたが、その裏にあるものが嫉《しっ》妬《と》であることぐらい気づけない秀忠ではなかった。

秀忠は、お江与の方に怖れおののいた。

それから秀忠は、お江与の方以外の女をいっさい近づけなかった。その間に、お江与の方は、家光、忠長《ただなが》、東福門院《とうふくもんいん》と三人の子を産んだ。

まさに恐妻家と化していた秀忠が、ふとしたきっかけで大奥の女中に手を出した。慶長十四年（一六〇九）のことであった。よほど気に入ったのか、秀忠はお江与の方の目を盗んではその女中のもとにかよった。そして翌慶長十五年、女中は子を孕んだ。

秀忠は焦った。お江与の方の悋気が、この母子にふりかかることは明白であった。

秀忠は、妊娠している女中を急いで実家に戻した。

女中は十月十日を経て、武州足高郡《ぶしゅうあしたかぐん》で玉のような男の子を産んだ。保科正之誕生であった。

このころ、お江与の方が、正之の存在を知った。秀忠は、ただちに正之を見性院《けんしょういん》尼《に》へと養子に出した。見性院は、武田信玄の娘で穴山梅雪《あなやまばいせつ》の妻となった女性であった。

穴山梅雪が、本能寺の変のあおりで殺されたあと、尼となり徳川家康の庇護《ひご》を受けていた。

見性院の子供とすることで、徳川の家督にかかわりがなくなったと示したのであった。

そのていどで見逃すお江与の方ではなかった。ただちに使者を見性院に送り、ゆえなきもらい子をするなかれと、暗に正之を放逐しろと脅迫した。

さすがに戦国一の名将武田信玄の娘である、それを見性院は一蹴《いっしゅう》した。

お江与の方も、江戸城外にある尼寺にまで手出しできなかったのか、何度もしつこく使者を送るだけで、正之に危害を加えることはなかったが、秀忠は安心できなかった。

秀忠は、腹心の土井大炊頭《どいおおいのかみ》に命じて、ひそかに正之を保科肥後守正光に任せた。秀忠は正光の誠実な人柄をたのんだのである。

保科肥後守は、すぐに行列をしたてて正之を領地信濃国高遠《たかとお》に送った。元和三年（一六一七）保科正之七歳のときであった。

こうして無事に育った保科正之だったが、お江与の方が亡くなって五年経《た》つまで江戸に入ることはできなかった。

「なんと、そのようなことがございましたか」

緋之介は、保科肥後守正之の生い立ちに驚愕《きょうがく》した。

「妾の子ゆえ、殺すなど、あまりに非道」

緋之介は、がんぜない幼児のときに殺された長丸に、悲哀を隠せなかった。

「子供を殺すことは許されることではない。だが、そのまえに妻以外の女に子をなすことが問題ではないのか」

真弓が、断罪した。

「それは……」

緋之介は詰まった。

光圀も、真弓も、そしてなにより緋之介も正妻の子供ではなかった。

「幕府の祖法《そほう》が嗣なきは絶ゆであるゆえ、家を残すために子供が要ることはわかる。だが、縁あって夫婦となった間に子ができぬにはそれだけの理由があろう。ならば、無理をせずとも一門から養子をとるなりすればすむことではないか」

真弓が、きつい口調で言った。

「それはそうでござろうが、今の保科家の問題とはかかわりないと存じまするが……」

緋之介は、話を戻した。

「うむ。そうであったな」

真弓は不満そうな顔で応じた。

保科家の話を、真弓が再開した。

寛永六年（一六二九）、家光に拝謁した保科肥後守正之は、二年後養父正光の死を受けて藩を相続した。藩主となった保科肥後守正之を家光は重用した。

翌寛永九年（一六三二）、亡くなった秀忠の廟《びょう》を増上寺《ぞうじょうじ》に造営させたことを皮切りに、日光東照宮へ拝謁の供、将軍主催の茶会での陪席、家臣の屋敷へ渡御するときの同行など数えきれないほどであった。

寛永十三年（一六三六）には、出羽国山形の城と十七万石を賜《たまわ》り、高遠とあわせて二十万石になった。

家光の恩寵はさらに続き、寛永十六（一六三九）年には、国政にあずかり、執政会議に出務するように命じられ、寛永十九年（一六四二）には、家光手飼いの鷹二羽を賜り、将軍家お狩り場を使用することを許されただけでなく、鷹匠頭小野久内《おのきゅうない》を添えられた。

寛永二十年（一六四三）には所領を陸奥国《むつのくに》会津にあらためられ、三万石を加増、あわせて二十三万石を与えられた。

秀忠の息子と公表されたわけではなかったが、この異常とも見える寵愛ぶりは、保科肥後守正之が、家光の弟であることを証明していた。

「ずいぶんと、家光さまのお気に入りであらせられますな」

緋之介は、驚いていた。いかに弟とはいえ腹違い、そのうえ長く会うこともなかったのである。疎外感はあっても親近を覚えるとは思いがたかった。

「嫌う女が一緒だったからな」

真弓が、一言で応えた。

「嫌いな女でございますか」

意外な答えに緋之介が、くり返した。

「そう。家光さまも保科肥後守さまも、お江与の方が大嫌いだった」

「お江与の方さまをで。保科肥後守どのが嫌われるのはわかりますが、家光さままで同じでございますか。母親でございましょうに」

緋之介の疑問は当然であった。

「嫌えば嫌われる、疎《うと》めば疎まれる。人の好憎のつねであろう」

真弓が淡々と言った。

「待望の長男だった家光さまを、お江与の方さまが嫌われたのは、生まれてすぐに取りあげられて、手元で育てることが許されなかったことに……」

真弓が、話をくり始めた。

秀忠とお江与の方が夫婦《みょうと》となって九年、待望の嫡男《ちゃくなん》誕生の感動に水を差したのは家康だった。

家康は、家光を立派な将軍にするために、見目麗しく賢い乳母に育てさせると宣言した。そして選ばれたのが、明智光秀《あけちみつひで》の重臣斎藤内蔵助利三《さいとうくらのすけとしみつ》の娘福《ふく》、のちの春日局《かすがのつぼね》であった。

乳をあげる間もなく、その腕《かいな》から奪われていった長男への代償なのか、お江与の方と秀忠は、二年後に生まれた次男忠長を、手元におき溺愛《できあい》した。そのあまりの差は、多くの大名や幕府役人たちが、跡継ぎは忠長と思いこんだほどであった。

忠長を将軍にとの夢は、長子相続を命じた家康の一言で粉砕されたが、専横な舅《しゅうと》への恨みは、そのまま家光に向けられた。

じつの父母から憎まれた家光にしてみれば、いい面《つら》の皮であった。そして、家光もまた両親を嫌い、終生許さなかった。

父秀忠のときは仕方なく参列したが、家光は母お江与の方の葬儀を欠席した。それほど関係は悪かった。

同類は相哀れむという。お江与の方に命を狙われ、将軍秀忠の息子でありながら、信州の片田舎、三万石の小大名の家にやられた保科正之を、家光は可愛がった。

仲の悪かった弟忠長が駿河《するが》三河《みかわ》遠江《とおとうみ》三国の太守、駿河大納言《するがだいなごん》として五十五万石を領していたこととの差を、家光は気にした。

こうして家光の偏愛を受けた保科正之は、順調に出世した。

「なるほど。一人の母親のえこひいきが、弟一人を殺させ、もう一人を引きあげたと」

緋之介は、あきれるしかなかった。

家光は、両親の愛情を一身に受けて育った忠長を許すことができなかったのか、寛永十年（一六三三）、謀反《むほん》の疑いをかけて自害させた。

「重なりますな」

緋之介は、忠長の死と保科正之の重用が始まる年が同じことに気づいた。

「下世話に申す、目の上のたんこぶがなくなったからだろう」

真弓が、言った。

緋之介は、真弓が口にした目の上のたんこぶが、忠長のことではなく、二代将軍秀忠のことだと気づいた。

「保科肥後守さまは、家光さまのご恩に報いるために、ご当代四代将軍家綱さまをお傅《も》りたてになっておられるのだ」

親しいこともあってか、保科家のことを真弓は悪く思っていなかった。

「なるほど。おかげさまでよくわかりましてございまする」

緋之介は、真弓に深々と頭をさげた。

「……鬼ではないのだな」

真弓が、つぶやくように漏らした。

「…………」

緋之介は苦笑した。

「織江と申したな」

「はい」

緋之介が身構えるほど、真弓の顔は真剣だった。

「人を斬《き》るとは、どのようなことだ」

真弓が、真摯《しんし》なまなざしで訊いた。

緋之介は、沈黙した。軽々しく口にする内容ではないし、真弓が求めているのも真実の言葉だとわかったからだ。

「やはり口にできることではないか。みょうなことを訊いた。すまぬ」

真弓が、詫《わ》びた。

緋之介は、ゆっくりと口を開いた。

「……嫌なものでございまする。ただ、剣士の道を歩むと決めたとき、覚悟はしておりましたゆえ、後悔はいたしておりませぬ」

「剣士……」

真弓が、くり返した。

「どのように言いつくろうとも、いかに神や仏の名前を借りようとも、剣の技が人殺しのすべであることは、確かでございまする。敵をどれだけうまく倒すか。それをつきつめたのが剣術。膂力《りょりょく》で劣る者が、大兵に勝つためにあみだしたもの。その修行は、いわば、強い者を殺すためにありまする」

緋之介は、事実を偽る気はなかった。

言葉を修飾し、己のやったことを美化することは、いままで緋之介に敗れて死んでいった者への冒瀆《ぼうとく》であった。

「つまりは、生きるか死ぬかということか」

真弓が問うた。

「はい。昨夜の戦いでも、戸板にのせられたのは拙者《せっしゃ》であったかも知れませぬ」

緋之介は、そこで一拍おいた。

「よってやむなしとか、人を斬って当然とかは申しませぬ。結局のところ、人を殺したことに違いはございませぬ」

「……………」

静かに真弓が耳を傾けた。

「あえて細かく口にする気はございませんが、この両腕に残る感触は、生涯拙者のなかから消えることはありますまい」

緋之介は、両腕を握った。

「すまなかった。興味本位で訊いてはならぬことであった」

真弓が、深く頭《こうべ》をたれた。

「いえ、あの状況をご覧になったのでございますれば」

緋之介は首を振った。

「さて、ではそろそろ失礼いたしましょう。探索も続けなければなりませぬゆえ」

緋之介は、座をたった。

「あっ」

ひきとめるように真弓が手を伸ばしたが、緋之介はそれに気づくことはなかった。

三

三日目の夜、西田屋を辰吉がふたたび訪れた。

西田屋甚右衛門は、辰吉を前夜とおなじく人目につかない奥座敷に案内した。

「さっそくだが、返事を聞かせてもらおうか」

辰吉は、坐《すわ》るなり返答を求めた。

「お申し出のとおりに」

西田屋甚右衛門が苦そうな顔で言った。

「そうかい、なかなか賢明な判断だぜ」

辰吉が、うなずいた。

「お仲間にお報《しら》せ願いましょう」

西田屋甚右衛門が、感情を押し殺した声で告げた。

「心配するねえ。ちゃんと連絡《つなぎ》はするからよ。それより、前祝いだ。酒を頼むぜ」

辰吉が催促した。

「もちろん、妓もな。西田屋で一番の格子をよこしてくんな」

辰吉が、上座に席を決めた。

「背中に柱、前に酒、隣に女、懐《ふところ》に金。男の願いだそうだが、ついに全部おいらは手にしたわけだ」

声をあげて高らかに笑った辰吉は、翌朝、冷たい骸《むくろ》となっていた。

西田屋甚右衛門が、感情を切り落とした顔で格子女郎の衣笠《きぬがさ》を呼んだ。

「ご苦労だったね」

「いえ」

衣笠は短く応えた。

「辰吉の死体《おろく》は、さきほど番屋へ運ばせた。お見事な技だよ。知っているわたしが見てもわからないほどだった」

「…………」

衣笠は、無言であった。

昨夜、敵娼《あいかた》に選ばれた衣笠は、閨《ねや》ごとの最中、辰吉の両睾丸《こうがん》を握りつぶして気を失わせ、顔に濡《ぬ》れた和紙を貼って殺していた。

吉原遊女の技の一つであった。

「約束の証文だよ。好きにするがいい」

西田屋甚右衛門が、懐から書付を取りだした。

「このまま、こちらで稼がせていただいてよろしいでしょうか」

衣笠が、訊いた。

遊女奉公の年季を棒引きにしてもらったのだ、国に帰ろうが、どこに行こうが、勝手であった。しかし、衣笠は西田屋に残りたいと告げた。

「そうかい。かまわないよ。その代わり、揚げ代金の三分は見世に納めてもらう。あと、貸し夜具代、飯代などは実費で五日ごとの精算。それでいいね」

西田屋甚右衛門が、商売人の顔になった。

「よろしくお願いします」

衣笠が頭をさげた。

親の借金のため、家族の生活のためであっても遊女奉公に出た娘に、帰る故郷はない。

頼るところのない年季明けの遊女のなかには、自前として遊女屋に残る者もいた。

「じゃ、今日からがんばってお稼ぎ」

西田屋甚右衛門に背中を押されて、衣笠が自室へと戻った。

入れ替わるように、忘八の松が顔を出した。

「終わったのかい」

西田屋甚右衛門が、ねぎらうように声をかけた。

「へい」

「何人だった」

「三人で」

西田屋甚右衛門の質問に松が答えた。

松はこの三日、吉原を離れて、辰吉が連絡をとる相手を探っていた。そして、昨夜、辰吉が吉原に入ったのを確認したのち、行動に出たのであった。

「ご苦労だったね」

「いえ」

松が、一礼して報告を終えた。

吉原は、密《ひそ》かにこうやって身を護《まも》っていた。

緋之介は、みたび浅草福富町の御先手組同心組屋敷付近を探索していた。三人に襲われたここにしか手がかりがなかった。

緋之介は、組屋敷から出てきた一人の御先手組同心に近づいた。

「率爾《そつじ》ながら」

「なにかご用でござるか」

足を止めた御先手同心は、おなじ本を大量に抱えていた。

御先手同心は三日に一度の勤務である。一日出れば二日休める。生活の苦しい御先手同心の多くが、内職をしていた。この御先手同心は、完成した写本を届けに行くところであった。

「先日の騒動について、お伺いいたしたい。拙者織江緋之介と申す」

緋之介は、作法に従って名乗りと用件を口にした。

「光山五郎太《みつやまごろうた》でござる。先日の騒動と申されると、お鷹匠頭《たかじょうがしら》どのとの刃傷沙汰《にんじょうざた》でござるか」

光山が、問うた。

「いかにも。処罰された鷹匠頭どのとは、一度お目にかかったことがございましてな。なにもなしで、御先手組の方々がちょうだいした禄米を足蹴《あしげ》にするとは思えませぬ」

緋之介は、嘘《うそ》をついた。

「歩きながらでよろしいかな」

光山が、手にした写本を軽くあげて見せた。

「けっこうでござる」

歩きだした光山の隣に、緋之介は肩を並べた。

「……………」

光山は、辻《つじ》を曲がるまで無言であった。

緋之介も光山が口を開くまで待った。

「これは、噂でござる」

光山が前置きを口にした。

「はい」

責任のとれない話だと光山は告げた。緋之介は了承した。

「あのとき、最初に禄米を蹴散らかしたのは、鷹匠頭どのではなく、弟どのだというのでござる」

光山が声をひそめた。

「まことでござるか」

緋之介は、おもわず光山の顔を見た。

「拙者も見ていたわけではござらぬ。これは家内が、とがめを受けた同心の妻女から聞いた話でござれば」

光山は、よほど話をしたかったのか、緋之介が訊いてもいないことを語った。

「なにもする間がなかったとか。鷹匠頭どのとその弟どのが、普通に歩いてきたと見ているうちに、いきなり蹴ってこられた。あとは、もう、喧嘩のことでござれば、なにがなにやらわからないうちに太刀を抜いて、鷹匠頭どのに斬りつけていたとか」

「そのとき、鷹匠頭の弟と申す人物は、どうしていたので」

「それが、ことが終わったときには姿がなかったらしく……」

光山が語尾をにごしたのは、都合が悪かったのではなく、写本を納入する書店に着いたからであった。

「では、これにて」

光山は、あっさりと緋之介に別れを告げた。

「お手間を取らせました」

緋之介も後を追うことはしなかった。

吉原に戻った緋之介を、膳《ぜん》を前にすえた明雀が待っていた。

「これはお待たせいたしたか」

緋之介は、腰の太刀を鞘《さや》ごとはずしながら、明雀に問うた。

「はいな。かれこれ一刻（約二時間）あまり」

明雀が太刀を受けとり、床の間の刀掛けに据えた。

「すまなかったな」

遠慮ない明雀に緋之介も微笑《ほほえ》んだ。

「なにか判明いたしましたか」

緋之介は、明雀の来訪の意味を問うた。

「鳥見の者たちのことが少し」

明雀は、一人で飲んでいた膳の盃《さかずき》を緋之介に渡した。

「鳥見の者が探索方であるということはご存じでござんしょ」

明雀の言葉に緋之介はうなずいた。

「そして鷹匠頭の支配下にある」

明雀の話すことは周知のことであった。

「鷹匠頭世襲の二家、戸田と間宮が、鳥見役組頭二人を抑えてきたのでござんすがね」

明雀が、緋之介から返された盃を干した。

「どうやら叛したようなので」

明雀が、緋之介を見た。

「歯向かったのでございますか」

緋之介は、首をひねった。

鷹匠頭は、お目見《めみ》えの旗本、鳥見は、組頭が一代限り任期中のみお目見え格になる御家人でしかない。身分関係は確立していた。

「鷹匠も、鳥見もともに若年寄さまのご支配。本来は、鷹匠頭が、鳥見を配下にはしておりませなんだ」

「それは」

緋之介は驚いた。鷹匠の任から見て、鷹を飼育する鷹匠が、鷹の餌《えさ》をとる鳥見を支配するのが、当然だと思いこんでいた。

「どうやら、家康さまから秀忠さまに御世が移ったころ、慣習でそうなったようでございまする」

「…………」

緋之介にも納得できる話であった。

家康から秀忠に将軍位が譲られたときは、幕府が戦時体制から平時へと移行しつつあったころで、職制もいろいろと変更したり、新設されたりしていた。正式な書付などなしに、編成が変わることもあった。

「それが気に入らぬと」

緋之介は尋ねた。

「それだけではござんせん」

明雀が、盃に酒を満たした。

吉原の酒は濁り酒である。わずかな甘みと酸味をもつ濁り酒は、口当たりがよく、あまり酒を飲まない者でも楽しめた。もちろん金額は、大門外の倍である。

客に酒を勧めることも遊女の務めであった。少しでも見世に金を落とす。それができて一人前であった。

「もう一つは、身分のあまりの差に不満を持ったようでござんすよ」

明雀があきれていた。

人としてあつかわれない吉原の遊女にとって、世俗の身分などなんの値打ちもなかった。明雀には、それにしがみついている武士たちが馬鹿に見えていた。

「間宮家は千七百石、戸田家は千五百石で世襲なのにたいして、鳥見は、町同心と同じく一代抱え席でお目見え以下。組頭に推薦されてようやく二百俵でお目見え格。あまりに身分の差がありすぎましょう」

徳川の家臣にとって、禄高の違いも大きな問題となるが、なによりもお目見えできるかどうかが眼目であった。

鷹匠も鳥見役も表向きは、将軍家お鷹狩りを役目とする。

狩り場は戦場とおなじあつかいを受け、お目見え以下であっても手柄があれば、将軍家に目通りすることができた。

「鳥見のもとが、物見であることはご存じで」

明雀が質問した。

「いや」

緋之介は首を振った。

「御上は、どのようにかたちを変えても、戦をなさるのが本分。つねに物見はおこなっておかねばなりますまい。かといって、泰平の世に物々しいことは、天下の危機をあおり、不測の事態を起こさぬとも限りませぬ。鳥見の者たちは、格好の隠れ蓑《みの》を身にまとった探索方。いわば、隠し物見」

「隠し物見」

緋之介は、その称号の奥に潜むものに気づいた。幕府は、いまも大名たちを信頼してはいない。

「物見は、戦のときに敵のようすや戦場の地形、天候、民草の状況などを詳細に調べあげて、御大将に報告する役目。物見の度合いで戦の勝利が決まるとまで言われるほど重要な役割だとか」

「よく知っておられる」

戦もなく、侍でもない明雀が、物見のことを知っていることに、緋之介は驚いていた。

「直接大将に調べたことを報せる。古来物見は大将の側近《そば》くに仕えた信頼のおける配下武将が多く任じられたと聞きまする」

「いかにも、そのようにわたくしも古老よりうかがいましてございまする」

緋之介は、首肯した。

「いわば、戦場で一番槍にひとしい功績と讃《たた》えられる物見が、今、ふさわしいだけのあつかいを受けていない。鳥見の者たちにはその不満があったようでございまする」

明雀が話を終えた。

「どこで、それを」

緋之介は、明雀の調べのすごさにいつものことながら感心した。

「女《おなご》の前では、殿方のお口はゆるまれますゆえ。その場限りの妓にはとくに饒舌《じょうぜつ》になられるようで」

「そうなのか」

女を知らぬ緋之介にはわからないことだった。

「緋之介さまもいずれは、おわかりになりましょう。そして、妓相手に漏らしたことは、翌日にはわたくしのもとへと届けられまする」

「こわいな」

緋之介がすなおな感想を口にした。

「ちがいまする。殿方がなんでもお語りになるのは、それだけ女に心を許している証拠。睦言《むつごと》は、男と女の真実の語らいでございまする」

「光圀さまもそうなのか」

緋之介は純粋に疑問に思った。

「ふふふふ。それは、申せませぬ。わたくしと光さまの閨《ねや》のうちのことでございますれば」

明雀が婉然《えんぜん》と笑った。

緋之介は、はじめて明雀に女を感じた。

四

明雀が報せてくれたことは、緋之介に新たな謎《なぞ》を投げた。

鳥見の者が不満をいだくのは別に異常でもなんでもなかった。戦がなくなった泰平の世で侍ほど居場所のない者はいない。侍をとりまとめるべき幕府が、天下を取るために使った武士たちを、もてあましているのがその証拠であった。

先祖の功名で得た禄で生活しながら、髀肉《ひにく》の嘆《たん》をかこっている。無役の旗本たちは、幕府にとっても世間にとっても、まったくの役たたずであった。

そんななかで隠れ物見と称される鳥見の者たちは、いわば武功第一等のお手柄者といっていい。

平時にあって戦を忘れず、常在戦場の言葉どおり、雀《すずめ》を追うふりをしながら、大名たちの動静を探り、江戸に近い関八州の地勢を知る。

伊賀者や甲賀者のように、他家に忍びこむ夜盗に近いまねをせず、堂々と姿と身分をあかしながらの探索が、鳥見の者に誇りを与えていることは想像にかたくない。

矜持《きょうじ》をもって務める鳥見の者たちが、鷹匠たちに不満をいだくのはなぜか、そのことを調べ始めた緋之介はあきれた。

西田屋甚右衛門から、鷹匠たちの実情を聞かされたのだ。

「まさか」

おどろく緋之介に、西田屋甚右衛門が語った。

鷹匠たちの姿は、とても世襲の旗本とは思えなかった。

家康が最初に鷹匠頭に任じたのは、戦国大名小田原北条氏に仕えていた間宮左衛門《さえもん》信繁《のぶしげ》であった。

間宮信繁は、北条氏が滅びたあと家康に臣下の礼をとり、使番《つかいばん》と鷹匠衆預かりの役を与えられた。

関ヶ原の合戦では、鷹匠に鉄砲をもたせて参戦し、大坂の陣では鉄砲同心五十人を預けられるほどになっていた間宮信繁は、豊臣氏滅亡のあと、鷹匠頭を世襲するように命じられた。

もう一人の世襲戸田家は、宇都宮城主戸田氏の一族であった。家康に直接鷹匠として仕えたことはなかったが、秀忠、家光について、鷹狩りを差配した。

戸田家が千駄ヶ谷、間宮家が雑司ヶ谷の鷹屋敷を預かり、それぞれが、三十俵二人扶持《ぶち》の鷹匠同心五十人、三人扶持の見習い同心十人、年一両支給の門番四名と一組の鳥見の者を支配した。

西田屋甚右衛門が言う問題は、鷹匠が将軍の鷹を訓練するために郊外に連れていったときのことだった。

戸田家は鷹をしつけ、間宮家が鷹に狩りを教えるのが、慣習であったが、どちらも江戸市中で鷹を放つことはできないので、品川、千住、板橋などに出向くことになる。日帰りですむほど簡単なことではないので、どうしても宿泊を重ねることになる。しかし役目柄殺生をおこなうので、寺社に滞在することをはばかられた鷹匠たちは、農家に寄宿するのだが、そこで横暴をきわめた。

酒、料理を要求することはもちろん、娘に夜とぎを命じたり、収穫直前の畑や田に踏みこんでは、作物を荒らした。

狼藉《ろうぜき》をやめて欲しければ、出すものを出せとの意思表示なのだ。

百姓たちは、自分たちの食い扶持を切りつめて、鷹匠たちに金を渡した。そのために吉原に娘を売ったものもいたほどであった。

「わたくしどもの見世にはおりませぬ。聞けば、井筒屋《いづつや》さんには千住の百姓家の娘が、二人ほどおるそうでございますよ」

西田屋甚右衛門が、告げた。

「御上がよくそれを許しておられることだ」

緋之介は憤った。

「いたしかたございますまい。見ぬこと潔《きよし》でございますからな。なにせ、鷹匠は、将軍家のお鷹を前に押し出してまいりますゆえ、目付《めつけ》衆といえども退《ひ》かざるをえないとか」

「江戸城の畳のへりを踏んだだけで、大名を下城停止にできる権を持つ目付衆でも鷹には勝てぬといわれるか」

緋之介は、目を見張った。

「それだけ、家康さまが鷹をたいせつになされていたということでございましょう」

西田屋甚右衛門が、言った。

「鷹狩りは、権力の象徴であると同時に民の実情を知る手段でございましたから」

西田屋甚右衛門が、ふたたび口を開いた。

「世情を視察できるからでございましょうか」

「それもありましょうが、なによりもいろいろな人と会うことができますから」

西田屋甚右衛門が、緋之介の答えを補足した。

「将軍家がで、ございまするか」

緋之介は首をかしげた。

将軍ほど厳重に隔離された存在は他になかった。天皇家でさえ、宸筆《しんぴつ》を求めに来る者が御所へ出入りするのを黙認しているのにくらべて、江戸城本丸に庶民は足を踏みいれることは許されていなかった。

旗本といえども、格によっては会うことができないうえに、目見え格でも目通りをするには嫌になるほどの手続きを経なければならなかった。

「はい。我が先祖、庄司甚右衛門も、そうやって家康さまに吉原設置のお願いをあげたのでございまする」

西田屋甚右衛門が、緋之介に語った。

征夷大将軍《せいいたいしょうぐん》の地位を息子に譲ってからの家康は、幼少期を過ごした駿河に隠居城を建てて、そこで暮らした。

しかし、天下の行方はほぼ決まったとはいえ、徳川家の土台はまだ未完成であった。家康ひとりの人望に大名たちがしたがっているだけで、二代将軍秀忠には、まったくといっていいほど徳はなかった。

戦上手がなによりも信頼された時代である。三千人の真田勢を三万人で蹴散らすこともできず、天下分け目の戦に遅れてくるような輩を、武家の統領たる征夷大将軍として認めるはずなどない。

手早く将軍位を譲って秀忠をもりたてようとした家康だったが、世間は放置してくれなかった。

家康は、駿河で余生を楽しむことなく、江戸と京に何度となく出かけるはめになったのだ。とくに江戸にはよく来た。幕府がなにをしようにも家康の後ろ盾がないと駄目だったからだ。

異教禁止令、武家諸法度、幕府が新しい政策を打ち出すたびに、家康は江戸に呼ばれた。江戸に出た家康は、かならず品川や新宿で鷹狩りをおこなった。一度などは、駿河の城から江戸まで鷹狩りを続けながら旅したこともあった。

それほど家康が鷹狩り好きであったということもあるが、狩り場でえる情報は貴重であった。

「もちろんのことながら、願いをあげるだけの者と面会なさるほど家康さまはお暇ではございませぬ。なにかしら有益な話を持っていきませぬとお目通りは許されませぬ」

西田屋甚右衛門が、話した。

「庄司甚右衛門どのは、なんの話を持っていかれたので」

緋之介は、興味を持った。家康が再三面会を認めた庄司甚右衛門の情報が、どれほどのものか知りたくなった。

「豊臣家を始めとする諸大名の思惑《おもわく》でございますよ」

西田屋甚右衛門がさらりと言った。

「それは、おおごとではございませぬか」

緋之介は驚いた。誰がどのように徳川家のことを思っているかがわかっていれば、敵味方の色分けが簡単になり、戦略がたてやすくなる。

「妓でござる。お大名方は、色事がお好きでございましたから。いえ、今でもお好みでいらっしゃいますが」

西田屋甚右衛門が、笑った。

「睦言でそのような秘事まで……」

緋之介は唖然《あぜん》とした。

「睦言だけではございませぬ。お大名、いえ、お武家さま方は、妓を人としてみておられませぬから、閨に妓を侍《はべ》らせたまま重臣方とお話をなされたり、物見など、配下の報告をお聞きになりまする」

西田屋甚右衛門の顔つきがきびしくなった。

「妓といえども人。声も聞けば、ものも語りまする」

そこまで言って西田屋甚右衛門は、緋之介の前から去っていった。

知りえたことを報告がてら、光圀に会いに行こうとして吉原を出た緋之介は、背後に張りつく目を感じた。

緋之介は、足取りを変えることなく五十間道を進んだ。

「旦那《だんな》。おはようございます」

金のない客の取りたてに同道していたのか、三浦屋四郎右衛門方の忘八彦也《ひこや》が、正面からやってきた。

「彦也ではないか、付け馬か」

緋之介が訊いた。

付け馬とは、吉原の符牒の一つである。金を持たずに登楼したり、足らなかったりした客について相手方の家か店まで行き、代金を取りたてて帰る忘八のことを称していた。

「へい。一分ばかし足りなかったお客がおられたんで、朝一番で深川まで」

彦也が答えた。

吉原は、現金払いが決まりごとだ。よほどの馴染《なじ》みか、相当な家柄でもないとつけは認めていなかった。

「ご苦労だな」

ねぎらう緋之介に、彦也が頭をさげながらつぶやいた。

「お気づきでやすか」

「ああ」

緋之介が、うなずいた。

「なら、けっこうで。では、あっしはこれで」

一礼し終わった彦也が、吉原大門へ向けて歩きだした。

彦也と別れて見返り柳のかどまできた緋之介は、山谷堀ぞいの土手道を左にとった。大客のほとんどは、右に曲がって、谷中天王寺門前浅草山川町の角を右に曲がるか、大川端まで出て待乳山《まっちやま》聖天社の角を右に折れるかする。緋之介はその逆を取って人気《ひとけ》の少ない道を選んだ。

山谷堀を北西にさかのぼる土手道は、吉原からずっと田圃《たんぼ》畑に囲まれる。稲刈りを終えた初冬の季節、田や畑に人影はまったくなかった。

けた。

「御用なら、早めに願いたいな」

隠れるところがなく姿を見せざるをえなくなった侍に、振り向いた緋之介は声をか

緋之介は、目黄不動永久寺《えいきゅうじ》の手前、金杉村の辻で足を止めた。

「やはり、見つかっておりましたか」

壮年の侍は苦笑を浮かべながら近づき、緋之介の五間（約九メートル）手前で止まった。

「じつのところ、逆方向、今戸の浅草寺《せんそうじ》領に人を伏せてあったのでござるが……」

壮年の侍が、残念そうに言った。

「おやりになられるか」

緋之介は、太刀の柄《つか》をたたいた。

「いや、遠慮しておきましょう。小野友悟どのに勝てるとはとても思えませぬゆえ」

侍は緋之介の正体を知っていた。

「………」

ぐっと瞳に殺気をこめた緋之介に、侍があわてた。

「お待ちを。申し遅れました。拙者、老中阿部豊後守が家臣、上島常也《うえしまじょうや》と申します

る」

侍が名のった。

「織江緋之介でござる」

緋之介も返した。

「うけたまわってござる。織江どの」

上島が受けた。これは、以後緋之介を小野友悟ではなく、織江緋之介としてあつかうとの意思表示であった。

「で、御用は」

緋之介は、ふたたび問うた。

「用件は、織江どのの命をちょうだいすることだったのでございますが……どうやらそれはかなわぬようで。あの男衆もご配下の者でござろう」

上島は、彦也と緋之介の会話を聞いていたかのように、見抜いていた。

「配下ではなく仲間でござる」

緋之介が訂正した。

「なるほど。吉原の男衆を仲間と言われる。なればこそでござるな」

上島が納得した。

「なんのことでござろうか」

緋之介には、わからなかった。

「なに、織江どのが、山谷堀土手を北西にあがられたのを、待ってる連中に報せようと、編み笠《あがさ》茶屋の者に使いを頼んだのだが、断られましてな。まあ、拙者が織江どのから目を離さなかったのが、まずかったのでござろうが」

上島が、ふたたび苦笑した。

「なかなかに人気がおありだ」

上島が話を続けた。

「吉原のなかに住まいをなさるというのは、いかなる気分でござろうか」

「別段変わったことではないと存ずるが」

緋之介が応えた。

「さようでござるか。我らから見れば、見目麗しい妓どもの姿を、いつでも目にすることができ、男冥利《みょうり》につきるのではないかと……」

「もうよいのではござらぬか」

緋之介が上島のしゃべりをさえぎった。

「はて、なんのことで」

上島が首をかしげた。

「お待ちかねのお人がお見えのようでござる」

緋之介が上島の背後に目を向けた。まさに尾羽うちからした、どう見ても長い浪々生活にある侍が、足早に近づいていた。

「やれやれ、やっと来ましたか」

上島が首を曲げた。

「ずっと今戸で待っているようでは、役にたたぬと思っておりましたが、ちょっとは使えるようでござるな」

上島が冷笑を浮かべた。

「では、拙者はおじゃまにならぬように」

道をはずれ、田のなかに、上島が足を踏みいれた。

「その御仁《ごじん》でござる。見事討ちとってみられよ」

上島の言葉を合図に、無言で痩身《そうしん》の浪人者が太刀を抜いて走ってきた。

「問答無用か」

緋之介も抜きあわした。太刀を下段にして待つ。柳生新陰流転《まろほし》の構えであった。

その字のとおり、敵の攻撃に応じて自在の変化を見せる転は、相手の技量が知れないときにこそ威力を発揮する。

彼我《ひが》の間合いは五間（約九メートル）から、一気に二間（三・六メートル）になった。

「……おおりゃあぁ」

浪人者が、太刀を右袈裟《みぎげさ》に変え、そのまま殴りつけるように送ってきた。

痩身からくりだされたとは思えないほど、力のこもった一刀であった。

緋之介は、太刀をわずかにあげるだけで受け流した。颪に舞う木の葉のように、身体の力を抜いて、足を出し、中段になった太刀を浪人者に向けた。

浪人者は、大きく身体をひねってこれを避けた。無理な動きで崩れかけた体勢を、両足で踏みとどめたのは、浪人者の手練をうかがわせた。

浪人者と行きかった緋之介は、数歩走り間合いを開けて正対した。

「………」

息も乱さず、浪人者は続けさまに襲ってきた。

腰のひねりを十分にきかせた一撃が、うなりをあげて迫った。

横薙《よこな》ぎに来た一刀を緋之介は、足送りでかわした。日本刀は打ちあえば折れる。緋之介は、颪を巻きながら、胴の前三寸（約九センチメートル）をすぎていく太刀を見送ると、攻勢に出た。

つま先に身体の重みをかけ、強く地を蹴った緋之介は、青眼の構えから、切っ先を浪人者の頭上に向けてあげた。

少し遅れて、浪人者がかわされた剣先をひるがえして、緋之介の首へと跳ねあげてきた。

だが、疾さで小野派一刀流にかなうものはなかった。

一の太刀の構えにいたってはいなかったが、緋之介は腰を落としながら太刀を振りおろした。

緋之介の一閃《いっせん》が、浪人者の肩を割った。

「ぐあっ」

浪人者が苦鳴を漏らして倒れた。

「お見事」

見ていた上島が賛嘆の声をあげた。

「……………」

緋之介は、味方が倒れたにもかかわらず、軽薄な上島の態度に眉《まゆ》をひそめた。

「終わりのようだが」

緋之介は、上島に目をあわさず、周囲に気を配った。

「のようでございますな。あとの連中は、ここに来ることさえ気づかぬ間抜けばかりだったということでしょうな。もっとも、こやつも一人で抜け駆けしようなどと思わなければ、勝ちを拾えたかもしれませぬ」

上島が、まだ別の刺客がいたことを淡々と告げた。

緋之介は、一歩上島に足を出した。

「わたくしは、腰が重いと愚痴《ぐち》を申すほうでございますれば……」

上島が、再度戦う意思のないことを表した。

「ならば、機会をあらためてということでよろしいか」

上島にあきれた緋之介は、太刀にぬぐいをかけて鞘に戻した。

「お待ちくだされ」

立ち去りかけた緋之介を、上島がひきとめた。

「まだなにか」

「我が主《あるじ》、阿部豊後守とお会いいただけませぬか」

振り返った緋之介に、上島はとてつもないことを求めた。

阿部豊後守忠秋は、関ヶ原の合戦の翌年、慶長六年（一六〇一）三河以来の譜代阿部家の嫡男として生まれた。九歳で徳川家光の小姓《こしょう》に選ばれ、二十二歳のとき小姓組番頭になり、従五位下豊後守を称した。寛永元年（一六二四）、父忠吉《ただよし》の跡を継いで六千石の旗本となった。

その二年後、寛永三年（一六二六）に四千石を加増されて諸侯に列し、寛永十二年（一六三五）、下野壬生《しもつけみぶ》城と二万五千石を与えられ、老中に補された。六歳上の松平伊豆守ほど派手な功績はないが、実直に勤めあげ、今では、中仙道の要地武蔵《むさし》国忍《おし》城主として、七万五千石をはんでいる。

家光もその誠実さを愛《め》で、家綱が大奥から西の丸に移ると、阿部豊後守を本丸老中から西丸老中に転任させ、傅役《もりやく》に任じた。家綱が将軍になるにあわせて阿部豊後守も本丸老中に戻り、現在にいたっていた。

慶安の由井正雪の乱でも寛刑をもってあたり、江戸市中の孤児をあつめて養育し、才のある者は家中に取りたてるなど仁政をしいていることで知られていた。

緋之介は、上島に連れられて、和田倉御門内にある阿部豊後守の上屋敷に来た。

「しばし、お待ちくだされ」

上島は、緋之介をあしらいの間と呼ばれる来客応接室ではなく、庭園に作られた茶室へとおした。

あしらいの間は、阿部豊後守に面会を求める各藩の留守居役や、役人、旗本があふれかえっている。人目につくことを避けた上島の判断であった。

老中の下城は、決まりでは暮れ七つ（午後四時ごろ）であるが、多忙な者は、暮れ六つ（午後六時ごろ）近くになる。

緋之介は、昼八つ半（午後三時ごろ）から、一人で茶室に放置されていた。

茶と茶請け代わりらしい漬け物が二度ほど取り替えられたが、人は誰もつかなかった。

「………」

緋之介は、新しく入れ換えられた茶に手を伸ばした。

上屋敷まで連れてきて毒殺することはなかろうと、緋之介は遠慮なく出されたものに手をつけていた。

大根の漬け物のつぎに出された瓜の粕《かす》漬けに緋之介は、舌鼓《したつづみ》をうった。

「うまいな」

緋之介は、思わず口に出した。

「それは、重畳《ちょうじょう》である」

茶室のにじり口が静かに開いて、そこから初老で立派な身形《みなり》の侍が入ってきた。

緋之介と膝がつくほど近いところに座を決めた初老の侍が、じっと緋之介の顔を見た。

「阿部豊後守である」

初老の侍が、ゆっくりと名のりをあげた。

第五章　墨守崩壊

一

今現在、己の命を狙《ねら》っている敵が点《た》てた茶を喫する経験は、さすがの緋之介も初めてであった。

差し出された茶を緋之介はためらうことなく、飲み干した。毒殺などと姑息なことを考えるなら、まず阿部豊後守と二人きりにしないだろうし、なによりも緋之介から刀を取りあげるはずだった。

いかに幕政最高の権力者老中といえども、剣の腕では、緋之介の相手ではなかった。

「けっこうなお手前《てまえ》でございまする」

口中に拡がっていく抹茶の清涼感が、緋之介をいっそうとまどわせていた。

「お粗末でござった」

　緋之介から戻された茶碗を受け取った阿部豊後守が、自分のために茶を点て始めた。茶筅《ちゃせん》の音だけが、緋之介と阿部豊後守の間に流れた。

「みょうなことになったの」

　先に口を開いたのは、茶を喫し終わった阿部豊後守であった。

「亡き者にしようとした相手と、茶室で語らうことになろうとは思わなかったわ」

　阿部豊後守が、なんともいえない顔をした。

「まことに」

　緋之介も苦笑した。

「これが、戦国の世なれば、神君徳川家康さまと豊臣秀吉どの、あるいは、織田信長どのと明智光秀どのという取りあわせもあっただろうが、太平の世となってから、初のことやも知れぬな」

　阿部豊後守が、ずいぶんと大きなたとえを持ち出した。

「少しばかり、お話が大きすぎませぬか。阿部豊後守どのは、ご老中なれば戦国の大名がたに比して当然でござるが、拙者《せっしゃ》はいっかいの浪人者にすぎませぬ。このような場所が似あわぬにもほどがございましょう」

　緋之介は、首を振った。茶室では、客と主人は同格。そのことを知ってではなく、暗殺の手を出してきた反発から、緋之介は阿部豊後守をさまと呼ばなかった。

「いや、謙遜《けんそん》がすぎるのではないかの」

　阿部豊後守の口調は、年長の者が年若に教えるような雰囲気はふくまれていたが、緋之介を同等の者としてあつかい、敬称のことで気を悪くしたようすはなかった。

「将軍家剣術指南役、小野次郎右衛門忠常が末子として生を受け、柳生十兵衛三厳の養女、そのじつ柳生友矩《とものり》の娘と婚約した。あのまま無事にいけば、おぬしは、将軍家お家流二つをまとめた指南役となっていたかもしれぬ」

　阿部豊後守が大きなことを口にした。

「過ぎたことを言ってもせんないがな。さて、柳生の里を捨ててからも、元吉原にて、松平伊豆守どのが手の者を相手に、神君家康さまのご遺物を護《まも》りぬいた。これも一介の浪人にできることではない。そして、明暦の火事の後は、高崎にて刀鍛冶《かじ》の修行を積みながら、駿河大納言忠長さまが害された真相を暴いた」

　阿部豊後守は、緋之介のしてきたことを滔々《とうとう》と述べた。

　緋之介は、驚かなかった。施政者という存在が、どれほどすさまじいものか、松平伊豆守に嫌というほど知らされていた。

「そして、今は、水戸徳川家世継ぎ光圀さまが手の者として動いている。小野派一刀流と柳生新陰流、二つの剣を遣いこなす腕は、江戸に敵する者がおらぬほどだというではないか。世俗の権では勝てようが、人として持ちうる力ならば、我はそなたに遠くおよばぬ」

阿部豊後守は、緋之介を認めていた。

「つまりはだ、発揮する土俵は違うが、互いに力を持っておる者ということだの」

阿部豊後守が、緋之介の評価を終えた。

「買いかぶりすぎておられるようではございますが、そのことで言い争っても無駄でございましょう」

緋之介は、背筋を伸ばした。

「ご用件をおうかがいいたしたい」

「それが、我もわかっておらぬのだ」

阿部豊後守が困惑した顔をした。

「…………」

緋之介は、無言でその先をうながした。

「いつものようにお城から下がってみれば、上島が玄関脇《わき》で待っておってな。客を待たせてあるから、茶室へ行けと言いよる。誰だと問えば、織江緋之介だと応えよった」

阿部豊後守があきれた顔をしていた。

「我はの、織江緋之介がじゃまになりそうなゆえ排してまいれとは命じたが、連れてこいと言った覚えはないと叱《しか》ったのだが、招いてしまったものはしかたあるまいとそっぽを向きおる。まあ、殺し殺される者同士が顔をあわすのもおもしろいかと、ここへ来たわけでの。そなたに用があったわけではないのだ」

説明した阿部豊後守が、申し訳なさそうな表情を見せた。

「それは、なんとも変わったご家中をお持ちでございますな」

緋之介も驚いていた。主君の命に逆らう家臣も珍しいが、勝手な行動をした藩士を咎《とが》めもせず、それにしたがった阿部豊後守も希有《けう》な大名であった。

「あれは、弟じゃからの」

阿部豊後守が、言った。

「父が、晩年一度だけ手を出した女中が産んだのよ。四十の恥かき子どころではなく、五十をこえてからの子での。あまりに外聞が悪いとひそかに家中の家に養子にだしたやつでな。そういういきさつもあって、好き勝手をいたすのだ。生まれたときから血筋の者としてふさわしい待遇にあわなかった輩《やから》は、どうもすこしひねくれるらしい」

阿部豊後守がため息をついた。

「…………」

阿部豊後守が言外に光圀と保科肥後守を皮肉ったことがわかった緋之介は、あいづちをうたなかった。

「さて、困ったの。こういう形で会うとは思わなかったゆえ、なんの心づもりもしておらぬ。だからと申して、せっかくの機会を無にするのももったいない。どうじゃ、ちと話でもせぬか」

阿部豊後守が緋之介を誘った。

「はい」

緋之介も同意した。

場所はそのまま茶室だったが、阿部豊後守の命により、夕餉《ゆうげ》の膳《ぜん》が用意された。

膳には、鯉《こい》の味噌煮、大根のなます、蕪《かぶ》の煮物、麩《ふ》の汁がのせられていた。

「酒を飲むなら、遠慮せずに申してくれ。我はたしなまぬでな、用意しておらぬ」

阿部豊後守が、緋之介に勧めた。

「いえ。わたくしもそれほど酒を欲しいとは思いませぬ」

緋之介は遠慮した。

「ならば、喰《く》おう。この鯉は、領地から届けられるものでな。忍《おし》の名物よ。漁師が川から獲ったあと、わき水の井戸で二十日ほど泳がせるのよ。そうすることで泥臭さが抜ける」

阿部豊後守が鯉の皮を箸《はし》で摘《つま》んで口に入れた。

「冬の鯉はな、皮の下に脂がのる。これが滋養によいのだ」

老境に達している阿部豊後守が、語った。

「たしかに、うまいものでございますな」

魚といっても、口にするのは海の魚の干物がほとんどの緋之介は、鯉の味噌煮に感動していた。

「若い者には、強すぎるやもしれぬぞ。明夜は、女を相手にすることだ」

阿部豊後守が笑った。

「それは、豊後守どのもご同様でございましょう」

緋之介が返した。

「いや、もう閨《ねや》に女を呼ばなくなって、十年以上になるわ」

阿部豊後守が、しみじみと言った。

「男はの、女を要らなくなったことに気づいたとき、己が老いたことをしみじみと感じるものよ。残されたときがそう長くないことに愕然《がくぜん》とする」

「…………」

緋之介は沈黙した。

「そなたはまだ若いゆえ、わからぬであろうがな。老いに気づいたときやり残したことの多さに驚いたわ。そのなかには、もっとうまいものを味わいたかったとか、いい女を抱いてみたかったとか、そういう世俗なものもあったが、なによりの不満は……」

阿部豊後守が、言葉をきった。

「何よりの不満は、家綱さまの行く末を見届けることができぬことだ」

阿部豊後守の顔から表情が消えた。

そこに緋之介は、松平伊豆守とおなじ妄執を見た。殉死《じゅんし》することを許されなかった寵臣《ちょうしん》二人は、それぞれ思いを向ける相手をかえただけであった。

「寛永十八年（一六四一）のお生まれである家綱さまは、今年で二十一歳になられた。大統を継がれて十一年、ようやく将軍としての実務にもお慣れになられた。だが、まだお年若であられることは、確かである。天下は定まったとはいえ、由井正雪のこともある。油断はできぬ。なにより、家綱さまにはお子がおられない。これは、神君家康公から続いた直系の存続にかかわる大事である。一日も早く、上様には立派な和子《わこ》さまをお作りいただき、徳川千年の基礎をお固めいただかねばならぬ。それを見届けねば目を閉じられぬ」

阿部豊後守が、血を吐くような強さで語った。

「伊豆守どのと同じ」

緋之介が思わずつぶやいた言葉を阿部豊後守は聞き逃さなかった。

「違うわ」

阿部豊後守が、きびしい口調で否定した。

「伊豆はな、後ろしか見ておらぬ」

「過去ということでございまするか」

緋之介は意味がわからず問うた。

「家光さまのお姿をいまだに求めておる。伊豆のときは、家光さまの崩御、慶安四年（一六五一）を境に止まってしまっておるのよ」

阿部豊後守が、渇いた口を茶で湿した。

「伊豆のご当代上様への忠誠は、家光さまの血へのもの。あやつは、家綱さまを見ておらぬ」

阿部豊後守が断じた。

「たしかに、我も伊豆も家光さまのおかげで人がましい顔をしておられる。その恩を忘れてはならぬ。だが、家光さまはすでにこの世におわさぬ。そして、家光さまは家綱さまのことを頼むと遺《のこ》された。ならば、身命を賭《と》して家綱さまにお仕えするが、まことの忠義ではないか」

阿部豊後守の話は、緋之介にも痛かった。

死者を心の拠《よ》り所とし続ける。緋之介は、松平伊豆守が己と表裏一体だと気づいた。

「武士はすべからく将軍家の配下である。将軍こそが至上でなければならぬ。伊豆守は、それをあえて無視しておる。伊豆守の態度は、家綱さまを馬鹿にしておるとしか言えぬ。家綱さまがなにをなされようと、なにを申されようと、伊豆は家光さまにはおよばぬとあからさまに態度で見せおる。家綱さまがそのたびに、悔しげな顔をなさることをあやつは気にもかけておらぬ」

緋之介には意外であった。家綱に箔《はく》をつけるために、松平伊豆守は吉原を襲い、家康の遺したものを狙ったのだとばかり思っていた。

「家光さまの影を追いすぎている伊豆守は、幕閣にあって百害あって一利なし。家綱さまより勝手登城気ままたるべしとのお許しをいただいたなら、屋敷で大人しくしておればよいものを、いまだに知恵伊豆のつもりでおる」

阿部豊後守の声が憎しみを含んでいった。

勝手登城は、遠回しの隠居勧告だと阿部豊後守は告げていた。

「退《ひ》きぎわに気づかぬのなら、こちらから退かせてやればいい。家綱さまの御世を見届けるのがかなわぬのなら、せめてじゃま者だけは、排除しておかねばなるまい。それが、傅育《ふいく》を任された者の使命であろう」

阿部豊後守が語尾をあげて緋之介に問いかけた。

「……そのなかに拙者も入っておると」

緋之介が訊《き》いた。

「そういうことよ。まあ、水戸家は、家綱さまの敵ではないゆえ、どうこういたそうとは思っておらぬが、世継ぎどのがいかぬ。手出しをしなければよいことにまで、口を挟もうとなされておる。かと申して、かの御仁《ごじん》を除くわけにもいかぬ。水戸家は、格別の家柄よ。旗本衆の筆頭。二十八万石とはいえ、参勤せぬ水戸家は、大名ではなく旗本。旗本は上様の子飼い。なればこそ、家光さまは、水戸家初代頼房どのを信じ、親しくおそばに置かれた。頼房どのは、大名としてあつかわれぬことが不満であったようだがな。領国で上なしの生活を送ることができぬからの」

阿部豊後守が、水戸家の秘密をあっさりと口にした。

「だがな、いかに当主が嫌がろうとも、最大の旗本を潰《つぶ》すことは、上様のお力をそぐことにもなる」

阿部豊後守が、緋之介を見た。

「尾張徳川が、江戸より百里、紀州家が百五十里の彼方《かなた》にありながら、水戸はわずか二日の道のり、軍勢として駆ければ一日の近くに領地を与えられておる理由は、ここにある」

「光圀さまは、それをご存じなのか」

緋之介は、おもわず乱暴な言葉遣いで訊いた。

「知らぬはずはなかろう。あのすべての裏まで知りたがる光圀どのがな」

阿部豊後守が、告げた。

「水戸家は、けっして御上に逆らわぬ家柄として作られた。そなた、知っておるか。水戸家の付け家老が一人なわけを」

阿部豊後守が問いかけた。

「いえ」

緋之介は、首を振った。尾張の付け家老は、成瀬《なるせ》家と竹腰《たけこし》家、紀州の付け家老が安藤家と水野《みずの》家と二家ずつで、水戸が中山家一つだけなことは聞いていたが、その理由までは知らなかった。

「武将は一人がまとまりやすいであろう」

阿部豊後守が、意地悪い顔をした。

「……まさか」

緋之介も気づいた。

「そうよ。水戸家の付け家老は、当主が将軍家に逆らったときに、水戸家の藩士すべてを率いて、江戸に味方するためにある。神君家康公の深慮遠謀よ」

阿部豊後守が暗い笑いを浮かべた。

緋之介は、光圀の父、頼房が水戸家を絶やそうと子供を認めてこなかったことに納得した。家臣すべてがいつ裏切るかわからぬような家を、子供に遺したいはずはなかった。

「頼房どののように、世をあきらめてくれればよいのだがの。光圀どのは少し、俗っ気《け》がありすぎる。御上への反発なのだろうが、『大日本史』編纂《へんさん》などといらぬことをなされすぎる。それと藩中に手足がないゆえ、そなたのような浪人者を使ってでも首をつっこんでこられる」

「それで、拙者の命を狙われたか」

緋之介が阿部豊後守の行動を理解した。

「手足をもいでしまえば、すむ話だからの」

阿部豊後守が、淡々と言った。

「お話はわかりましてございまする」

緋之介は、冷静に戻った。

「では、どうなさる」

緋之介は、ここでやるかと問うた。

「伊豆守と違うわ。招いた客を害するほど、当家は礼儀知らずではない。今宵《こよい》のところは、無事に帰してやろう」

いつでも緋之介の命など取れると言わぬばかりに、阿部豊後守が尊大に告げた。

緋之介は、そこに施政者の傲慢《ごうまん》を見た。

阿部豊後守と別れた緋之介を、上島が見送った。

「人の上に立つことに慣れた者のおごりをご覧になったか」

上島が、緋之介に問いかけた。

「己が一言で、何人の命が消えるかを気にもしない。施政者に情はじゃまでござるが……」

「それで、拙者と阿部豊後守どのを会わせたか」

緋之介は、上島の言葉を遮って尋ねた。

「倒すべき敵の人となりを知れば、少しは押さえられし者のくやしさに考えをはせるかと。いや、ご迷惑でござったな」

上島が、頭をさげた。

緋之介は、ここにも認められぬ血筋の悲痛な願いを見た。

二

阿部豊後守と話をしてから、光圀とどのような顔をして会えばよいのかわからなくなった緋之介は水戸家に足を向けていなかった。

水魚の交わりのように見えた光圀と家臣たちの姿が、偽りだった衝撃は緋之介をうちのめしていた。

緋之介は、心の動きが顔に出やすい。光圀に同情していると見抜かれるのは、無礼であり、またあまりに情けなかった。

「お茶など進ぜましょうほどに」

そんなときに来た藤島太夫からの誘いに、緋之介は久しぶりにのった。

西田屋と藤島太夫の属する万字屋は、一筋離れていた。緋之介は仲之町通りではなく、路地を伝い、万字屋の庭木戸からなかに入った。

太夫《たゆう》こそが吉原の主である。見世《みせ》に与えられている居室も控えの間がついた広いものであるし、調度品も数万石の姫君と変わらないほど立派であった。

「お見限りでありんしたなあ」

藤島太夫が、恨みのこもった目で緋之介を見た。

「すまぬ。なにかと多忙であった」

緋之介は、すなおに頭をさげた。

「恨み言は、もう終わりにするでありんす。せっかくのお見えでござんすゆえ」

藤島太夫が、居室の片隅にきられた炉で茶を点て始めた。

「…………」

緋之介はここ最近やたらとお茶に縁があると苦笑した。

「思い出し笑いでありんすかえ」

藤島太夫が、しっかりと見とがめた。

「男さんの思い出し笑いは、女のことだと申しやんす。あちきに覚えはござんせん。ということは、ぬしさんは、他の女とたわむれなんした」

藤島太夫が、悋気《りんき》を口にした。

「いや、すまぬ。決してそういうわけではない。ただ、招かれるたびに茶ばかり飲まされているなと思っただけだ」

緋之介はあわてて否定した。

「お茶ばかりでござんすかえ。なら、ささの用意を」

藤島太夫が、控えていた禿《かむろ》に命じた。

まだ十歳ほどの禿が、急いで部屋を出ていった。

「催促したみたいだな」

「真夫《まぶ》に遠慮は、御法度《ごはっと》でありんすえ」

藤島太夫が、緋之介の隣に腰を下ろした。

揚げ屋に出むく前の藤島太夫は、部屋着代わりの小袖《こそで》を緋《ひ》のしごきで止めただけであった。すでに髪結《かみゆ》いを呼んだのか、髪だけは、大きく輪を作った勝山髷《まげ》に結いあげている。その髪から匂《にお》う鬢付《びんつ》けの香りが、緋之介の男をくすぐった。

「お気になることがござんすかえ」

藤島太夫が、緋之介の耳元でささやいた。

緋之介は、藤島太夫の顔を見た。

「天庭《てんてぃ》に曇りが出てござんす。なにか、お憂いのことでもありんすか」

藤島太夫が首をかしげて訊いた。天庭とは、額《ひたい》のことだ。

「顔に出ているか」

「あい。人相に頼らずとも、想い人の顔色は、いつも見ていやんすから」

緋之介の確認に、藤島太夫が真摯《しんし》な表情でうなずいた。

目の前に置かれた酒に緋之介は手を伸ばした。緋之介の手が片口《かたくち》にかかる前に、藤島太夫の細い指が、それを取りあげた。

「手酌《てじゃく》は、およしなんし。あちきがいないようでありんす」

藤島太夫が、咎めながら酒を注いだ。

「すまぬ。馳走《ちそう》になる」

緋之介は、満たされた酒をあおった。

あまりよい酒を出さない吉原であったが、藤島太夫が用意したものは、緋之介をうならせるほどうまかった。

「いい酒だ」緋之介は、藤島太夫の心遣いによろこんだ。

「お気に召しやんしたか。ぬしさまがいつお見えになってもよいように、内証《ないしょう》に無理を申して、用意してもらいやんした。そのかいがござんした」

藤島太夫が、うれしそうに笑った。

内証は、見世の台所のことだ。遊女たちの食事の用意を主にするが、客に出すちょっとした肴《さかな》と酒も担当していた。

「なにもできんせんが、あちきでよければ、お話を聞くだけでも」

藤島太夫が、柔らかい笑みをうかべた。吸いこまれそうなほどの安らぎを感じた緋之介は、男は女に母を投影していることに気づいた。

緋之介は、西田屋甚右衛門が言っていた男は女になんでも話してしまうということを理解した。

「かたじけない。気遣いには感謝しているが、たいしたことではない。それよりも、世情でなにかおもしろい話でもないか」

緋之介は、藤島太夫の求めをはぐらかした。話せるような話ではなかった。

「つれないお方でありんすわいなあ。遊女といえども、女は女。真夫と決めたお方との睦言《むつごと》は、けっして誰にももらしゃしません」

藤島太夫が恨めしそうな顔をした。

「でも、そんなつれなさも、恋しい殿方なら、許しやしょう」

藤島太夫が、盃《さかずき》を緋之介の前に差しだした。

「あちきにもひとつ」

緋之介は、片口から酒を注いだ。

「主さまが、飲まれた盃で、あちきもいただきました。これをかための盃となしてよろしいでありんすかえ」

藤島太夫が、緋之介に真摯なまなざしを向けた。

「……いいのか」

緋之介は問い返した。緋之介が、三人の女を背中にしょっていることを、吉原中の者が知っている。固めの盃を交わしたところで、緋之介が藤島太夫を抱かないことは、わかっていた。

「あい。身体《からだ》のつながりだけが、男女の仲ではござんせん。触れもせで目と目が熾《おこ》す炎かな。忍ぶ恋こそ、吉原遊女の望みでありんす」

藤島太夫が、ほほえんだ。

「それに、あちきは生きてありんす。死者は生者には勝てやしません。あちきは今年で二十二歳。吉原を出るまでまだ六年ござんすえ」

藤島太夫があきらめたわけではないと、緋之介に釘《くぎ》を刺した。


緋之介が、水戸家上屋敷に顔を出さなくなって、十日がすぎた。

山積みになった書付に追いまくられ、本来の望みである『大日本史』の編纂に戻ることもできず、光圀はくさっていた。

「緋の字の野郎、一人でなんかやってやがるな」

夕餉をともにするのが当たり前になった妹真弓に、光圀が愚痴《ぐち》をこぼした。

「…………」

真弓は返答しなかった。

その翌朝、愛馬を牽《ひ》きだした真弓が、水戸家上屋敷を出た。

葦毛《あしげ》姫とあだ名されるほどの馬術好きの真弓である。誰もがいつものことと注意を払うことはなかった。

江戸城内はもちろん、江戸市中を馬で駆けることは、非常の場合を除いて許されていない。真弓は、ゆったりと馬にまたがりながら、浅草福富町へと手綱《たづな》を振った。

明暦の火事で十万人をこえる死者を出し、さらに住む家も生活の糧も不足した江戸の町から多くの人が逃げだした。だが、それがもとに戻るのに数年かからなかった。新しい家を建てる槌音《つちおと》がひびき始めると、職を求めた人々がふたたび流入し、町が復興した今、旧に倍して人の姿は増えていた。

とくに両国橋のかかった両国広小路から浅草にかけては、それこそ人とぶつからずに歩くのは至難のわざに近いほど混雑していた。

「こんなところに馬で乗りこむなよ」

特定されないよう小さな声で文句を言う町人に、真弓は言い返せなかった。

馬の巨体は、人の流れを阻害していた。

真弓は、浅草御蔵前通りを東本願寺の角で一本西へはずれた。

町屋と寺院と御先手同心たちの組屋敷が複雑に絡みあうそこは、日中にもかかわらず人通りは少なく、真弓の馬は、駆けるわけではないが、いい調子で進むことができた。

乗馬すると人の目はかなり高い位置から周囲を俯瞰《ふかん》できる。真弓は、浅草福富町の御先手同心組屋敷前で馬を止めると、鞍《くら》の上に伸びあがってなかを覗《のぞ》きこんだ。

御先手同心組屋敷の近く、寄合《よりあい》旗本八千石板倉《いたくら》家の門前には小さいながら馬場があった。ために馬に乗っている人物はそう珍しくはなかったが、あからさまな真弓の態度は、目についた。

組屋敷の斜めむかい、無住となった寺の門前陰にひそんでいた鳥見《とりみ》の者が、真弓に気づいた。

「おい」

鳥見の者は二人であった。

「ああ。みょうな若侍だな」

二人に見られていることにも気づかず、真弓は夢中で組屋敷を見ていた。

「捕まえるか」

「そうよな。責め問いすれば、なにかわかるだろう」

鳥見の者たちがうなずくと、人気《ひとけ》のなくなるのを待って門前から出た。

一人が、まず正面から真弓に近づいた。

「率爾《そつじ》ながら……」

声をかけられた真弓がそちらに目をやった途端、背後から忍び寄っていたもう一人が、重さを感じさせない動きで馬の背に飛びあがると、真弓の脇腹に当て身を入れた。

「よし」

顔を見あわした鳥見の者は、真弓を馬からおろし、背負って無住の寺へと運びこんだ。真弓の愛馬が、驚いたように駆けだしたが、鳥見の者は、そのまま見逃した。

「こやつ、女だ」

背負った鳥見が、告げた。

「なにっ」

「乳が当たる」

背負った鳥見が伝えた。

「女でもよい。まずは組頭に報《しら》せをな。見張りを頼む」

「承知」

残った鳥見によって、真弓は手足を縛られ、猿ぐつわをかまされて転がされた。

放された愛馬は、上屋敷ではなく普段飼われている中屋敷へと戻った。

「姫さまのお馬が、ひとりで帰ってきただと」

中屋敷用人志方が、門番の注進を受けて首をかしげた。馬好きで類を見ない真弓が、愛馬の手綱を離すはずはなかった。

「上屋敷に使者を出せ。姫さまの安否を問いあわせよ」

志方の命令ですぐに人が上屋敷に走った。

中屋敷からの報せを聞いた光圀は臍《ほぞ》をかんだ。

「まずったな。手助けのつもりだったんだろうが……」

光圀は、真弓の行方《ゆくえ》に思いあたるところがあった。

「浅草福富町へ人をやれ。あのあたりで真弓を見た者がいないか訊いてまわれ」

光圀に言われて、数名の藩士が浅草福富町へ走ったが、すでに遅かった。馬が直接上屋敷に帰ってこなかったぶん、後手になった。

すでに真弓は、駕籠《かご》に乗せられ、鳥見の者が支配する鷹《たか》屋敷へと連れこまれていた。

馬に乗った若侍の姿を見たとの話だけを拾って藩士たちが帰邸した。

「そうか。ご苦労だったな」

光圀は、ぐっと唇を噛《か》んだ。

「表沙汰《おもてざた》にはできぬ。真弓の先にさしさわる」

光圀は、御上へ届け出て町方の力をと申し出る家臣たちを抑えた。

大名の姫が、江戸の町中でさらわれたなどと噂《うわさ》になれば、真弓の嫁入りは、確実に難しくなる。

「幸い、真弓はいつものように男のなりをしておる。真弓の衣服は、門番が見ておるな。ならば、その衣服を身にまとい前髪の若侍の姿を見なかったかどうか、もう一度浅草を中心に探ってまいれ。ああ、両国橋のたもとはとくに念入りにな」

光圀は深川へ連れこまれることを危惧《きぐ》していた。

ほとんど新開地である深川は、作事途中の家や屋敷が多いうえに、道もいりくみ町方でも手に負えないほどでややこしくなっていた。さらに縦横に走る水路を使っての移動も簡単にでき、真弓の痕跡《こんせき》を追うことは難しい。

「はっ」

家臣たちが、夕暮れになった江戸の町へと散っていった。

「緋の字には報せたくなかったが、やむをえまい」

光圀は、自ら吉原へ足を運ぶ気になっていた。

そのころ、真弓は高手小手にくくられて、鷹の餌《えさ》用に捕ってきた雀《すずめ》や鶉《うずら》などを飼育する小屋に放りこまれていた。

鳥見の者が管轄するここには、鷹匠頭《たかじょうがしら》といえども近づくことはなかった。

「こやつが、御先手同心組屋敷を探っておったのだな」

鳥見組頭が、真弓を見おろした。

「はっ。馬の鞍上に立ちあがって覗きこんでおりましてござる」

真弓をとらえた鳥見の者が応えた。

「ふむ、いまだ戻らぬ三人の行方を存じておるやも。いや、こやつだけが、ゆいいつの手がかりじゃ。けっして殺すな。また、自害をさせてもならぬ」

鳥見組頭が、きびしく注意した。

「承知」

集まった十名ほどの鳥見たちが首肯した。

「布引《ぬのびき》、活をいれよ」

命じられた鳥見が、真弓を背中から抱えるようにして、活をいれた。

「うっ……」

真弓が小さくうめいて、うっすらと目を開けた。

「ぬううう」

意識がはっきりした真弓が、叫ぼうとするが、きつく噛まされている猿ぐつわによって声にならなかった。

「静かにせよ。騒ぐとためにならぬ」

鳥見組頭が、真弓を脅した。

「……………」

真弓の目が大きく見開かれた。

鳥見たちは、先夜水戸家に運びこまれた男たちとおなじ姿をしていた。全身黒ずくめで、顔も覆っていた。

もっともこれは鳥見の者の正式な服であった。黒の小袖に黒の馬乗り袴《ばかま》、手足も先まで黒の脚絆《きゃはん》を巻いている。覆面をはずし、紺に鳥見と白抜きされた野羽織をつけ、菅笠《すげがさ》をかぶれば、任に就いている鳥見の者のできあがりであった。

「ここは、野中の一軒家じゃ。大声で叫んだところで、誰も助けには来ぬ。おまえが知っておることをすなおに語れば、身に危害は加えぬと約束しよう。だが、抵抗するようなら、その身を辱《はずかし》めたうえで、素裸にひんむき、両国橋のたもとに晒《さら》してくれよう」

鳥見組頭が、低い声で宣した。

「一晩考えるがいい」

鳥見の者たちは、小屋に真弓一人を残して出ていった。

「今すぐに問わずともよろしいので」

若い鳥見の者が尋ねた。

「焦るではないわ、田野山《たのやま》。見習いの身としては、少しでも早く結果を欲しがることはわかるが、今、猿ぐつわを解いてみよ、あの女、まよわず舌を嚙むぞ。瞳《ひとみ》を見ておらぬのか。驚きから回復したあとの眼光は、なまなかのものではなかったぞ」

「……気がつきませなんだ」

　田野山が、頭《こうべ》をたれた。

「男でも女でもそうだが、目に力のあるうちは、陥《お》ちぬ。だが、人というのは弱い生き物よ。長く一人で放置されておるとな、どれほどの者でも気が折れてくる。たとえになるかどうか。よく、剣術遣いが山に入ったり神社仏閣にこもったりして修行をいたすことがあるな」

「はい」

　鳥見組頭の話に田野山は身をのりだした。

「三七《さんひち》二十一日間一人きりですごしたすえに、仙人であったり、動物であったりから極意を教えられて開眼し、一流をなすとの逸話があろう。あれもおなじよ。最後に近づくころには、やはり気力が持たなくなってくる。気弱になり、孤独に負けて、幻影を見る。そして、その幻影に、己が納得してしまい、修行を終えるのだ。心に映った己の弱さの影に逃げ道を見いだしたにすぎぬ。剣術の名人と呼ばれる者でさえ、そうなのだ。ちょっと気の強いぐらいの女なら、一日か二日で、潰れてくれよう。それからなら、問わぬことまでしゃべってくれるわ」

鳥見組頭が笑った。

「おい、遮《しゃ》をおろしておくことを忘れるな。人は暗闇が続くほど、怖さがますものだからな」

鳥見組頭の命で数人の鳥見が小屋に黒の布をかぶせた。

これは、捕まえた雀が、明るさに誘われて活発に動き、逃げだそうとして小屋の網にぶつかって怪我《けが》をすることを防ぐためのものであった。

二十畳ほどの小屋をすっぽりと覆うだけの大きさがあり、小屋の屋根に取りつけられていた。

「今宵より、屋敷の四隅に寝ずの番をたてよ。あの女を取り返しに来る者がおるやもしれぬ」

鳥見組頭に命じられて、四人の鳥見の者が散っていった。

鷹屋敷の主は、世襲制の鷹匠頭であるが、鷹屋敷に住んではいなかった。別に与えられた屋敷に住み、鷹匠頭は、鷹に用のあるときだけここへやってくる。

鷹屋敷には鷹匠の配下たる小者たちも起居しているが、鳥見の者たちに逆らうだけの気力も技もなく、屋敷の片隅で小さくなっていた。

鷹屋敷は、鳥見の者たちの支配下にあった。

将軍家のお鷹をお預かりしているとの理由から、鷹屋敷の造りはちょっとした出城なみであった。

四隅には、鳥見の矢倉《やぐら》と称される物見が組まれ、塀は鳥の脱走を防ぐとの理由で一間《けん》半（約二・七メートル）の高さを持ち、門は厳重な鉄板うちであった。

役目柄夜目の利《き》く鳥見の者は灯《あか》りのない屋敷のなかでも縦横に動くことができた。

鷹屋敷が緊迫に包まれた。

三

光圀は、吉原へと急いでいた。小石川の水戸家上屋敷からなら、急げば半刻《はんとき》（約一時間）ほどの道のりだった。

光圀が西田屋甚右衛門宅についたとき、まだ四つ（午後十時ごろ）になっていなかった。

「お珍しい、明雀さんはどうされまする」

居間で光圀を迎えた西田屋甚右衛門が、問うた。

「呼んでくれ。急ぎで頼む」

光圀は必死であった。

「……承知いたしました。織江さまのお部屋でよろしゅうございますな」

西田屋甚右衛門の顔色も変わった。

「ああ」

光圀は、腰をおろすこともなく、西田屋甚右衛門の居間をあとにした。

「誰か。三浦屋さんへ行って明雀さんをもらい受けておいで。いいかい、お客がついていてもかならず連れてくるんだよ。金でかたがつくなら金、女ですむなら代わりの妓、どのような手だてを使ってもだ」

西田屋甚右衛門の命に、忘八があわてて見世を出ていった。

光圀は、緋之介の居室となっている離れの灯りが消えていることを承知で、障子を開けた。

「なにかございましたか」

緋之介は気配を感じ、すでに起きていた。

「すまぬ。話は、明雀が来てからにさせてくれ」

そのまま坐《すわ》りこんだ光圀は、じっと瞑目《めいもく》していた。

明雀が来たのは、小半刻（約三十分）ほどしてからであった。西田屋と三浦屋は、一軒挟んで並んでいる。客がいなければ、たばこ一服吸うほどの間で来られる距離であった。

「申しわけございませぬ。お見えになるとは存じませんでしたので」

明雀が、詫《わ》びた。

光圀の想い人とはいえ、身分は三浦屋四郎右衛門方の格子女郎《こうしじょろう》でしかない明雀は、売りもの買いものとして、客を取らなければならなかった。

「いや、おいらが悪いんだ。気にしねえでくれ」

光圀の声にいつもの明るさはなかった。

「…………」

雰囲気に気づいた明雀も無言で腰をおろした。

沈黙は、すぐに破られた。光圀が、口を開いた。

「力を貸してくれ」

「……光圀さま」

光圀が深く頭をさげた。

「主さま」

緋之介も明雀も驚愕《きょうがく》した。

これほどうちひしがれた光圀の姿を見たことなどなかった。

「真弓がさらわれた」

光圀の一言が、緋之介と明雀から声を奪った。

「水戸家の姫をさらうなど……」

ようやく落ちついた明雀が、まさかという顔をした。

「馬だけが帰ってきた。おそらく真弓と知って連れ去ったのではないと思うが、行方がわからぬ」

光圀が、今日あったことを順に話した。

「ご家中の衆は、お使いになられませぬか」

緋之介が、水戸家の葛藤《かっとう》に踏みこんだ。

「出してはある。だが、使いものにはなるまい。探索に長《た》けているわけではなく、肚《はら》も据わっておらぬ」

光圀が首を振った。

「承知つかまつりました」

緋之介は、立ちあがると着替えを始めた。

「今から行ってくれるか」

光圀が、歓喜の表情を浮かべた。

「はい。いかにお気丈夫な真弓さまといえども、女性《にょしょう》。その一身になにかあってからでは、遅うございましょう」

緋之介は両刀を腰に差した。

「お待ちくださいませ」

明雀が、緋之介を止めた。

「お一人で、この広い江戸をどうやって捜されるおつもりで。主さまが、なぜ、わたくしを呼ばれたか、おわかりでござんしょう」

明雀が、そう言うと離れの障子を開けて、庭に向かって声をかけた。

「誰かいるかえ」

「へい」

明雀の問いかけに、庭の灯籠《とうろう》の陰から忘八《ほうはち》が現れた。

「彦也かい。ちょうどよかった。何人集められる」

明雀にしたがう三浦屋四郎右衛門方の忘八彦也が、すぐに応えた。

「六人なら、ただちに」

「じゃ、急いで呼んでおいで」

明雀に言われて彦也が走った。

寸刻もかからず、彦也をふくめて六人の忘八が、離れにそろった。

光圀が、真弓の身形《みなり》をていねいに説明した。

「聞いたかい。忘れるんじゃないよ。吉原の妓衆じゃないが、女の危急だ。忘八衆として見逃してはならないことだからね。かならず見つけだすんだよ。つなぎは一刻（約二時間）ごと。手だてはいつもどおりにね」

明雀に激励されて、五人の忘八たちが散っていった。

「彦也」

一人残った忘八を明雀が呼んだ。

「へい」

彦也が明雀の命を待った。

「織江さまについていきな」

「承知」

彦也が首肯《しゅこう》した。

「思いあたるところがおありでござんしょう」

明雀が緋之介に語りかけた。

四つ（午後十時ごろ）過ぎに吉原を出た緋之介と彦也は、浅草へと向かった。

彦也は、金を持たずに登楼した奴《やっこ》から取りあげた中間《ちゅうげん》の印半纏《しるしばんてん》を着こんでいた。寒空の下、尻《しり》はしょりをして、素足にわらじ履きになるが、この姿なら木刀を一本腰に落としていても見とがめられることはなかった。

「旦那《だんな》」

数百石ほどの小旗本にしたがう中間というなりで、緋之介の前に提灯《ちょうちん》を差し掛けながら彦也が声を出した。

「なんだ」

「鳥見の連中だとお考えでやすね」

「ああ」

緋之介はうなずいた。

「なら、鷹屋敷に向かった方がよろしいんでは」

彦也の疑問はもっともであった。

「鷹屋敷は、千駄ヶ谷と雑司ヶ谷だ。あまりに離れすぎている。はずれたらかなりのときを無駄にする。なにより、そこに真弓さまが囚《とら》われているとの確信がなければ、打ちこむことは無謀にすぎる」

緋之介は、光圀以上に焦っていた。

真弓のもとに顔を出して、探索の結果を少しでも緋之介が話しておけば、真弓の単独行は避けられたと思っていた。

だからこそ二度目の後悔はしたくなかった。

「おそらく、鳥見の者は、まだ浅草福富町に目を置いているはずだ。背後を探るには、真弓さまの行方を探る者たちの後をつけるのが確実だからな」

「なら、すでに水戸家のご家中の方々が……」

彦也が、緋之介の危惧に声を詰まらせた。真弓が水戸家の姫だとばれれば命はまずなかった。鳥見の者がさらったと万一でも知られれば、組ごと潰されることは明白だからである。

「姫とまでは知られていまい。あの気性と姿だ。神君家康公の孫姫さまとは思えぬからな」

緋之介の望みはそこだけであった。

「鳥見の者が、浅草にこだわったのは、仲間が三人殺されたからだ。鳥見の者にせよ、伊賀者にせよ、代々が受け継いでいく世襲役の組はどうしても結束が強くなる。それは、他者を排し、身内だけを信用することになる。そして、組へと刃《やいば》を向ける者には一丸となってたちむかう」

緋之介は、何度もそのような連中を相手にしてきた。

「旦那が網にかかるのを待っているとおっしゃるんで」

彦也が、訊いた。

緋之介は無言でそれに応えた。

江戸の町は四つ(午後十時ごろ)をすぎると町木戸が閉ざされるが、完全に封鎖しているわけではなかった。町内へ戻ってきた者や、所用で通行しなければならない者のために、潜《くぐ》りが用意されていた。

木戸の脇にある番小屋に声をかけて潜りを開けてもらうのだが、そのとき木戸番は、通過した人数の数だけ拍子木を打つ。

町内の者が戻ってきた場合は鳴らさず、よそ者の通過のときだけ音をたて、次の木戸番へと報せるのであった。

そうすることで、町内によそ者が紛れこむことを防いでいた。

浅草に近くなると、二人は何度も拍子木に送られることになった。

武家地に木戸は設けられていない。道を選んで歩けば、拍子木を鳴らされる回数を減らすことはできたが、緋之介はときを惜しんだ。

半歩前を行っていた彦也が、小さな声で告げた。

「浅草福富町につきやしたぜ」

緋之介は、首肯した。

夜の武家地というのは、寂しいものであった。とくに幕府でも貧しいことで評判の御先手同心組組屋敷には、灯りさえなかった。

高価な蠟燭《ろうそく》はおろか、安い魚油でさえ買えないのだ、武家屋敷の辻《つじ》ごとに建てられている辻灯籠《つじどうろう》に、火など当然入ってなかった。

彦也が提灯の明かりを消した。

「こっちだけが、見えているのもしゃくでやんすからね」

彦也は、提灯を道の脇へと転がし、両手を開けた。

「いるな」

「へい」

緋之介の言葉に彦也も同意した。

組屋敷と対をなすように並ぶ寺の一つから、闇《やみ》よりも濃い気配が漏れていた。

「みょうでやすね。隠れようとしてやせんぜ」

彦也が、首をかしげた。

鳥見の者は、野生の雀を捕まえるのも職務である。逃がさないためには気配を殺して近づく必要があった。

「お待ちかねだったということだろう」

緋之介は、雪駄《せった》を脱いだ。

履き物のまま戦うなど愚の骨頂であった。大きく足を動かし、踏みこむのだ、動きに耐えかねた鼻緒が切れることや、雪駄の表で足袋《たび》が滑ることなどを、考えに入れておくのが剣士としての常識であった。

「お待たせしたようだな」

緋之介は、気配のする門前に向かって声をかけた。

返答は、山門の上から聞こえた。

「きさまが、やったのか」

「三人のことか。いきなり襲い来たゆえ、やむをえず相手になった」

緋之介は、正直に応えた。

「なにゆえに、鷹匠頭の一件を探る」

問いが続けられた。

「そちらこそ、なぜに鷹匠頭を排そうとする。おぬしたちは鳥見の者であろう。ならば、上役であろう」

緋之介が鳥見という言葉を口にしたとき、闇が動揺した。

「知られていたとなれば……このまま帰すわけにはゆかぬ」

闇の声が、冷たく響いた。

「あの女武者を助けたければ、ついてこい」

音もなく、山門の上から三人の鳥見の者が降りてきた。

無言で三人が先に立った。後ろを振りかえることもなく、足早に進んでいった。

「ついてくると思いこんでいるようで」

彦也が、苦笑した。

「そうするしかないからの。どうやら、鷹屋敷は、雑司ヶ谷のようだ」

「へい。どうしやす、郷《さと》まで報せに行きましょうか」

彦也が援軍が必要かと訊いた。

「一人でもみょうな動きをすれば、女がどうなるか、わかっていよう」

前を見たまま、鳥見の者が言った。

「聞こえてやしたか」

彦也が首をすくめた。

「ほう」

緋之介は、彦也が落ち着き払っていることに感心していた。

「歓迎の用意はできていると」

闇夜の不意打ちを警戒して彦也が、緋之介の半歩後に下がった。

「ああ。気配はもう一人あったからな。そっちは、まっすぐに鷹屋敷に走っていることだろうよ」

緋之介は、覚悟を決めていた。

「旦那、馬鹿はよしてくださいよ」

彦也の声が、きびしく緋之介の耳を打った。

「…………」

緋之介は、無言であった。

「旦那に何かあったら、あっしは藤島太夫に殺されやす。いや、そのまえに雀の姉御に切り刻まれまさ」

彦也が、説得を続ける。

「よござんすか。旦那の仕事は、人助けでやすが、己が死んじまっちゃ意味がねえんで。己は死んでも女だけは、なんて考えていたら、墓石の前で後追いをさせることになりやす」

彦也は遠慮なく忠告した。

「女のことは、嫌というほど知ったはずですぜ」

彦也のせりふは、緋之介の傷をえぐった。

四

緋之介と彦也は、雑司ヶ谷の鷹屋敷についた。

「ずいぶん堅固なお屋敷で」

屋敷の造りを見た彦也が感嘆した。

「なかでなにがあっても外へ漏れることはないだろうよ」

緋之介は、太刀の鯉口《こいぐち》をそっときった。

「黙ってついてこい」

鳥見の者が、一言注意して、潜りからなかに入った。

「あっしがお先に」

続こうとした緋之介の前に彦也が割りこんだ。

「声をかけるまで、入ってこねえでくださいよ」

彦也は、首をすくめるとすばやく潜りを抜けた。

招いた敵を倒すのに、潜りは最適の場所だった。潜りの裏で太刀《たち》を抜いて待ちかまえ、相手が頭と腰をかがめて入ったところを上から撃てば、まちがいなく葬ることができた。

侍の心得に、潜りを抜けるときは、太刀を頭上に横たえ、不測に備えよとあるほど、危険なところであった。

緋之介は太刀を頭上に横たえはしなかったが、いつでも抜けるように鞘《さや》ごと前にぐっとつきだし、右手を柄《つか》にかけた。

「旦那、どうぞ」

彦也の声がした。緊張しているが、せっぱ詰まってはいなかった。

緋之介は、潜りをこえた。

騎乗を許される鷹匠頭が役屋敷でもある鷹屋敷の門内は、かなり広い石畳になっていた。そこにずらりと黒ずくめが並んでいるありさまは、かなりの圧迫感があった。

「お待ちかねですぜ」

彦也が、臆したようすもなく茶化した。

「夜分のお招きに、遠慮なく参上つかまつったが、主どのはどなたか」

緋之介も堂々とした態度で問うた。

「儂《わし》が、鳥見の組頭である」

中央、一歩さがったところに立っていた黒ずくめが声を発した。

「名のる気はないということか。それだけで後ろめたいことをやっていると白状したも同然」

緋之介は、嘲笑《ちょうしょう》した。

「黙れ。きさまこそ、立場というものがわかっていないようだな。我らを前に震えもせぬ度胸はほめてやるが、現状を理解できぬは、一廉《ひとかど》の者とは申せぬぞ」

鳥見組頭が、緋之介を抑えようとした。

「戦《いくさ》のおおもとは数で決まると知ってはいるが、烏合《うごう》の衆では、意味がない。先夜の三人が、拙者に傷一つつけられなかったことを教えてやろう」

緋之介は挑発した。

鳥見の者がなぜ御先手同心を巻きこんで鷹匠頭を排除しようとしたのかなど、緋之介にはもうどうでもよかった。

真弓を無事に取り返すことだけが、緋之介の目的となっていた。そのためには、相手を怒らせて冷静な対応をさせないようにすべきだと緋之介は思案した。

「なにを」

鳥見組頭ではない、黒ずくめが憤った。

「きさま、われらを虚仮《こけ》にするつもりか」

「全身真っ黒顔もなし。虚仮《こけ》おどしをやっているのは、そっちだろうが」

彦也も緋之介の意をくみとっていた。

いつのまにか、彦也は木刀を右手に持ちかえていた。

「小者の分際で……」

黒ずくめの鳥見の者の声は若かった。あっさりとあおられた。

「全部で二十人か。すこしもの足りぬが、まあしかたあるまい」

緋之介は、太刀を鞘走らせた。月の光が、刃に反射して冷気を発した。

「傲慢を後悔するがいい」

三人の鳥見の者が、太刀を抜いていつかとおなじ奇妙な構えを取った。

「雀刺しから逃れられると思うな」

若い鳥見の者が、いきがった。

「…………」

鳥見組頭も止めなかった。

緋之介は、待たなかった。多勢を相手にするときは、押しこまれては動けなくなる。これが五人ぐらいを相手にするなら、背後を門や塀に任せて出てくる敵を撃つだけですむが、十人をこえる敵に囲まれてしまえば、こちらの体力が尽きるのは目に見えていた。

緋之介は乱戦に持ちこむ気でいた。

多勢に無勢は、真理であった。いかに剣聖小野忠明でも、百人を相手にすることはできない。

だが、まったく勝機がないわけではなかった。

動きまわればいいのだ。敵は同士討ちを懸念して思いきった斬撃《ざんげき》を送ることができなくなる。直接緋之介の四方を囲んでいる者以外は、いないのとおなじであった。

「こいつ……」

まさかつっこんでくると思わなかった鳥見の者たちが、気をのんだ。

「…………」

戦いの場で、寸瞬とはいえ、逡巡《しゅんじゅん》することは命取りであった。

緋之介の太刀が、小さなきらめきを曳《ひ》いてひるがえった。

足を止めたその位置で、三人が喉《のど》の血脈を刎《は》ねられて死んだ。

「馬鹿な」

鳥見組頭が目を見張った。

一合もあわすことなく三人を失った。

「取り囲め、包みこめ」

鳥見組頭がわめいた。

「遅《お》せえよ」

彦也も飛びこんだ。転がるようにして木刀を低い位置で振るった。

「ぎゃっ」

木刀に臑《すね》を打たれて、二人の鳥見の者が、悲鳴をあげて倒れた。

よく乾燥させた枇杷《びわ》の木に漆《うるし》を何層にも重ねた木刀は、鉄の棒に近い堅さを持つ。

臑の骨を粉砕した彦也は、次の獲物《えもの》を求めて転がった。

「こやつ」

鳥見の者たちが、あわてて間合いをとった。

低い位置にいる者を攻撃することは至難の業《わざ》である。立っている者の太刀は届かないのに対し、寝ている者の武器は、臑から太腿《ふともも》へ届くのだ。

「餌差棒《えさしぼう》を持て」

鳥見組頭が、叫んだ。

数人の鳥見の者が、急いで走っていった。

すぐに帰ってきた鳥見の者たちは、手に二間（約三・六メートル）の棒を持っていた。

「叩《たた》き伏せろ」

鳥見組頭が、命じた。

餌差棒は、鳥見の者が雀を捕まえるときに使う竹の棒であった。その先に鳥黐《とりもち》をつけて木の上にいる雀を狙《ねら》うのだ。

竹の棒だけにしなりが強く、叩《たた》いたところで一撃必殺ではないが、手や首筋、頭を打たれれば、太刀を取り落としたり、昏倒《こんとう》したりしかねなかった。

離れたところから鳥見の者が餌差棒で薙《な》いできた。

「ふん」

緋之介は、鼻先で笑った。

間合いはあっても得物《えもの》が竹の棒である。緋之介は、腰を据えて待ちかまえ、近づいた餌差棒をあっさりと両断した。

緋之介には効果のない餌差棒であったが、彦也には効いた。

「大掃除の敷物じゃねえ」

彦也が、上から落ちてくる餌差棒に叩かれながらも、急いで起きあがった。

木刀では、しなる竹の棒を切ることも折ることもできなかった。

「これを遣え」

緋之介は、光圀から預かった脇差《わきざし》を、迷うことなく彦也に投げた。

すばやく拾いあげた彦也が脇差を抜いた。

「お借りしやす」

彦也の構えはどうに入っていた。

「餌差棒を目くらましに遣え」

鳥見組頭の号令で餌差棒を持った四人が緋之介の四方に散った。

叩いてくる餌差棒に緋之介が対応している隙《すき》を、刀で襲おうというのであった。

「手だてをしゃべっていたんじゃ、世話ねえぜ」

彦也があざける。

「ほら、背中ががら空《あ》きだ」

緋之介の背後に回った鳥見の者を、彦也が襲った。

命のやりとりのおそろしさが身にしみている忘八衆は、遠慮のない戦い方をする。卑怯《ひきょう》も未練も関係ないのだ。生きていてこそなにかをすることができる。世間から見捨てられた吉原の住人だからこそ、明日の夜明けを手にするのは、己の力だけだと知っていた。

「はぐっ」

彦也に背中を打たれた鳥見の者が、背骨を叩き斬られ、反っくり返るようにしてくずれた。

「あわわわわわ」

地に伏して、言葉にならない苦鳴を発している仲間に、実戦慣れしていない鳥見の者たちの目が向いた。

緋之介は、その空白を許してはやらなかった。

すり足で近づくと青眼《せいがん》の太刀をわずかにあげ、頭上で切っ先に円を描かせるように振った。

「えっ」

「ぎえっ」

緋之介の左右にいた鳥見の者二人が、驚いたような声を出した。

黒ずくめの衣服が割れ、白い肌が見えたかと思った瞬間、はぜるように口を開けて、血が噴きだした。

頸動脈《けいどうみゃく》を断たれた二人は、盛大に血をまき散らしながら、みょうな声を発しながら倒れた。

「なにをしている。さっさとかたづけぬか」

鳥見組頭が、わめくように叫んだ。戦いが始まってわずかの間に八人が戦線を離脱させられたのだ。思いきって出てくる者はいなかった。

「…………」

緋之介と彦也は動きを止めなかった。

足下に転がっている鳥見の者を慎重に避けて、緋之介は静かに進んだ。

「ほらほら、そっちの棒と違って、こっちは当たれば切れるぜ」

彦也は餌差棒を持っている鳥見の者に狙いをつけた。

緋之介の太刀は上段に変わっていた。

小野派一刀流極意威の位、一《いち》の太刀《たち》であった。

緋之介と対峙《たいじ》した鳥見の者が、震えた。緋之介が発する剣気によって動けなくなったのだ。

「……っっ」

口から声を出すこともできず、青眼の構えの太刀を一寸たりとても動かすこともなく、鳥見の者が斬り倒された。

まさに両断であった。

緋之介の太刀は、鳥見の者の頭頂からみぞおちまで裂いた。月明かりを反射して血にぬめる臓腑《ぞうふ》が、切断された面からこぼれ、それを追うように身体が音をたてて地に落ちた。

「ひっ」

緋之介の剣技のすさまじさに、若い鳥見の者が恐怖の悲鳴をあげた。

竦《すく》みは、伝染する。数が多いほど、その影響は大きい。

一人の恐怖は、たちまちにして数人を侵した。

「…………」

「うわああ」

声なき者、わめき声をあげる者、対応は違っても腰が引けていた。

「なにをやっている。こちらはまだ、数でまさっておるのだぞ。ええい、見張り矢倉にいる連中も呼んでこい」

鳥見組頭が、怒りを手近の配下にぶつけた。

「はっ」

言われた配下が、走っていった。

「行かせるか」

彦也が、伝令にたった鳥見の者の背中目がけて脇差を投げた。

脇差が吸いこまれるように突きささった。

伝令役の鳥見の者は、声を出すこともなく絶息した。

「やるな」

緋之介は、彦也の技に驚いていた。穂先に刃のある槍《やり》などと違って、鍔《つば》や柄などで手元が重い太刀は、まっすぐ投げることは難しい。彦也は、それをなんなくこなして見せた。

「なあに、昔とった杵柄《きねづか》ってやつでさ」

緋之介の脇差を投げたことに悪びれもせず、彦也は、倒れている鳥見の者から太刀を奪った。

彦也と緋之介が、間合いを詰めた。

四間（約七・二メートル）ほどの間合いが三間（約五・四メートル）に縮んだ。二人を囲むようにしていた鳥見の者の何人かが、同じだけさがった。

「さがるな。前に出よ。気迫で押し切れ」

鳥見組頭の鼓舞も目の前の地面に仲間の死体が転がっていては効果はなかった。

ちらりと背後に目をやった緋之介が、口を開いた。

「面倒だな。そろそろ片づけるか」

緋之介は、彦也を誘った。

「そうでやすね。あまり遅くなると女に浮気を疑われやすし」

彦也が、笑った。

「先に手出しをしたのは、そちらだ。苦情は泉下の仲間に言うんだな」

緋之介は、太刀を上段に構えた。

乾ききっていない血が、緋之介の太刀から地にしたたった。

「ひくっ」

一人が緋之介に背を見せた。

「逃げるな」

鳥見組頭の叱咤《しった》にかろうじて立ち止まった。

「行かせてやんなさい。無駄死にすることはござんせんよ」

彦也が、そそのかした。

「逃げれば、子々孫々までお役から放逐してくれる」

鳥見組頭が、切り札を放った。

特殊な任にそうべく、ものごころついたときから鍛錬を重ねてきた鳥見の者は、体《たい》躯《く》から肉のつきかた、歩きかた、考えかたまで役に染まっていた。今更他家に仕官するどころか、おなじ幕臣として異動することも難しい。

「案ずるな。もし、ここで果てても、家はまちがいなく子息に継がせてくれる」

鳥見組頭の言に、浮き足だちかけた鳥見の者たちの態度が変わった。

「当然といえば当然だな」

緋之介は、気にしていなかった。

「先祖が功績のうえにあぐらをかいているだけでは、禄米《ろくまい》をくださっている御上に申し訳ないだろう」

緋之介は、瞳に力をこめた。

「死の覚悟に敬意を表してやろうぞ。一撃で屠《ほふ》ってくれる」

緋之介は、大上段に太刀を振りあげて、威圧した。

威圧は、生にしがみつく輩にこそ効果がある。死を覚悟した者に射竦めは通用しなかった。

緋之介は、態度を変えなかった。ここで構えを崩せば、肚を据えた者たちへの無礼になると思った。

「おりゃああ」

鳥見の者の一人が、太刀を振りあげて突っこんできた。法も術も忘れはてた動きだったが、気迫ののった一撃は十分に威力のあるものであった。

緋之介は、右足を半歩退いて身体を横にすることでかわした。目の前を鳥見の者の太刀が通過した。

緋之介は、身体を戻すようにひねりながら、引いた右足で鳥見の者の腹を蹴《け》りあげた。

「ぐえっ」

前に出る力とあわさって、緋之介のつま先は、鳥見の者の胃の腑《ふ》を破った。と同時に緋之介の太刀が、首筋をすった。

夜目に紅《あか》い血が飛んで、鳥見の者が死んだ。

緋之介に残心の構えをとる余裕は与えられなかった。血に狂ったかのように、続けざまに鳥見の者が襲いかかってきた。

そのすべてをかわして、緋之介は的確な反撃を送った。

喉を突かれ、胸を裂かれ、首の血脈を断たれて、三人が倒れた。

せっかくの決意も折れるほどの鮮やかな手並みであった。

ふたたび意気消沈した配下に、鳥見組頭が業を煮やした。

「やむをえぬ」

鳥見組頭が、一歩前に出た。

「太刀を捨てろ。さもないと女武者の命はないぞ」

顔をさらすまいとしていた鳥見の者たちに残っていた最後の矜持《きょうじ》がくずれた。誇りある武士としてできようはずのない行為、人質を盾にしようとした。

「やめたほうがいい」

緋之介は冷静に応じた。

「どういうことだ」

まったく動じない緋之介に、鳥見組頭が怪訝《けげん》そうな顔をした。

「強がりはよせ」

鳥見の者の一人が、甲高《かんだか》い声を緋之介にぶつけた。

「悪いことは言わぬ。姫を返せ」

緋之介は、はじめて口にした。

「姫だと」

鳥見組頭が、問い返した。

緋之介の表情をうかがっていた鳥見組頭の雰囲気が凍りついた。

「ま、まさか……水戸家の」

浅草福富町に配下を残していたほど周到な鳥見組頭である。女武者の行方を訊きに来た藩士が水戸家ゆかりの者だと報告があったことを忘れてはいなかった。

「いつわりを申すな」

鳥見組頭が、緋之介を圧しようと大声をあげた。

「嘘《うそ》ではないぞ」

緋之介の背後から人影が現れた。

「めずらしいところでお目にかかる」

緋之介は、人影に軽く黙礼した。

「気づいておられたか」

月明かりのなかに姿を見せたのは、阿部豊後守の弟、上島であった。

「上島どの」

鳥見組頭が、呆然《ぼうぜん》とした。

「拙者を見張っておいででしたな」

緋之介は、吉原からずっと上島の気配がついてきていることを知っていたが、対応している暇さえ惜しかったので、放っておいたのだ。

「わかっておられるだろうと思っておりました。無駄だと豊後守には申したのでございますが、がんこなもので」

上島は、緋之介に苦笑して見せ、それから鳥見組頭に声をかけた。

「織江どの、ああ、貴公たちはまだ名のりあっておられぬのであったな。こちらは織江緋之介こと、将軍家剣術指南役小野次郎右衛門どのが末子、小野友悟どの」

上島が、緋之介の正体を明かした。

「そして、鳥見組頭円《えん》城寺《じょうじ》市正《いちまさ》どのでござる」

鳥見組頭を上島が紹介した。

いかに阿部豊後守の弟とはいえ、身分は陪臣である。上島の態度は慇懃《いんぎん》であった。

「小野派一刀流……」

鳥見の者の一人が、大きな音をたてて、唾《つば》を飲みこんだ。

「勝てる相手ではございますまい」

上島が、鳥見の者たちに目をやって、浅く笑った。

自失していた円城寺が、ようやく言葉を口にした。

「……ならば、あの女武者が、水戸家の姫というのも」

円城寺が、ぐらついた。

「真実でござる」

上島が、うなずいた。

「家康さまのお孫姫」

泣きそうな顔を円城寺がした。

幕府にとって、家康にかかわることは、禁忌であった。ことが明らかになれば、鳥見の者だけでなく、鷹匠たちも根絶やしにされることは確かであった。

「豊後守さまのお力におすがりして……」

円城寺の声から覇気は失われていた。

「そこまでは面倒みきれぬ」

上島の声が冷たく変わった。

「鳥見は、物見を任されし者。戦の前にすべてを調べあげて、軍勢を勝利に導くのが仕事。それが、敵将の真贋《しんがん》さえ見抜けなかったでは、話にならぬ。鳥見はもはや不要であると思われて当然である」

上島のいう鳥見不要とは、役目の廃止ではなく、物見役を解き、扶持《ふち》と手当金を奪うとのことであった。

「どうするか」

上島がきびしく問うた。

「主豊後守に報せて、水戸家との仲を取り持ってもらう代わりに役目を失うか、自力で水戸家と交渉し、このまま存続するか、あるいは、この織江どのとそこな小者、そして水戸家の姫の口を封じて、知らぬ存ぜぬでとおすか」

上島が選択を鳥見の者へと示した。

「黙って斬《き》られてはくれまいがな、この織江どのは。姫を人質にとるのは下策のさいたるものだ。織江どのを倒した後、姫を生かして帰すことはありえぬのだからな。本気になった織江どの相手に、鳥見はどこまで戦えるか。どの手段を選んでも、拙者は結果が出るまで傍観させていただく」

上島が皮肉を口にした。

円城寺が唇を噛んだ。

「織江どの」

上島が、緋之介に話しかけた。

「退いてくださるか」

「真弓どのを放すならば、今宵のところは、退きましょう」

緋之介は、直接口にはしなかったが、後日真相を聞かせろと告げた。

「豊後守に伝えましょう」

即答することのできない上島が、精一杯の言葉を返した。

「承知」

緋之介は、懐《ふところ》から鹿皮の布を取り出すと、刃をぬぐった。

抜きっぱなしだった太刀についた血はすでに固まっていた。それをこそげるように落としていく。

このまま鞘にいれれば、なかでさびついて拵《こしら》えを総取り替えするはめになる。緋之介が使っている拵えは、恩人刀師旭川《きょくせん》の形見、そんなことをするわけにはいかなかった。

緋之介は、ていねいに太刀の手入れをした。

それは、鳥見の者たちに与えた猶予でもあった。

太刀を清め終わった緋之介が、音をたてて鞘に納めた。武士の約定ごとにも使われる金打《きんちょう》が響いた。

円城寺の肩が落ちた。

「誰か、あの女武者を連れてこい」

円城寺が最後の虚勢を張って、配下に命じた。あくまでも水戸の姫ではなく、無名の女武者として扱った。

「あと、灯りをともせ」

円城寺が残った鳥見の者に言った。

「その前に、死者とけが人をなんとかなされたがよろしいのではないかな」

上島がていちょうな口調に戻った。

「姫さまにあまり惨状をお見せするのは、よろしくない……」

「おい」

円城寺は、上島に最後まで言わせなかった。

無言で鳥見の者たちが倒れている仲間たちを担いで屋敷のなかへと連れて行った。

手の空いた者が、水で血を洗い流し、塩を撒《ま》いて臭《にお》いを消した。

そこへ、鳥見の者たちを従えるようにして真弓がやってきた。堂々と胸を張って大《おお》股《また》で歩く姿は、普段と変わらないようであったが、緋之介は、真弓の瞳が、いつもよりわずかに下を見ていることに気づいた。

戦いの後のおおまかな後始末を終えて、かがりに灯りがいれられた。

周囲の変化に、真弓が顔をあげ、緋之介を見た。

「……織江」

真弓がか細い声で確かめるように呼んだ。

「お迎えにまいりました」

緋之介は、力強くうなずいて見せた。

「そうか。大儀」

真弓が、そういうなり崩れた。

緋之介はあわてて駆け寄った。抱きかかえて立ちあがる。

「しかたございませんな。女の身で囚われておられたのでござる。ずっと緊張の糸を張っておられたのでしょう。それが織江どのの顔を見られて、安心して切れた」

近づいた上島が、解説した。

「駕籠を呼びましょうか」

上島が緋之介に訊いた。

「いえ、しばらくすれば気づかれるでしょう。もう知らないうちに運ばれるのはお嫌でしょうし」

緋之介は首を振った。

「それがよろしいか。円城寺どの、姫さまにお部屋を」

上島が、円城寺に言った。

すぐに鷹屋敷の玄関が開けられた。

鷹屋敷の主は、鷹匠頭である。無断で人を入れることはもとより、玄関を開けることも許されてはいなかったが、鷹屋敷小者たちは、円城寺の求めに沈黙しながらしたがった。

奥の書院をと円城寺が勧めるのを断って、緋之介は真弓を玄関脇の供待ちに横たえた。六畳ほどで小さな明かりとり障子窓しかない供待ち部屋は、入り口さえ見張っていればすむ。鳥見の者たちの心変わりを緋之介は警戒していた。

すでに上島は、去っていた。

「豊後守に話を報告せねばなりませぬゆえ」

多忙をきわめる老中に与えられた暇は、朝の登城前と寝る前の寸刻のみである。腹心、身内といえども、内密の話ができるのはそのときだけしかなかった。

緋之介は、真弓を背にして入り口へ向いて控え、彦也が窓障子を見張っていた。

「旦那」

彦也が窓障子から目を離さずに緋之介を呼んだ。

「なんだ」

「旦那は、なぜに水戸さまのお味方をなされるので」

彦也が、言いまわしを柔らかくして問うた。

「走狗《そうく》に甘んじるのかと訊きたいのだな」

緋之介は、歯に衣《きぬ》を着せずに言った。

「ええまあ」

物事に拘泥《こうでい》しない忘八にはめずらしく、彦也があいまいにうなずいた。

「……拙者にもわからぬ。おそらく、まだ決めかねているからだろう」

緋之介は、話した。

「決めかねておられるとは」

彦也が重ねて訊いた。

「どう生きていくか、わかっておらぬのだ。多くの人の死を見すぎたからかも知れぬ。拙者にとって、たいせつな人たちの最期《さいご》を、無念の思いを、間近でな」

緋之介は真弓が目覚めていないことを確認した。

「ゆえに、光圀さまにしたがっている。なにかしておらぬとたまらぬからな」

　緋之介は、己の悩みを語った。

「となると、気持ちがお決まりになれば……」

「光圀さまのもとから離れるやもしれぬ。場合によっては敵にまわることもありうる」

　緋之介は、いつわらぬ気持ちを伝えた。

「それを光圀さまは、ご存じなので」

　彦也が、小さな声で尋ねた。

「話をしたわけではないが、お気づきであろう。あのおかたは、人の心の機微にさとい。いや、さとすぎる」

　緋之介は、光圀の奥底にある捨てられた子供という陰に気づいていた。

「光圀さまは、やさしい。己を抑えて、押さえて、人のために動こうとなされる。たしかに施政をなされるかたは、そうでなくてはならぬ。上にたつものが我をはれば、下々が苦しむだけだからな。だが、それもすぎると、周囲の者、とくに家臣たちはたまらぬ。主君にずっと気を遣われてみろ、家臣として申しわけないとかの話ではない。

本当の思いを明かしてもらっていないのだ。家臣としてはたまるまい。おまえたちを信用してはおらぬと言われているにひとしいのだ」

緋之介は、水戸家の秘密を阿部豊後守から知らされた。光圀の思いも少しはわかっているつもりである。だが、今の光圀を認めることはできなかった。

それは緋之介が見てきた、主君を、想い人を信じて、慕って、死んでいった者たちの生きざまを否定することになるからであった。

「はああ」

彦也が大きなため息をついた。

「他人《ひと》さんのことは、よく見えても、ご自身のことは、まるっきりなんでやすねえ。人って、そんなものでやすか」

彦也が悟りきったようなことを口にした。

「なんのことだ」

緋之介は、彦也のあきれ顔に困惑した。

「いえね、吉原って、そんなに力がないのかと思っただけで」

彦也が緋之介と真弓の顔を交互に見た。

「あっしは、旦那が西田屋に来られてからしか存じやせんがね。遊女の寝起き顔から、嬌声《きょうせい》まで、毎日味わいながらこの体たらくかと思うと、吉原ってなんなんだろうと考えてしまいまさ」

彦也が遠慮ない意見を発した。

「吉原だと」

二人の膝元《ひざもと》から声がした。

「おっと、お姫さまのお目覚めで」

「お気づきになられたか」

彦也と緋之介は、すぐに真弓を見た。

「吉原に住んでおると申したか」

真弓が緋之介を尋問した。

「はい。寄寓《きぐう》いたしておりまする」

隠すことでもないと緋之介は正直に答えた。

「けがらわしき、遊女《あそびめ》どもとともにおるのか」

真弓の侮蔑《ぶべつ》に緋之介が応じようとするのをおさえて、彦也が口を開いた。

「ちょいとすいやせんがねえ。お姫さま。けがらわしいたあ、聞き捨てなりやせんぜ」

彦也の声は、冷たく低かった。己のことならどのような罵声《ばせい》を浴びようとも、決して言いかえしたり反抗的な態度をとることをしない忘八だが、遊女たちにかかわることとなると一変する。それが女であっても変わることはなかった。

「多くの男どもにその身を任せる。けがらわしいではないか」

真弓も負けていなかった。

「冗談じゃねえ。好きこのんで遊女になる女がいるものけえ」

彦也の口調がくずれた。

「おい」

緋之介は、彦也に注意をうながしたが、止めようとは思っていなかった。遊女の辛《つら》さは緋之介も目《ま》の当たりにしていた。

「今日飯が食えて、明日寝るところの心配がなきゃ、誰が身を売るものか。お姫さんのようになに不足なく生きてきたんじゃねえや」

「無礼なことを申すと、そのままには捨ておかんぞ」

真弓が怒った。

「てやがんでえ。なにが無礼だ。遊女もお姫さんもおなじ女。飯も食えば、厠《かわや》にも行く。毎月のさわりもある。ただ、抱かれる相手が、一人か大勢かだけの違いじゃねえか。お姫さんだって、いつかは、男のしたで身体を開くことになるんでやしょうが。変わることとなんぞあるか。えっ、ひょっとしたら、今頃、おめえさんもさんざんおもちゃにされていたかも知れねえんだぜ」

彦也が、怒鳴りつける。

真弓の顔色が変わった。囚われていたときの恐怖を思いだしたのだ。

「彦也、よせ」

今度は緋之介も、きびしく制した。

「……すいやせん。言いすぎやした」

彦也があわてて詫びた。

「真弓どの。吉原に住まいする者には、それだけのことがござるのだ。彦也はあとできつく、楼主から叱られるであろう。許してやってはくださらぬか」

緋之介も頭をさげた。

「助けてくれたのか」

真弓は、それには応えず、緋之介に訊いた。

「この者も、戦ってくれました」

緋之介は、彦也のことも告げた。

「感謝する」

起きあがって真弓が礼をした。

「いえ、あの、その」

彦也があわてた。徳川家康の孫娘が、忘八に頭をさげたのだ。前代未聞のことであった。

「ここは、どこなのだ」

そのときになって、真弓がようやく見慣れない風景に気づいた。

「屋敷の名前は、ご勘弁ください。とがめだてせぬとの約定をかわしましたゆえ」

緋之介は、首を振った。

「我をさらった者どもを、そのまま見逃すつもりか」

真弓が、憤った。

「ご辛抱くださいませ」

緋之介は、真弓をなだめた。

「我慢ならぬわ。もう少しで、この身を……」

叫ぶ真弓を黙らせたのは、彦也の一言であった。

「これ以上、旦那に人を斬れとおっしゃるんで」

感情を切り落とした忘八特有のしゃべり方は、真弓を凍らせた。

「……織江」

真弓が、小さな声で緋之介の顔色をうかがった。

「また、人を斬ったのか」

真弓の弱々しい問いかけに緋之介は、ほんの少しだけ首肯した。

「わたしのためにか」

それに緋之介は応えなかった。

「兄に命じられたからか」

真弓が、続けて尋ねた。

「それもございまする。ですが、わたくしにとって、有象無象《うぞうむぞう》の命より、真弓どののお身が大事であっただけで」

緋之介は、告げた。

「そうか」

それ以降、真弓は水戸家からの迎えが来るまで沈黙し続けた。

駕籠につきそって水戸家上屋敷に行き、光圀と会った緋之介は、経緯を説明した。

「そうか、豊後守がな。すまなかったな、緋の字。亡者がまた一人増えたか」

光圀はうなずくと、緋之介に深く礼を述べて、送りだした。

五

吉原に帰った緋之介は、二日後、上島からの呼びだしを受けた。

「千住村の廃寺山恩寺《さんおんじ》にてお待ち申しあげる」

話の内容が、他人に聞かせてよいものでないことはわかっていた。緋之介は、同行を求める彦也を拒んで、一人指定された廃寺へと歩んだ。

家康、いや、秀忠のキリシタン嫌いは、すべての民、武家、庶民の区別なく、檀家寺を持つことを強制した。

檀家寺の筆がなければ、道中手形は出されず、仕事に就くことも、家を借りることもできないようにしたのだ。

おかげで寺の数は幕初一気に増えたが、檀家の宗旨替えや、村ごとの寺替えなどで廃寺となるところもでていた。

千住村の片隅にある山恩寺もその一つであった。

「このようなところへ、お呼びたてしたことをお詫びいたす」

崩れかけた本堂で出迎えた上島が、軽く頭をさげた。上島は一人だったが、緋之介は、他にも人の気配があることに気づいた。

「いや」

緋之介は、気にするなと手を振った。

「本来ならば、主豊後守がお話し申しあげるべきでござるが、なにぶんにも多用につき、わたくしが代理を務めさせていただきまする」

上島が述べた。

緋之介は、黙ってうなずいた。

「まず、鳥見の者がどのような役目を持っているかは、申しあげずともご存じでござろう」

上島の話が始まった。

「豊後守は、鳥見をどうこうしようとしているわけではござらぬ。ただ、無用となりはてた鷹匠どもを廃したいだけなので。役料だけでも馬鹿になり申さぬし、さらに鷹匠どもが、上様の権を笠に、ろくなことをいたしておら……」

「ふん。豊後守は、松平伊豆守の手にある伊賀組、甲賀組ではない、自前の探索組をお持ちになりたいだけであろう」

緋之介は、建前はいいと上島をさえぎった。敬称をつける気も緋之介から失《う》せていた。

阿部豊後守と松平伊豆守はともに老中であるが、その権力には大きな差があった。阿部豊後守が、わずかな間とはいえ、世継ぎ家綱つき西丸老中にまわされたからであった。

それだけ家光の信頼を受けていたともいえるが、これが阿部豊後守にとって大きな瑕瑾《かきん》となった。

幕府のなかで起こっていること、江戸であったこと、諸国の風聞などを届ける、伊賀組、甲賀組などの探索方を松平伊豆守にすべて握られてしまったのだ。

その結果、家光の死にあわせて蜂起《ほうき》しようとした由井正雪らの一件は、松平伊豆守が事前に抑えその功績となった。

「いまさら取りつくろってもしかたございませんか」

上島が苦笑した。

「言われるとおり、松平伊豆守さまが鳥見の者を配下にと考えられ、息のかかった旗本を鷹匠頭になされたのでござる。それが豊後守は気に入らなかった。なにせ、鳥見は唯一、豊後守が手中にした探索方でございましたからな。そのためにどれだけの金と権を費やしたか、思いだすだけでぞっといたしまする」

上島が、ことの背景をばらした。

「権力を恣意《しい》に使う者たちの争いごとなど、どうでもよい。一連の顛末《てんまつ》を聞かせられたい」

緋之介は、上島をせかした。

「では、さっそくにお話をさせていただきましょう」

上島が、坐り直した。

「ことの起こりは、慶長五年（一六〇〇）、関ヶ原の合戦にまでさかのぼりまする」

緋之介は、耳を疑った。

「六十年も前のことではないか」

「さよう。上杉景勝《かげかつ》公が家康さまに牙《きば》をむいたことに端を発しておりまする」

上杉景勝は、米沢上杉家三十万石の藩祖であった。

東北米沢三十万石の上杉は、戦国の世、軍神とまで言われた上杉謙信を祖とする。生涯独身をとおした謙信の養子となって家を継いだ景勝は、豊臣家五大老の一人として、会津城と百二十万石の領地を与えられていた。豊臣家に忠を尽くす景勝の木訥《ぼくとつ》誠実な性格を、家康は逆手にとって関ヶ原の合戦の引き金とした。家康の無道ともいえる要求をはねつけた上杉家は武名を高めることには成功したが、みごと陥穽《かんせい》にはまり、関ヶ原の合戦後、九十万石を減じられて米沢へと移された。

改易《かいえき》にひとしい減知であったにもかかわらず、上杉家は、家臣のほとんどを放逐せず、禄を減じることで対応しようとした。

まさに赤貧洗うがごとしとなったが、藩士たちの結束は固く、家康、秀忠、家光と三代にわたる豊臣恩顧の外様大名潰しにも生き残った。

広島の福島《ふくしま》、熊本の加藤《かとう》、会津の蒲生《がもう》と関ヶ原の合戦で家康に味方した大名たちさえ、遠慮なく潰されていくなかで、上杉家は傷一つなくすごしてきた。

「思いどおりに動いてくれた上杉家に家康さまは、ご満足なされましたが、二代将軍秀忠公は、強い遺恨をもたれたのでござる」

上島は、見てきたかのように語った。

天下分け目の合戦と称された関ヶ原に遅参し、家康から目どおりかなわずと叱られた秀忠は、合戦の原因となった上杉家と秀忠の足止めに成功した信州上田十万石真田昌幸《まさゆき》に異常なまでの恨みを持った。

秀忠を翻弄《ほんろう》し、三万の軍勢の足止めに成功した上田十万石は一度改易され、家康に味方した真田昌幸の長男信幸《のぶゆき》にのこされた。

昌幸の改易と高野山への流罪だけでは我慢できず、信幸の真田家にさんざん嫌がらせをした秀忠が、大恥の原因ともいうべき上杉家を減封だけで許せるわけもなく、なんども取りつぶそうとしたが、果たすことはできなかった。

「二代秀忠さまは、上杉家を潰せなかったことと、三代将軍を忠長さまに譲れなかったことを終生の悔いとして、お亡くなりになられました」

上島が、一息をついた。

「そのあとを将軍位とともに家光さまが継がれました」

「待たれよ。家光さまは、実父秀忠さまをお嫌いあそばされていたのではないのか」

緋之介が疑問を呈した。

「なればこそでござる。家光さまは、秀忠さまがなされなかったことを遂げることで、父をこえたことを見せつけようとなされたのでござる」

上島の言い分は、緋之介の腑に落ちた。

明暦の火事で焼失して再建されることのなかった江戸城の天守閣が、過去三度も建てなおされていたことを緋之介は思いだした。

改築ではない、新築でである。

まず、天下を取った家康が、秀吉が建てた大坂城を上まわる規模の天守閣を造営した。それを家康が死ぬのを待っていたかのように秀忠が潰して、新しく、家康のものより大きなものを建てた。さらに秀忠の死後、完膚なきまで、土台である石垣まで潰して、家光が家康の建てた天守閣を再現した。

神にのぼった偉大な家康を継いだ息子と孫は、このようなかたちでしか先代を凌駕《りょうが》したことを天下に示せなかった。

「家光さまもしつように上杉家の傷を狙われましたが、かの家には、天下の謀将、豊臣秀吉をして百万石と引き替えにしても欲しいとまで言わしめた直江山城守兼次《なおえやましろのかみかねつぐ》が、手塩にかけた忍《しのび》軒猿《のきざる》衆がござった。上杉家は、家光さまの策謀をすべてかわしたのでござる」

「ほう……」

緋之介は感心した。

家光の策謀と上島は言っているが、それが知恵伊豆こと松平伊豆守のものであることは、誰にでもわかる。しつこい松平伊豆守の魔手を防ぎきった上杉家に、緋之介は好意と敬意を持った。

「かわしたと申されたな。となると、家光さまがお亡くなりになった今は……」

緋之介は、上島の言葉に含みを感じた。

「家綱さまが、お引き継ぎあそばされた」

上島が、さらりと告げた。

「つまりは、松平伊豆守から、阿部豊後守に上杉への対応が移ったと」

そう言った緋之介へ、上島は返答せずかわりに、にやりと笑った。

「恨みをひきついでどうなるというのだ」

緋之介は、上島をにらんだ。

「となると」

緋之介はふと媛姫のことを頭に思いだした。媛姫が、上杉家に嫁いだのは明暦元年（一六五五）四月のことであった。家光が死して四年目のことだ。

「媛姫さまのお輿入《こしい》れは……」

緋之介は上島の顔を見た。

「さすがに、お聡《さと》いな。いかにも。媛姫さまを上杉家にお輿入れなされたは、保科肥後守さまが遠謀でござる。外様といえども今は、徳川が臣。いつまでも関ヶ原をひきずっていてはよろしくないと保科肥後守さまが、家綱さまに対しての諫言《かんげん》がわりに姫をつかわして、上杉家と保科家を、ひいては将軍家を親戚筋になされたのでござる」

「…………」

緋之介は、身の毛がよだつのを禁じられなかった。

「それを承知で、阿部豊後守はやったのか」

緋之介の冷たい声が出た。

「家綱さま、豊後守にしてみれば、保科肥後守さまのなされたことはよけいなお手だしでござった。万一、お子でもお産みになられたら、次代の上杉家当主が、将軍家と縁続きになりますからな。さすがに潰しにくくなりましょう。なればこそ、早いうちに手を打たねばならなかった」

「そんなことで、そのようなことで、媛姫さまは、輿入れして三年足らず、芳紀十八歳でこの世を去られねばならなかったと申すか」

緋之介は激昂《げっこう》した。

「戦でござるよ。新しいかたちの。犠牲は当然でござろう」

憤る緋之介とは逆に、上島が表情を消した。

「妹姫のご婚礼にともなう宴席。保科家の者、上杉家の者、そして加賀前田家の者。日頃顔を合わすことのない者たちが、芝新銭座の保科家中屋敷に集まる。見なれぬ者が一人二人入りこんだところで誰も気づきますまい。鳥見の者は、鳥にさえ気配を感じさせぬ修練を積んでおりますれば、よりわからなかったでございましょう。もっとも、織江どのにはつうじませんでしたがな」

媛姫毒殺を上島が、述べた。

上杉家の正室となったとはいえ、媛姫にとっては実家、そこで出される食菜に毒が入っているなど、思いもしなかっただろうし、また上杉家にとって保科家は、幕府の魔手から家を護ってくれる盾である。わざわざ毒味と申しでて、気分を害することなどできるはずもなかった。軒猿といえどもどうしようもない状況を、鳥見の者は利用した。

「まさか。御上は、加賀前田家百万石にも手出しをなさるおつもりか」

媛姫と会食していた松姫の嫁ぎ先が、前田家である理由にも、緋之介は思いあたった。

「それは、拙者のあずかり知らぬところでございまする。私見をもうさば、三河公以来忠誠をつくしてきた譜代が十万石貰《もら》えればいいのに比して、代を重ねぬ外様の百万石は、取りすぎでござろう」

上島がうそぶいた。

「人の命を、きさまらは、なんと思っているのだ」

緋之介の怒りが沸騰した。ここでも女が犠牲にされていたことに我慢ができなくなっていた。

「それが、権でござる。徳川が、天下を握っておればこそ、世は泰平なのでござる。それにはなによりも大名の力を削《そ》ぐのが良策。ために女の一人や二人、犠牲にしたところでなにほどのことがござろうか」

上島が言い放った。

「たとえ一人でも謀術のために殺していいわけはなかろう」

緋之介は、首を振った。

「お昂《たか》ぶりあるな。お考えあれ。このていどのからくり、保科肥後守どのが、お気づきでないはずはなかろう。なれど、なにひとつ御上に対して不服を申されたことなどない。保科肥後守どのも、やむをえぬとご承知なされておるのだ」

「馬鹿を口にするな。娘を殺されて納得する親がどこにいる」

「やはり、そなたは走狗がにあいの小者よ。光圀さまに訊いてみるのだな、万の人の生活を脅かすのと、女一人の命、どちらが重いのかをな」

口調を変えて上島が立ちあがった。

「拙者の用件は終わり申した。あとは、あの者とご交流あれ」

上島が本堂の障子戸を開けはなった。夕暮れに染まった荒れ果てた庭に、巨大な体《たい》軀《く》の侍が仁王立ちしていた。

「先日お手合わせ願った者とは腕が違いまする。古流《こりゅう》陰《かげ》の流《りゅう》を遣うとか」

上島が、浪人を紹介した。

「とか……」

あいまいな語尾に緋之介は、上島を見た。

「ああ。あの者も先日の輩同様、浪人でござる。主家が倒れて十年、ようやく仕官の道を見つけたのが、当家でございましてな」

上島が、浪人者に声をかけた。

「約定したとおり、こちらの織江緋之介どのを倒されたら、剣術指南役二百石で当家に仕えていただく」

「承知」

野太い声で浪人者が首肯した。

「では」

去りかけた上島を緋之介が止めた。

「待て、今ひとつ疑問がある。鷹匠頭の弟が御先手同心たちの米に無体を働いたのはなぜだ」

上島が、振り向いた。

「鷹匠頭どもの傍若無人に豊後守が不満を持っており、近いうちに断を下そうとしていると、あの弟に教えただけでござる。手遅れにならぬうちにお役を離れられれば、伝来のお役である小姓《こしょう》組に戻られるよう尽力しようともお伝えはしました。やはり、腹の違う兄弟は、情が薄い。役目を辞めるのではなく、兄を廃しようと考えたのでござろうなあ。思いきった手段をとってくれましたわ」

上島が笑った。

「ならば、御先手同心たちは巻きこまれただけだと」

「いや、あとで聞いた話でござるが、御先手同心とかの弟は、湯女風呂《ゆなぶろ》で一人の女を争っていたとか。女に狂うようでは、お役にたたぬことぐらいわかりそうなものでござる」

上島の言い方で、緋之介は鷹匠頭の弟がすでに殺されていることを悟った。

「ならばなぜ、鳥見の者が御先手組屋敷を見張っていた」

緋之介は怒りをおさえて、もう一つの核心に触れた。

「なに、松平伊豆守さまが手の者であった鷹匠頭を罠《わな》にかけたのでござるからな。松平伊豆守さまが手の者が、探索に出てくるのではないかと見張っておったのでござる。

余命を悟られてか、松平伊豆守さまも、露骨な手だてをなされるようになりましたかな。豊後守が手配とわかれば、なにかと面倒なことになりかねませぬ。まだ松平伊豆守さまのお力は、大きゅうございまするゆえ」

上島が、あっさりと真相を語った。

「ああ、ついでに。小野派道場を訪れた浪人どもは、わたくしの手配でござる。なにぶん、貴殿らの真の実力というものが知れませんでしたので。試しにできると評判の浪人を金で雇ってみたのでござるが、無駄でしたな」

「なんということを……」

人の死を無駄と切り捨てた上島に、緋之介は絶句した。

「と申すような次第でござれば、あの者は、当然先の三人より遣えまする」

上島が、卑しい笑いを浮かべた。

「屋敷で凱旋《がいせん》をお待ちしておりますぞ」

上島が、庭で待つ浪人者に告げた。

「では。これにて。もう、お目にかかることがないことを願っておりまする」

上島は、緋之介にあいさつして廃寺を去った。

緋之介は、浪人者との間合いを計った。本堂の縁側に立っている緋之介から浪人まで高低の差を入れて五間（約九メートル）あった。

剣の戦いでは上に位置するほうが不利である。

緋之介は、浪人者に目をやった。

「臆したか」

浪人者が、問うた。

「…………」

緋之介は、応えなかった。緋之介を挑発するような言葉を発しながらも、浪人者の目にあざけりがないことに気づいていた。上島の説明で熱くなっていた緋之介の頭が冷えていった。

すでに浪人者は太刀を抜いていた。左袈裟《ひだりけさ》に構えたそれは、揺れもなく、腰の据わったりっぱなものだった。

緋之介は鯉口を切った。脇差の鯉口もゆるめる。

思いきって縁側から飛んだ。

待っていたかのように、浪人者が緋之介の着地するところ目がけて、走りよってきた。

空中では、名人でも体勢を変えることはできない。緋之介は太刀を鞘走らせるのが精一杯であった。

浪人者が、左袈裟の太刀を緋之介の足目がけて振るった。駆けよった勢いも加わった一閃《いっせん》は、吸いこまれるように緋之介の右足を襲った。

緋之介は、脇差を抜くなり、浪人者の顔目がけて投げた。

「ちっ」

浪人者が、あわてて太刀を引き戻して、緋之介の脇差を払った。

十年の苦労を経てようやく仕官ができる。浪人者が、命に未練を持っていると読んでの動きは、緋之介に十分な間を与えた。

緋之介は、空中で太刀を上段に突きあげた。

両足が地につくのにあわせて緋之介は、すでに間合いと呼ぶには近すぎる浪人者目がけ、太刀を振りおとした。

「なんの」

浪人者が太刀を顔の前に横たえて防ごうとした。

緋之介の一撃を予測していた浪人者の対応だったが、身体の重みをくわえて落ちてきた太刀の勢いは止められなかった。

拍子が合った。

緋之介の一刀は、浪人者の太刀ごと首筋から腹までを裂いた。

声を出すことさえできず、浪人者が絶命した。

緋之介は、地に伏して最後の痙攣《けいれん》をしている浪人者を片手で拝んだ。

「まだ死ぬわけにはいかぬのでな」

緋之介は太刀を拭《ぬぐ》うと廃寺をあとに光圀のもとへと歩きはじめた。心も身体も綿のように疲れていたが、一件の報告をしなければならなかった。

「いずれは、真弓どのも、権の都合で嫁がれることになるのであろうな」

緋之介は、一人ごちた。

いまや光圀が、かつて緋之介と交流していた谷千之助でないことを、緋之介は痛感していた。

「女を人柱にするようなことを、許してはならぬ」

緋之介は、ようやく生きていく意味を見つけた。

この作品は2006年6月徳間文庫として刊行されたものの新装版です。

徳間文庫

織江緋之介見参三

孤影《こえい》の太刀《たち》

〈新装版〉

2016年1月15日 初刷

著者 上《う》田《え》秀《だ》人《ひでと》

発行者 平野健一

発行所 株式会社徳間書店

東京都港区芝大門二—二—二 〒105—8055

電話 編集〇三(五四〇三)四三四九 販売〇四八(四五一)五九六〇

振替 〇〇一四〇—〇—四四三九二

印刷 凸版印刷株式会社

製本 東京美術紙工協業組合

ISBN978-4-19-894053-9 (乱丁、落丁本はお取りかえいたします)